눈으로 보는
광고천재

눈으로 보는 광고천재 2

킹묵 현대 판타지 소설

초판 1쇄 찍은 날 § 2020년 11월 24일
초판 1쇄 펴낸 날 § 2020년 12월 1일

지은이 § 킹묵
펴낸이 § 서경석

총괄팀장 § 노종아
편집책임 § 박현성
디자인 § 스튜디오 이너스

펴낸곳 § 도서출판 청어람
등록번호 § 제387-1999-000006호
등록일자 § 1999. 5. 31
어람번호 § 제1-3100호

주소 § 경기도 부천시 부일로 483번길 40 서경B/D 3F (우) 14640
전화 § 032-656-4452 팩스 § 032-656-4453
http://www.chungeoram.com
E-mail § chungeorambook@daum.net

ISBN 979-11-04-92283-1 04810
ISBN 979-11-04-92281-7 (세트)

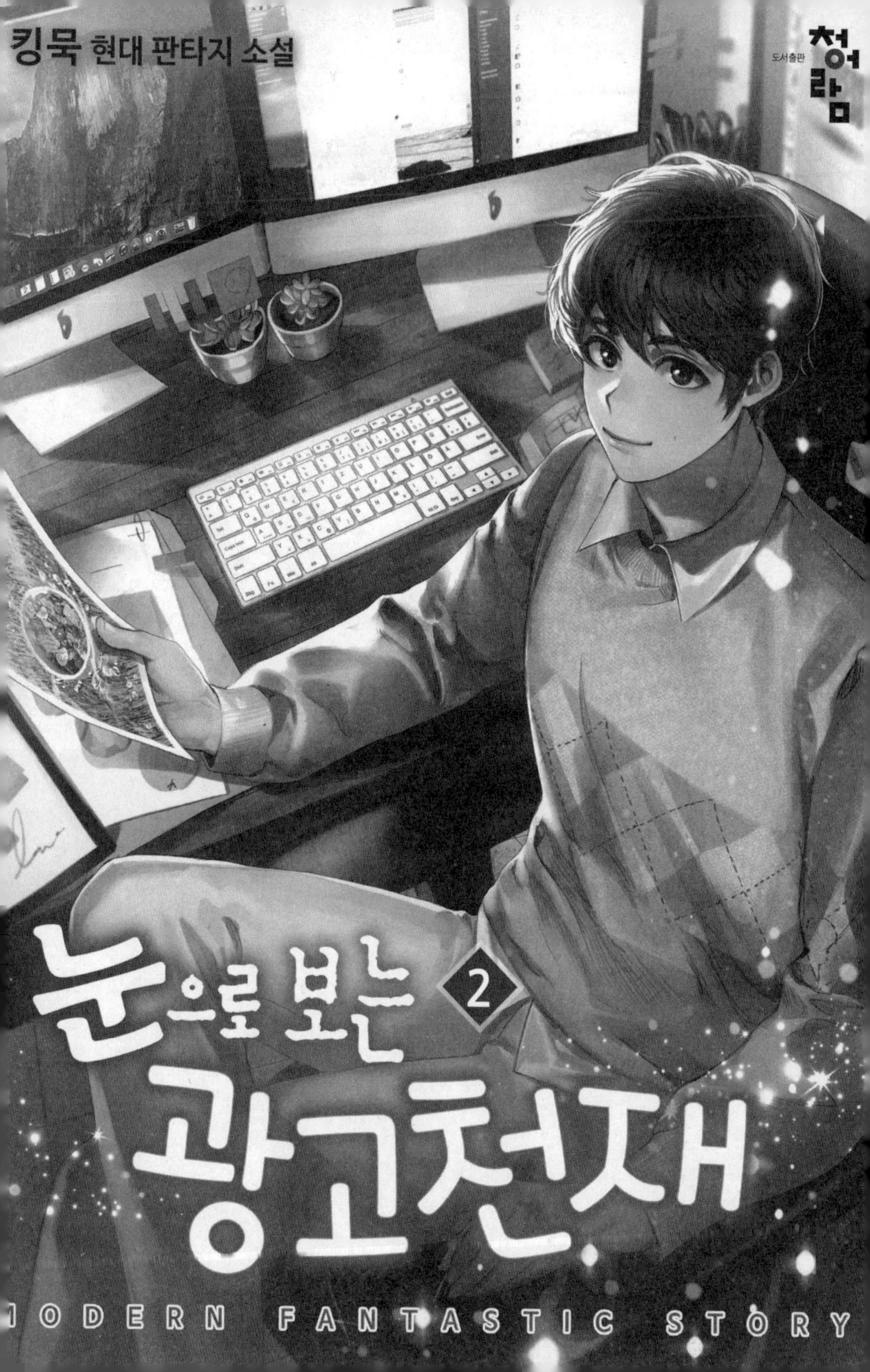
킹묵 현대 판타지 소설
도서출판
청어람
눈으로 보는
2
광고천재
ODERN FANTASTIC STORY

목차

제1장

파우스트

며칠 지나지 않았는데도 파우스트는 마음이 급했는지 고객 참여 이벤트를 빠르게 준비했다. C AD에서 모든 계획을 세웠기에 따로 준비할 것이 없었다. 지금 할 일이라고는 C AD에서 준 홍보지를 이용해 커뮤니티에 글을 올리는 게 다였다.

C AD 팀원들 역시 커뮤니티에 글이 올라온 걸 확인했다. 예상한 반응이 나오는 중이었다. 홍보글을 게시판에 올렸다고 지적하는 글이 상당했지만, 그중에 몇 명만이라도 관심을 보인다면 입소문을 타고 금방 늘어날 것이었다. 다들 조금은 걱정하는 마음으로 이벤트를 진행 중인 파우스트 SNS에 접속했다. SNS를 살피던 범찬은 불안한 얼굴로 한숨을 뱉었다.

"후……."

"왜 한숨이야."

"어떻게 한 명도 없어? 설마 내 그림 때문은 아니지?"

"아니야. 아직 홍보가 부족해서 그래. 지금도 부족하다는데 SNS 홍보 업체에 의뢰하라고 할 수도 없고. 그래도 댓글 한두 개 달리기 시작하면 늘어날 거야."

"안 되겠다. 나라도 일단 달아야지."

"그러든가. 나도 달아야겠다. 다들 생각나는 거 있으면 하나씩 달아봐요."

"아니야. 넌 쉬어."

"왜? 나도 달 건데?"

"아니야. 넌 드립에 소질이 없어. 카피나 만들어."

범찬의 만류에도 한겸은 개의치 않고 댓글을 달았다. 이벤트 댓글 중 가장 처음으로 단 주인공이 되었다. 나름 만족해하며 새로고침을 하자 범찬의 댓글이 보였다.

—파프리카만큼 건강한 파프리!

"네가 더 소질 없는 거 같은데."

"뭔 소리야. 아프니까 청춘이다가 더 구린데! 파프리가 하나도 안 들어가잖아."

"형, 형이 보기에는 누가 더 나아요?"

종훈은 '엄마가 좋아, 아빠가 좋아?'만큼 어려운 질문에 대답

을 피해 버렸다. 계속해서 새로 달린 댓글이 있는지 확인하려
할 때, 한겸의 휴대폰이 울렸다.

―김 대표님! 30분도 안 돼서 댓글 달렸습니다!
"아, 그거 제가 단 거 같은데."
―그거 말고 파프리카만큼 건강한 파프리랍니다, 하하하. 그런
데 이제 슬슬 댓글 달리기 시작하겠죠?
"조금 기다려 보세요."

고작 댓글 하나가 달렸을 뿐인데 그 반응조차 기쁘게 받아들
이고 있었다. 그때, 갑자기 범찬이 크게 웃으며 소리를 질렀다.

"야! 댓글 또 달렸다. 푸하하하. 네가 쓴 글에 댓글 달렸어. 너
보고 탈락 각이래. 싫어요도 달렸다. 크크크크크. 어? 네 거에
싫어요 또 늘었는데?"
"드립을 잘 모르는 사람들이네."
"네가 더 모르는 듯."

한겸은 피식 웃었다. 비록 이벤트에 참여하는 댓글은 아니었
지만, 관심을 보이고 있었다.

*   *   *

배우 서승원은 밖에 나가는 걸 좋아하지 않아서 대부분의 시

간을 집에서 보냈다. 지금도 변함없이 소파에 누워 휴대폰만 만지작거렸다. 하는 일이라고는 자신의 팬카페를 구경하며 어떤 글이 올라왔는지 살펴보는 게 다였다. 사실 팬카페이기는 하지만 유머 게시판이나 다름없었다. 팬이 몇 명 없을 시절 자신이 이곳에 상주하고 있다는 소문이 나면서 한두 명씩 모이기 시작했는데, 이제는 자신에 대한 글을 찾아보기도 힘들었다. 그래도 가끔씩 보이는 날도 있었기에 서승원은 오늘도 어김없이 팬카페를 살펴보던 중이었다. 그때, 눈살을 찌푸리게 만드는 글이 보였다.

"뭔 광고 글을 올려. 이제는 하다하다 광고까지 올라오네."

Far Free라는 광고 글이었다. 서승원은 직접 그 글을 지워 버렸다. 그러고는 시간을 확인했다.

"아, 광고 나오겠네."

이렇다 할 성과 없이 조연으로만 배우 생활을 하던 자신에게 데뷔 후 첫 광고가 들어왔다. 지역 광고도 아닌 광고주가 직접 선택한 광고였다. 바로 DH은행이었다. 광고 내용도 평소 자신의 모습 그대로를 보여주는 것이었기에 무척이나 편하게 촬영한 광고였다. 오늘이 그 광고가 나오는 날이었다.

첫 광고가 20대에게 인기 있는 예능 프로 앞과 중간에 편성되었다고 연락받았기에, 평소에 보지도 않던 예능이 나오는 채널을 틀었다. 이제 막 앞 프로가 끝나고 광고가 나오기 시작했다.

광고가 나오면 채널을 돌리던 평소와 달리 한순간이라도 놓칠까 눈을 크게 뜨고 TV를 주시했다.

"어! 나온다! 하하."

드라마나 영화와는 또 다른 기분이었다. 짧은 광고였지만, 자신이 주연이 된 기분에 광고에서 했던 대사까지 뱉었다.

"묘하게 부지런해진 거 같은데? 하하. 좋단 말이야."

서승원이 매우 만족해하며 광고를 볼 때, 광고 하단에 적힌 글이 보였다.

―청년 아이디어 첫 번째 당선작 동인대학교 창업 동아리 C AD.

그사이 광고가 끝났고, 서승원은 다시 소파에 드러누웠다. 자막을 보니 촬영 당시 광고주로 현장에 왔던 과장이라는 사람에게 들은 말이 떠올랐다. 공모전 결과로 광고를 제작하게 됐다면서, 당선된 팀에서 모델로 자신을 선택했다는 말이었다. 그래서 자신이 모델로 뽑히게 되었다고 했다.

고마운 마음을 전하고 싶은 마음에 연락처를 물었지만, 알려줄 수 없다고 했다. 그렇다고 동인대까지 찾아가기에는 유난 떠는 것처럼 보일 것 같기도 했다. 그리고 무엇보다 귀찮았다.

그래도 가만있기에는 계속 신경이 쓰였기에, 어떤 동아리인지

나 알고 싶은 생각에 SNS에 C AD를 검색했다.

"3D 오토 데스크는 아니고. 소프트웨어도 아니고. 아, 뭐야. 어? 이건가? C AD? 동인대라고 했는데."

서승원은 고개를 갸웃거리며 SNS에 접속했다. 게시글도 몇 개 없는 걸 보면 새로 만든 지 얼마 안 된 모양이었다. 그때, 어디서 본 것 같은 홍보물이 보였다.

"어? Far Free? 이거 아까 봤던 거 아니야? 맞네?"

서승원은 홍보물을 유심히 살펴봤다. 그 뒤로도 다른 게시글 까지 살펴보고서는 홍보물을 다운받았다.

"이제 시작하는 친구들이네. 흠, 이 정도면 도움이 되려나?"

약간 귀찮기는 했지만, 그래도 은혜를 받았으면 보답을 해야 된다는 생각에 유머 게시판으로 바뀌어 버린 자신의 팬카페에 접속했다. 공지사항에는 운영자가 벌써 자신이 나온 DH 광고를 올려 버렸다. 서승원은 만족한 미소를 짓고는 바로 밑 공지사항 에 Far Free의 광고를 올렸다.

아무런 내용도 없이 광고만 올렸는데도 불과 몇 분 만에 댓글 이 수두룩하게 달렸다.

―게으름 본좌 등판.
―형… 형이야? 형이 왜 거기서 나와?
―진짜다! 진짜가 나타났다!
―Far Free가 뭐야. 여기도 모델 해?
―우리 형 잘나간다!

광고에 대한 내용은 하나도 없이 자신이 등장한 사실에만 관심을 보였지만, 그것도 나름대로 기분 좋았다.

*　　　　*　　　　*

동아리실에 모인 C AD 팀원들은 모니터에 얼굴을 파묻었다. 모니터에는 DH은행의 광고가 나오는 중이었다.

"정말 광고로 나왔네. 완전 신기하다."
"이렇게 나왔구나."
"정말 이거 셋이서 만든 거예요?"
"아이디어는 한겸이가 냈고, 노동은 우리가 했지."

한겸을 제외한 세 사람은 한겸의 아이디어로 만들어진 광고가 신기한지 연신 돌려보는 중이었다. 하지만 광고가 제작됐음에도 한겸의 표정은 아쉬움이 가득했다.

'뭐가 부족한 거지? 왜 전부 노란색인 거야.'

한겸은 너무 아쉬웠다. 물론 온전한 색이 보일 거라는 기대는
없었다. 하지만 광고는 물론이고 모델까지 노랗다 보니, 둘 다 광
고에 어울리는 건 확실하다는 생각에 아쉬움이 강하게 들었다.

'뭐가 부족해서 저렇게 보이는 거지? 뭘까? 뭐지?'

어젯밤 광고를 처음 봤을 때부터 지금까지 노랗게 보이는 이
유를 생각했지만, 쉽게 답이 나오지 않았다. 하지만 인쇄물만은
달랐다. 자신의 카피를 중심으로 나온 인쇄물은 확실히 색이 보
였다. 그러다 보니 혼란스러웠다.

'인쇄물 최적화… 는 아닐 거고. 혹시 배경음인가?'

"아! 맞다. 미디어 광고는 배경음까지 신경 써야 해!"
"뭘 갑자기 배경음이야."
"이 광고! 이 광고 말이야. BGM 이상하지 않아?"
"난 잘 모르겠는데?"
"나도 잘."

한겸도 사실 그렇게 이상함을 느끼진 못했다. 음악을 전문으
로 하는 사람이 아닌지라 당연할 수밖에 없었다.

"너 설마 이제는 노래도 고르라고 할 거 아니지?"

"……"

"뭐야! 왜 대답 안 해? 대답해라!"

한겸은 자신이 미디어 광고를 제작할 때는 배경음까지 신경 써야 할 것 같다고 생각 중이었다. 그때, 한겸의 휴대폰이 울렸다.

"아, 임 부장님."

한겸의 말을 들은 세 사람은 곧바로 파우스트의 SNS를 접속했다. 어젯밤부터 DH은행에 대한 광고를 보느라 신경을 쓰지 못했다. 그래도 수시로 확인했고, 어젯밤에 확인했을 때까지는 큰 변화가 없었다.

"아침부터 무슨 일이세요?"

―김 대표님! 감사합니다! 감사해요!

"네?"

―정말 감사합니다! 지금 저희 Far Free가 실검에 올랐어요!

"실검이요?"

한겸은 전화를 받으며 노트북으로 검색사이트에 접속했다. 그리고 1위부터 살펴보기 시작했다. 1위인 DH 광고 모델 서승원을 시작으로 7위까지 내려오자 Far Free가 눈에 들어왔다. 그때, 파우스트 SNS에 접속 중이던 범찬의 목소리가 들렸다.

"칠백? 1등 좋아요가 칠백? 벌써?"

―정말 감사드립니다. 오늘 온라인 주문도 들어오기 시작했어요. 이렇게만 되면 저희 이제 살아날 것 같습니다.

생각보다 반응을 빨리 보였다. 브랜드 평판을 생각하면 너무 빠른 속도였다. 한겸은 일단 축하한다는 말을 끝으로 통화를 마쳤다. 그러고는 SNS를 살펴보기 시작했다.

―검은 머리가 파뿌리가 될 때까지.
―ㅋㅋㅋ약 빨았냐.
―미친. 파뿌리래.
―배운 사람이네.

가장 위에 위치한 댓글부터 웃음이 나왔다. 그 댓글에 달린 댓글들도 반응이 좋았다. 한겸 역시 보자마자 괜찮다는 느낌을 받았다.

"이거 노부부 그려놓고 머리카락 대신 Far Free를 쓴 거로 하면 되겠다."
"크크크. 난 여기 밑에가 더 웃긴데. 누가 드립의 민족 아니랄까 봐 미친 거 같아. 우리 돈 버는 거 확실하겠다!"

그 밑으로도 댓글이 수두룩하게 달려 있었다.

—어! 여기 밥풀이?
—오빤데… 바쁘니?

기상천외한 댓글들이 수두룩했다. 자신의 아이디어로 만든 이벤트가 좋은 반응을 보이니 기분이 좋았다. 하지만 너무 빨랐다. 이렇게 빠르게 반응이 온 이유를 파악하는 게 더 중요했다.

모두들 댓글을 확인하는 사이 한겸은 검색을 바탕으로 이유를 찾기 시작했다. 신기하게도 Far Free를 검색하자 수두룩하게 글이 올라왔다. 대부분 커뮤니티에서 올라온 글이었다. 그중 하나를 찾아 들어갔다.

그 글에는 다른 사이트에 올라온 글을 캡처한 사진이 올라와 있었다. 그리고 거기에도 댓글이 있었다.

—중복.
—같은 페이지에 3개나 있음.
—ㅋㅋ나도 참여하러 가야지.
—출처도 안 적음? 노양심일세.

댓글만 봐도 얼마나 많은 양이 올라왔는지 알 수 있었다. 다른 사이트 역시 마찬가지였다. 어느 한 곳에서 시작된 것을 퍼나르는 일이 반복되며 계속해서 퍼지고 있었다. 한겸은 캡처한 사진에 적힌 처음 나온 출처로 의심되는 곳을 찾아 들어갔다.

"명품 조연 서승원의 팬카페?"

"웅? 갑자기 서승원은 왜?"

댓글을 확인하던 세 사람도 한겸의 옆으로 모여들었다.

"뭐야? 공지에 우리 이벤트 있는데? 댓글은 하나도 없는데?"

공지를 클릭하자 바로 범찬이 만든 홍보물이 보였다. 그리고
그 밑에는 서승원이 직접 적은 것으로 보이는 글이 달려 있었다.

—형이다. 나한테 질문 금지. 나 모델 아니다.
—여기다 댓글 달지 마라. 괜히 여기다 올렸다가 자기 드립 뺏겼
다고 난리 쳐도 소용없다. 분쟁 나는 순간 쫓아낸다.
—드럽게 말 안 들어. 댓글 막는다. 수고.

무척이나 불친절하게 적혀 있는 글이었다. 한겸은 그 글을 보며
그만 웃어버렸다. 그때, 옆에서 보던 수정이 고개를 갸웃거렸다.

"이 사람이 왜 이거 올렸어?"

"DH은행에 광고 아이디어 낼 때 우리가 이 사람 추천했거든."

"무슨 은혜라도 갚는 건가?"

"그럴 수도 있고. 아무튼 고맙네. 이 사람 덕분에 쉽게 됐다."

그러자 범찬이 손가락을 저으며 끼어들었다.

"아니지. 다 내 덕이지. 내 디자인이 쩔었고, 너희들 아이디어가 좋아서 성공한 거지. 내 성공을 남 덕분으로 돌리지 말라고."
"하하, 그래. 휴, 너무 반응이 빨라서 조금 얼떨떨하네."

함께 만든 아이디어를 즐기는 사람들을 보며 묘한 기분이 들었다.

*　　　　*　　　　*

Far Free는 실시간검색어에서는 내려왔지만, 반응은 꾸준했다. 덕분에 C AD 전체가 무척이나 바빴다.

"겸쓰, 이거 어때!"
"봐봐."

가장 첫날 봤던 파뿌리가 1등을 굳건히 지키고 있었고, 밥풀이 2등으로 올라왔다. 아직 이벤트가 끝나지 않았지만, 1등, 2등은 거의 확실시되었다. 그렇다 보니 파우스트에서 미리 작업을 시작해 달라고 연락이 왔다.

"차라리 정말 밥풀처럼 얼굴에 붙어 있는 게 어떨까?"
"그럼 얼굴인지 아닌지 어떻게 알아!"

"그런가? 그럼 얼굴을 그려놓고 돋보기로 확대하는 거처럼 보이게. 그럼 신발도 같이 보일 거 아니야."

"이거 댓글 단 사람 찾아서 무슨 생각으로 그런 댓글 달았는지 물어보는 게 빠르겠네."

이벤트에 달린 댓글로 제작하는 홍보물은 어설플 필요가 없었다. 파우스트에게 설명한 대로 제대로 제작이 돼야 이벤트가 더 빛을 발할 수 있었다. 먼저 초안을 잡아놓은 뒤 프로덕션에서 완성시킬 계획이었다. 그 때문에 C AD 사람들이 모두 작업을 하는 중이었다.

'그림만 그려서인가. 색이 다 보이네.'

오히려 색이 보이는 것이 더 편하게 느껴졌다. 한겸이 열심히 하니 다른 세 명도 불평하지 못하고 그림을 그리는 중이었다. 게다가 창업지원센터장이 수시로 방문해 칭찬과 함께 기대한다는 말을 하는 통에 열심히 안 할 수가 없었다.

처음 센터장이 동아리실을 찾은 이유는 DH은행에 대한 일을 칭찬하기 위해서였다. 그런데 다음 날 또 찾아왔다. 파우스트 일이 인터넷에 유행처럼 돌다 인터넷으로 기사가 나왔다. 비록 짧은 소개였지만, 동인대 창업 동아리라고 소개하며 DH은행 공모전에 입상했다는 소개가 나왔다. 간단한 소개였지만, 센터장의 입맛에 딱 맞는 기사였다.

센터장이 자꾸 동아리실에 오려는 이유야 뻔했다. 자신의 입

지를 좀 더 굳건히 하려는 의도가 너무 티 났다. 와서는 앞으로
도 열심히 하라며 응원을 하고 돌아갔다. C AD에 피해가 오는
일은 없었기에 오지 말라고 할 순 없었다. 오히려 센터장 덕분에
빔 프로젝터와 컴퓨터까지 지원을 약속받았다. 창업 동아리 중
가장 눈에 띄는 성과를 보이니 당연한 결과였다.

*   *   *

　파우스트의 대표는 지금 상황이 꿈만 같았다. 대표라는 명함
이 있었지만, 대부분을 개발 팀 연구원으로, 때로는 사무직원으
로, 때로는 생산직으로 일하며 키워온 회사였다. 그런 회사가 곧
폐업만을 앞두고 있다 대학생들의 머리에서 나온 기획 덕분에
거짓말처럼 살아났다. 모든 것이 기적처럼 느껴졌다.
　주문만 하더라도 당장 눈에 띄게 많아졌다. 갑작스럽게 바빠
진 덕분에 회사에 일손이 부족할 정도였다. 특히 생산 부분에서
일손이 부족해서 공장에 나와 포장을 하는 중이었다. 자주 있었
던 일이기에 다른 직원 역시 그다지 불편해하지 않았다.

"갑자기 바빠져서 다들 힘들죠?"
"힘들긴요. 이게 다 돈 아입니까."
"하하, 그렇죠."
"회사가 어려워도 지금까지 월급 한 번 빼먹은 적 없다 아인교."

대표는 활짝 웃으며 고개를 끄덕거렸고, 함께 포장 라인에 있

던 직원들도 저마다 입을 열었다.

"저는 야근수당 꼬박꼬박 챙겨주는 거 보고 너무 놀랐어요. 이러다 망하는 거 아닐까 하고."

"그러다 망할 뻔했죠, 하하."

"호호호, 대표님도 참. 항상 고맙게 생각하고 있어요. 생산직이라고 무시하지 않고 챙겨주셔서 너무 고마워요."

"맞다, 맞다! 설날이라꼬 맨날 치약 같은 거만 받다가 상품권 받고 기절초풍하는 줄 알았다 아인교."

"에이, 온 지 얼마 안 돼서 몰랐구나? 명절 때마다 항상 그러셨는데. 항상 우리 공장부터 챙겨주셔."

대표는 기분 좋은 미소와 함께 입을 열었다.

"그렇게 생각해 주셔서 고맙습니다. 저는 여러분들이 우리 회사의 기둥이라고 생각합니다. 지금까지 버텨온 것도 전부 여러분 덕입니다. 휴, 그런데 지금 상황이 일시적일 수도 있어서 당장 인원을 추가하기는 어렵습니다. 여러분들이 고생하지 않도록 제가 최대한 빨리 파악해 인원을 추가하겠습니다."

"고생은요. 그보다 야근수당도 챙겨주시는 거죠?"

"당연하죠. 일한 만큼 받아 가셔야죠."

다들 힘든 기색 없이 회사가 살아난 걸 자신의 일처럼 기뻐했다. 그 모습을 보며 대표는 정말 다행이라는 생각에 가슴이 벅

차올랐다. 그때, 공장 책임자인 공장장이 다가왔다. 밑창을 붙이고 있었는지 형광 본드를 든 채 입을 열었다.

"대표님, 왜 전화 안 받으세요. 지금 회사 난리도 아니라는데."
"회사에서? 왜 무슨 일이야?"
"모르죠. 임 부장 지금 공장으로 출발했답니다. 전화해 보세요. 저 바빠서 갑니다."

공장장이 바쁘게 가버리자 대표는 장갑을 벗은 뒤 주머니에서 휴대폰을 꺼냈다. 휴대폰에는 꽤 많은 양의 부재중전화가 와 있었다. 그 부재중전화를 보자 무척이나 불안해졌다. 지금보다 더 좋은 일이 없을 것이라고 생각해서인지, 임 부장이 전화를 건 이유가 안 좋은 소식을 전하기 위해서인 것만 같았다. 그렇다고 직원들 앞에서 불안해할 수는 없었다. 나가서 전화를 걸려 할 때, 전화가 또 걸려왔다.

─대표님! 대표님! 지금 난리 났습니다. 인터넷에 우리 Far Free 리뷰한 사람들이 늘고 있어요.
"그게 무슨 말이지?"
─우리가 부탁하지도 않았는데 크리에이터들이 리뷰해 주고 있다고요. 그리고 반응도 전부 좋아요!
"그 사람들이 왜 갑자기. 전에는 홍보비 달라고 하지 않았었나?"
─그러니까요. 우리 이벤트가 유행하니까 우리 신발을 리뷰하나 봅니다! 일단 제가 공장에 가고 있으니까 가서 설명드리겠습

니다.

"그럼 주문이 더 들어올 수도 있다는 건가?"

─그렇죠. 아까 공장장님한테도 보냈습니다.

"이미 다 말했으면 공장까지 올 필요 없는… 임 부장 포장 좀 하나?"

통화 내용을 엿듣던 직원들은 저마다 피식거리며 웃더니 입을 열었다.

"모르면 어때요. 잘 가르쳐 줄게요."

"임 부장님 잘할 거예요."

"임 부장님이 누군데요?"

"어깨 축 처져서 계신 분 있잖아. 저번에 깔창 넣던 분."

그 말을 들은 대표는 크게 웃었다.

─대표님? 갑자기 왜 그러세요?

"아니야. 임 부장."

─네, 대표님.

"고마워."

대표는 진심이 가득한 표정으로 가볍게 고개까지 숙였다. 보이지도 않는 직원에게 고개까지 숙여 인사하는 모습을 지켜본 직원들은 저런 대표와 함께한다는 걸 행복해했다.

　　　　　　*　　　　　*　　　　　*

　프로덕션의 방 PD는 모니터를 보며 헛웃음을 뱉었다. 어떻게
이런 생각을 했는지 기가 막혔다. 파우스트에 딱 맞는 마케팅이
었고, 효과는 너무 컸다.

"수정이도 이거 같이한 거예요?"
"같이하긴 했다더라. 대부분 한겸이 생각이지만."
"걔 좀 특이하죠? 수정이랑 같은 나이인데도 여유가 있다고 해
야 하나?"
"집이 잘살아서 그런가 보지. 큰 과일 가게 한다더라."
"그래도 대단한 거 같아요. 그 헬스장 관장도 지금 인기 엄청
많던데. Y튜브에 하루가 다르게 구독자가 늘더라고요."
"헬스장 반응도 꽤 좋아."

　많은 걸 본 것은 아니지만, 지금까지 본 것만 놓고 보면 확실
히 능력은 있었다. 그렇다 보니 미디어 광고를 제작하면 어떤 광
고를 제작할지 궁금한 마음도 들었다.

"그런데 오늘 왜 온대요? 작업할 거 보내면 되는데."
"모르지."
"좀 특이하네. 애가 주눅도 안 들고 할 말 또박또박 잘하던데.
그나저나 파우스트 대박이겠는데요? 임 부장 맨날 죽을상이라

안쓰러웠는데 잘됐네요."

방 PD가 임 부장을 생각하며 고개를 끄덕거릴 때, 임 부장에
게서 전화가 걸려왔다.

—PD님! 잘 지내셨죠!
"임 부장님, 축하해요."
—아, 하하. 보셨습니까? 어휴, 지금 회사 난리도 아닙니다.
"그렇게 잘돼요?"
—그럼요. 지금 주문도 많이 들어오고 있어요. 이대로만 나가
면 한 달 만에 연 매출 찍을 거 같아요.
"오, 축하해요."
—하하, 다 PD님 덕분이죠. PD님이 소개해 주서서 저희 살았
습니다. 그래서 찾아뵙고 인사를 드려야 하는데 지금은 너무 바
빠서요. 그래서 지금은 인사차 전화를 드린 거고, 조만간 저희
대표님하고 식사 자리 하시죠. 저희 대표님도 너무 감사하다고
꼭 인사드리고 싶다고 그러시네요.

월급 받는 사람이면서 회사가 잘됐다고 저렇게 좋은가 싶을
정도로 행복한 목소리였다. 그 목소리 때문에 방 PD마저 기분
이 좋아졌다. 그때, 누군가 프로덕션에 들어왔다. 고개를 돌려보
니 한겸이 보였다.

"이리로 와."

"안녕하세요. 안녕하세요."

한겸은 프로덕션 직원들에게 인사를 건네며 방 PD에게 걸어
갔다.

"작업물만 보내지 힘들게 여기까지 왔어."
"아, 제가 좀 보면서 해야 해서요."
"그래? 일단 한번 볼까?"

한겸은 준비한 자료를 보여주었다. 댓글과 함께 그림에 대한
설명이 한참이나 이어졌다.

"어렵진 않겠네. 해보자고."
"잘 부탁드립니다."

*　　　　*　　　　*

예상했던 대로 댓글 순위엔 큰 변화가 없었다. 1, 2, 3등까지
고정이었고 그 밑으로는 오르락내리락거렸다. 한겸은 이미 1, 2등
의 댓글로 제작한 광고지를 완성시켜 파우스트에 보낸 상태였고,
3등 댓글은 프로덕션에서 제작 중이었다. 물론 한겸이 만족할 만
한 결과를 얻진 못했다. 댓글을 기준으로 작업하다 보니 수정하
기에도 한계가 있었다. 그나마 회색으로 보이는 것으로 만족해
야 했다.

"어! 이벤트 끝났다."

보름간의 이벤트가 끝났다. 한겸 역시 이번 일에서 많은 걸
얻었다. 계획보다 더 큰 성공 덕분에 작게나마 기사들이 나왔다.
계획대로 인지도를 쌓을 수 있었다.

또 광고에 대해서 조금 더 깊은 지식을 쌓은 것 같았다. 빨갛
게 보이는 광고가 비록 못 만든 광고라고 해도 아예 못 쓰는 건
아니었다. 물론 어떻게 사용할지는 자신이 판단해야 했지만.

상당히 얻는 게 많은 일이었다. 그렇지만 모든 일이 끝난 건
아니었다. C AD가 할 일은 이제부터 시작이나 다름없었다. 때마
침, 기다리던 임 부장이 찾아왔다.

"안녕하십니까! 따뜻한 아메리카노 좀 사 왔습니다."

전과는 180도 다른 모습이었다. 얼굴은 피곤해 보였지만, 그
얼굴에는 무척 환한 미소가 있었다.

"감사해요. 여기 앉으세요."

임 부장이 자리에 앉아 잠시 파우스트가 돌아가는 상황에 대
해 말했다. 그 얘기를 들은 C AD 네 명의 표정은 제각각이었다.
자랑스러워하며 뿌듯해하기도 했고, 앞으로의 일을 기대하는 얼
굴이기도 했다.

"제가 찾아뵙고 싶다고 한 이유는 이겁니다."

임 부장은 활짝 웃으며 서류철을 내밀었다. 한겸이 대표로 그
서류철을 열었다. 그러고는 천천히 읽어 내려갔다. 한참을 읽은
뒤에야 한겸은 걱정스러운 얼굴로 입을 열었다.

"10건이나 제작하신다구요?"
"네! 당연한 거 아니겠습니까?"
"저희 때문에 그러신 거면 안 그러셔도 돼요. 너무 많아요."
"물론 김 대표님께 감사하지만, 저건 저희에게 마음을 보여준
소비자들을 위해 결정한 사항입니다."

뒤에서 얘기를 듣던 범찬마저 흠칫 놀랐다. 앞으로의 고생길
이 눈에 훤했다. 다른 두 명의 표정 역시 범찬과 비슷했다. 그
모습을 보던 임 부장은 멋쩍은 얼굴로 입을 열었다.

"물론 부족한 거 압니다."
"아니에요. 저희가 직원이 적어서 밤샐 걱정 하느라 저런 거예요."
"아닙니다. 파우스트를 살려주셨는데 충분히 보상해 드려야죠."
"계약한 대로만 해주시면 돼요."

임 부장은 당연하다는 얼굴로 고개를 끄덕이더니 조심스럽게
입을 열었다.

"계약한 대로 해야죠. 다음번에 계약할 때는 정말 제대로 보답해 드리겠습니다. 저희가 신제품 개발 기획 회의도 결정 났거든요. 시간은 걸리겠지만, 꼭 C AD가 맡아주셨으면 합니다. 저희 대표님의 강력한 의견입니다. 연 단위로 계약하고 싶지만, 아직 그럴 단계는 아니라서요. 그래도 최선을 다해 돕겠습니다! 하하."

한겸은 고개를 숙여 감사함을 대신했고, 얼떨떨한 표정으로 있던 세 사람은 한겸의 모습을 보고선 주먹을 불끈 쥐었다. 아직 한 곳뿐이고 추가 계약까지 이어진 것은 아니었지만, 앞으로 C AD를 계속할 수 있다는 확신이 생겼다.

제2장

두레바

　파우스트의 이벤트가 끝났지만, 나머지 작업은 계속되었다. 이미 좋아요를 받은 순으로 3위까지 제작한 광고가 공개되었다. 그와 동시에 파우스트에서는 대표가 직접 순위에 든 사람을 만나 신발을 증정했다. 또한 수상자가 원하는 헬스장에 방문해 연간 회원권까지 등록시켜 줬다. 헬스권을 원하지 않는 사람에게는 상품권으로 대신하는 융통성까지 보여주었다. 그리고 그 모든 순간을 사진으로 찍어 SNS에 게재했다.

　보통 이런 이벤트에서는 선물을 주는 데도 시간이 걸리게 마련이었다. 하지만 파우스트에서는 이벤트가 끝나는 것과 거의 동시에 선물을 증정했다. 그러자 사람들의 반응도 꽤나 좋았다. 한겸도 여기까지는 예상하지 못했다.

"우리 예약 단골 열심이네. 분위기를 조금이라도 천천히 식게 하려고 이러는 거지?"

"그럴 수도 있고. 파우스트 대표님이나 임 부장님 보면 정말 고마워서 저러는 거 같기도 하고."

"하긴. 어찌 됐든 잘됐다. 아! 큰일이네. 이거 또 근바 아저씨가 이거 보면 왜 자기네는 저렇게 안 해줬냐고 난리 칠 텐데. 어제 너 프로덕션 갔을 때 전화 와서 막 서운해하더라."

"헬스장 사람 많지 않아?"

"늘고 있다고 하더라. 그런데도 파우스트 기사 보고선 하루 GYM하고 연계해서 하면 얼마나 좋냐고 그러더라. 헬스 하러 부산에서 여기까지 올 일 있어?"

한겸은 피식 웃었다. 하루 GYM도 꾸준히 늘고 있다는 얘기를 듣긴 했지만 직접 눈으로 볼 필요가 있었다. 그 때문에라도 헬스장에 들를 참이었다.

*   *   *

다들 파우스트의 마무리 작업을 하던 중이었기에 한겸은 혼자서 하루 GYM에 도착했다. 들어가자마자 보이는 모습은 전과는 완전히 달라져 있었다. 입구 근처에는 있는 러닝머신 위에서 달리기를 하는 사람들도 있었고, 각종 기구에서 영상을 보며 운동을 하는 사람들이 꽤 있었다. 아직 낮인데도 꽤 많은 회원이 운동 중이었다. 게다가 관장의 반응도 전과는 정반대였다.

"우리 김 대표! 하하, 바쁜데 어떻게 왔어요!"

"확인차 와봤어요. 회원 변동 자료 좀 보려고요. 볼 수 있을까요?"

"그럼요! 당연하죠! 하하."

무척 친절한 태도였다. 한겸은 가볍게 웃으며 헬스장을 둘러봤다.

"회원 수 관리는 하셔야 해요. 너무 많은 회원이 몰리면 부정적인 반응을 보일 수 있거든요."

"꼭 그래야 하나요……?"

"운동하러 왔는데 사람이 너무 많으면 싫지 않을까요? 적정선이 필요해요. 회원들이 언제 방문할지 모르지만 그래도 어느 정도 여유는 필요해요."

"후… 너무 작아서 그러네. 에이, 이럴 거면 애초에 크게 차릴걸."

관장은 아쉬워하면서도 한겸의 말을 알아들었다. 이미 한겸의 컨설팅을 한번 겪어봤고, 실제로 효과를 보는 중이었기에 그의 말을 신뢰하고 있었다.

"앞으로 이렇게 하시면 될 거 같아요. 걱정 없겠어요."

"하하, 그래야죠. 영상도 꾸준히 올리고. 아! Y튜브 우리 채널

구독자가 벌써 3만이에요. 하하, 이게 엄청 빨리 느는 거라고 하더라고요. 자꾸 근바라고 해서 좀 그렇지만. 하하."

"저도 봤어요. 재밌더라고요."

"다 김 대표님이 소개해 준 덕분이죠. 요즘 방 PD님이 힘들어 하시는 거 말고는 걱정 없습니다."

한겸은 방 PD를 피곤하게 만든 장본인이 자신이라 머쓱하게 웃었다. 그때, 한겸의 전화가 울렸다. 처음 보는 전화번호를 보며 고개를 갸웃거렸다.

"여보세요?"

―실례지만, C AD 김한겸 대표님 휴대폰이 맞습니까?

"네, 그런데 누구세요?"

―아! 맞군요. 전 동일식품의 조윤승라고 합니다. 다름이 아니라 저희 홍보를 부탁드리려고 연락드렸어요.

한겸은 매우 놀랐다. 이렇게 기업에서 먼저 연락 오는 것은 생각지도 못했던 일이었다. 가슴이 두근거릴 정도로 기분이 좋았다. 하지만 그것도 잠시였다. 현실이 떠올랐다. 아직 파우스트의 일도 끝난 상태가 아니었다. 지금 상황으로는 다른 회사까지 맡을 엄두가 나지 않았다.

―파우스트 임 부장님한테 소개받았어요.

"아, 그러셨군요."

—저희하고 공동마케팅을 같이하려 했던 곳이라서 C AD 얘기를 들을 수 있었습니다.

한겸은 물론 하고 싶은 마음이 컸지만, 혼자서 결정할 건은 아니라고 판단했다. 파우스트의 일이 끝난 뒤, C AD의 SNS나 홍보에 대해 신경을 쓸 계획이 어긋나는 일이기도 했다.

"제가 지금 나와 있거든요. 회사에 들어가서 연락드릴게요."
—네, 꼭 연락 주세요. 기다리겠습니다.

통화를 마친 한겸은 한숨을 뱉었다. 임 부장이 최선을 다해 돕겠다는 말이 이해가 됐다. 그때, 옆에 있던 관장이 뭔가를 바라는 얼굴로 쳐다봤다.

"왜 그러세요?"
"에이, 알면서."
"네?"
"그거 있잖아요. 신발하고 헬스장 연결시켜 주는 거. 이번에 하는 거 우리도 좀 신경 써달라는 거죠. 하하."
"어떤 건지도 모르는데요. 그리고 회원 많아지면 전처럼 망할 수도 있어······."
"아! 무슨 그런 말을! 빨리 퉤퉤퉤 해요."

관장은 안 들었다는 듯 귀를 막았고, 한겸은 피식 웃으며 하루 GYM을 나섰다.

*   *   *

동아리실로 돌아온 한겸은 동일식품에서 전화가 왔다고 알렸다. 그러자 예상했던 대로 다들 힘들어하는 얼굴이었다.

"그거까지 하려면 우리 인원이 많아야 해. 지금 우리로서는 너무 적어. 인원을 더 뽑으면 찬성."
"이번엔 범찬의 의견이 맞는 거 같아. 우리 아빠랑 삼촌들도 지금 엄청 힘들어하던데."

범찬과 수정의 의견도 맞는 말이었다. 확실히 인원이 적다 보니 맡을 수 있는 일이 한정되어 있었다.

"종훈이 형은 어때요?"
"난 조금 달라. 우리한테 처음으로 직접 찾아온 기업인데 처음부터 거절하는 건 안 좋을 거 같아. 그것도 소화 못 하면 앞으로 큰 기업들이 우리한테 맡길까?"

종훈의 얘기도 맞는 말이었다. 종훈의 말을 들은 두 사람 역시 동의하는 얼굴이었다. 한겸 역시도 맡고 싶은 마음이 더 컸지만, 마음대로 결정할 순 없었다.

"인원만 있으면 되는데… 지금 상황으로는 직원 뽑기에도 무리가 있고."

"왜? 그냥 뽑으면 되잖아. 뽑은 만큼 많이 맡으면 되는 거 아니야?"

"아직 안정적이지는 않잖아. 일이 있으면 다행인데 없으면 월급을 어떻게 줘? 차라리 알바를 뽑는 게 낫지."

"그럼 되겠네. 일 맡을 때마다 알바 구하면 되잖아."

범찬의 말을 들은 한겸은 무언가가 떠올랐는지 잠시 생각에 잠겼다. 잠시 뒤, 생각을 마쳤는지 입을 열었다.

"알바를 구하려고 해도 필요한 사람을 구하려면 힘들지 않을까?"

"그러네. 포토샵을 잘 만지거나 그림을 잘 그리는 사람 구해야 할 텐데 그럼 전문직이잖아. 그럼 더 비쌀 테고."

"돈은 그렇다 치고. 몇 명이나 필요한지도 모르잖아. 그걸 생각하려면 시간도 낭비되고. 아예 협업 업체를 만드는 게 어때? Do It 프로덕션처럼."

"외주? PD님네 있는데?"

"외주라고 볼 수도 있지만, 협업이 더 맞는 거 같아. 그리고 PD님은 지금 하시는 일도 있고, 미디어 전문으로 하기로 했잖아. 우리가 아이디어를 내놓고 작업은 그쪽에서 하는 거지. 우리는 아이디어 비용을 받고 그쪽에서는 작업 비용을 받고."

"어휴, 우리보다 작은 회사도 없을 건데. 하겠냐?"

"이해관계만 맞으면 하지 않을까? 협업 업체가 많을수록 더 많은 일을 맡을 수도 있고."

다들 동의하면서도 약간은 걱정되는 얼굴이었다.

"일단 생각뿐이야. 이해관계가 맞는다고 해도 맡아줄지 안 맡아줄지는 모르니까. 일단 알아보고 가능성이 있으면 해보자."
"잘될까? 말만 들으면 괜찮은 거 같기도 한데."
"그럼 어떻게 알아볼 건데?"

한겸은 작업 중이던 모니터를 가리키며 말했다.

"일단 파우스트 일부터 마무리 지어야겠지? 그리고 동일식품에서 원하는 광고 아이디어를 짜고 그걸 바탕으로 가능한 곳이 있는지 찾아야지. 그러니까 일단 파우스트 그림부터 빨리하자. 그래야 그거 들고 방 PD님한테 가지."
"아나… 기승전 파우스트냐……."

한겸의 말에 세 사람은 자신들도 모르게 부디 협업 업체가 구해지길 빌었다.

*　　　　*　　　　*

며칠 뒤. 동일식품의 조윤승은 부푼 마음으로 동인대 C AD가 있는 동아리실까지 찾아왔다. 파우스트 임 부장에게 소개를 받았을 당시에는 대학생들이라는 말에 걱정이 앞섰다. 엄연히 사회생활을 해본 사람과 안 해본 사람은 차이가 나게 마련이었다.

하지만 시간이 갈수록 파우스트의 인기가 점점 높아졌다. 오늘만 해도 댓글을 바탕으로 제작된 광고지의 반응이 상당히 좋았다. 동일식품과 마찬가지로 언제 망해도 이상하지 않을 파우스트가 살아났다. 그러다 보니 동일식품 역시 그렇게 되지 않을까 하는 기대를 하게 되었다.

그래서 막상 확답을 주지도 않았는데도 이곳까지 찾아왔다. 의뢰 내용을 들어보고 자신들이 할 수 있는 일인가 결정한다고 했다. 게다가 어찌나 많은 자료를 가져다 달라고 하는지 자료를 추리는 것만 해도 오래 걸렸다.

그런데 막상 이곳에 와서 분위기를 보니 앞서 했던 걱정이 슬금슬금 되살아났다. 서로 대표라고 부르는 모습에 애들 장난을 하는 건 아닐까 싶기도 했다. 게다가 홈페이지도 따로 없고 딸랑 SNS 하나뿐이었다. 그것조차 관리를 제대로 못 하고 있는 것 같았다. 그때, 연신 하품을 하고 있던 최 대표라는 사람이 전화를 받았고, 통화를 마친 뒤 입을 열었다.

"이제 거의 다 왔다네요. 기다리시게 해서 죄송해요."
"아닙니다. 제가 약속 시간보다 일찍 왔는걸요. 괜찮습니다."

30분이나 기다리는 중이었다. 조윤승은 그동안 이곳을 살펴보았다. 직원이라고는 남자 둘에 여자 하나, 그리고 이제 올 사람 한 명까지 총 네 명이었다. 동아리실이란 걸 감안하고 보더라도 있는 건 컴퓨터가 전부여서 걱정은 점점 커져갔다. 그때, 문이 열리며 누군가가 들어왔다.

"기다리게 해서 죄송해요. 제가 김한겸입니다."
"아! 김 대표님이셨군요. 저는 조윤승이라고 합니다. 조 부장이라고 부르시면 됩니다."
"오래 기다리셨을 텐데 바로 시작할까요?"

인사를 나누자마자 준비한 자료를 나눠 주고는 브리핑이 시작되었다. 조 부장이 나눠 준 자료에는 동일식품의 매출 및 홍보에 관한 자료는 물론이고, 얼마 전 제작된 공동마케팅에 대한 인쇄지까지 있었다. 한겸은 그 자료들을 뒤적거렸다. 그러자 샐러드가 구석구석까지 채워져 있는 인쇄물이 보였다. 빨간색이 아니라 회색인 걸 보면 무난하다는 뜻이었다. 한겸이 인쇄물을 보는 동안 설명이 시작되었다.

"동일식품은 도시락을 만들기도 하지만, 주력 상품은 전국 각지에서 직거래를 통해 신선한 채소로 만든 샐러드입니다. 잠시만요."

조 부장은 챙겨 온 샐러드를 나눠 주었다.

"저희 대표 메뉴입니다. 돼지 목살과 곤약면 등 9가지의 재료에 유자 드레싱을 뿌린 샐러드입니다. 오늘 새벽에 나온 제품입니다. 그럼 드시는 동안 설명하겠습니다."

　다들 샐러드를 입에 넣는 걸 보고서야 설명을 이어나갔다.

　"저희 동일식품은 8년 전부터 시작되었습니다. 한때는 일부 지역에 오프라인 매장들도 있었지만, 지금은 모두 철수하고 지금은 고객의 집으로 직접 배달을 하고 있습니다. 그리고 피트니스와 카페와도 제휴를 맺었습니다. 또한 동일식품의 어플을 설치하시면 쉽게 주문이 가능하고, 자신에게 맞는 샐러드까지 추천받을 수 있습니다."

　설명을 들으며 샐러드를 먹던 한겸은 문득 궁금했다. 파우스트와 마찬가지라면 분명 어려움을 겪는 중일 것이다. 피트니스와 카페라는 제휴업체도 뚫어놓은 상태인데 판매가 안 되는 것이 신기했다. 고개를 갸웃거리던 중 조 부장이 나눠 준 리플릿에 적힌 가격이 보였다.

　"이 샐러드 가격이 8,900원이에요?"
　"맞습니다. 단품으로는 8,900원입니다. 단품으로 구매도 하지만 대부분 주 단위로 주문을 하시죠. 지금 드신 제품은 1주에 6식으로 50,000원입니다. 현재 가장 비싼 제품이고 닭 가슴살 샐러드 같은 경우는 4,500원입니다."

　한겸은 샐러드를 뒤적거렸다. 아무리 봐도 자신의 취향은 아니었다.

"비싸네요."
"재료를 보시면 아시겠지만, 퀄리티에서 차이가 납니다. 그리고 다른 곳과 큰 차이는 없습니다······."
"샐러드를 사 먹어본 적이 없어서 몰랐어요. 그런데 왜 판매가 안 될까요? 어떤 광고를 만들어야 될지 알아야 해서요."

조 부장은 대화를 하면 할수록 더욱 불안한 얼굴로 변했다. 그때, 자료를 보던 한겸이 입을 열었다.

"재료는 제가 잘 모르겠지만, 가격만 놓고 보면 너무 비싸네요. 여기 보면 배송비가 무료네요?"
"그렇습니다. 배송비는 저희가 부담하고 있습니다."
"그래도 이 가격에 일부는 포함된 거 같은데. 음, 샐러드 업체들 중에 규모가 큰 편은 아닌 거 같으니 그럼 직거래를 하더라도 물량이 적을 거고, 그만큼 가격이 올라갈 거 같은데. 그래서 더 비싼 거 아니에요? 그걸 지금 소비자가 부담하는 거고요. 만약에 엄청 큰 기업이 이거랑 똑같은 재료를 쓰면 가격이 더 내려가죠?"

조 부장은 뜨끔했는지 어색한 표정으로 고개를 끄덕거렸다. 하지만 기업이 자선 사업이 아니었기에 남는 게 있어야 했다. 동일식품으로서도 소비자의 부담을 최소한으로 줄인 최선의 가격을 책정한 것이었다.

"가격만 논하신다면… 그렇습니다."

"음, 그럼 만약에요. 소비가 많아져서 재료를 기존보다 더 싸게 공급받을 수 있으면 가격도 내려가나요? 그건 힘들죠? 기존에 판매하던 가격이 있으니까."

조 부장은 어색한 웃음으로 대답을 대신했다. 그 뒤로도 한참이나 설명이 계속되었고, 한겸의 질문도 계속되었다. 상당히 날카롭게 느껴지는 질문들이었다. 그리고 질문을 한 뒤에는 무언가를 계속 작성했다.

한참 뒤 모든 설명을 끝내자 한겸이 광고지를 보며 물었다.

"저희한테 원하시는 건 샐러드에 대한 홍보죠?"

"네, 맞습니다."

"음……."

한겸은 대답 대신 광고지를 보며 고민을 했고, 조 부장은 걱정되는 얼굴로 대답을 기다렸다.

*   *   *

결국 조 부장에게 확답을 주지 못한 채 미팅을 끝냈다. 다른 때와 다르게 고민하는 한겸의 모습에 C AD 팀원들은 신기한 눈빛으로 쳐다봤다.

"어떻게 할 거야?"

"시간을 달라고 했잖아. 생각해 봐야지. 생각 안 나면 못 하고."

"이상하네. 다른 때 같았으면 일단 그림부터 그렸을 텐데."

한겸은 동일식품에서 나온 광고지를 쳐다봤다. 온통 회색으로 보이는 통에 색 구분은 안 됐지만, 모양만으로 어떤지 알 수 있었다. 완성된 샐러드 대신 신선해 보이는 재료를 사용한 광고였다. 메뉴판처럼 샐러드 종류를 나열한 광고지도 있었지만, 주력광고는 이것이었다.

한겸은 회색 광고를 어떤 식으로 바꿔야 할지 생각해 보았다. 파우스트처럼 고객 참여 이벤트를 한다고 해도 지금처럼 너무 무난한 광고로는 부적절했다. 광고라는 것이 장점을 부각시켜야 하는데, 지금 광고지는 눈에 들어오는 것이 아무것도 없었다. 그렇다고 고객 참여 이벤트를 또 하는 것도 꺼려졌다. 이미 큰 효과를 얻은 파우스트가 있으니 아류로 취급될 수도 있었고, 샐러드라는 특성상 참여도가 많지 않을 것 같았다.

그럼 다른 광고 방법을 생각해야 하는데 지금 당장은 좋은 생각이 떠오르지 않았다. 고민한다고 좋은 생각이 떠오를 것 같지도 않았다. 아무리 생각해도 돈을 주고 샐러드를 사 먹을 거 같지 않다는 생각이 너무 강했다.

"겸쓰, 너 오늘 이상하다?"

"나? 내가 뭐?"

"너답지 않게 고민하잖아."

"그냥 신경 쓰여서. 너 샐러드 네 돈 주고 사 먹어본 적 있어?"

"미쳤어? 그 돈으로 딴 거 먹지."

"그렇지? 그래도 먹어보니까 맛은 괜찮은데 그 돈 주고 사 먹을 거 같진 않단 말이야."

"오, 나랑 생각이 다 맞고 어쩐 일이야."

범찬은 한겸의 어깨까지 두드리며 웃었다. 한겸은 그런 범찬의 팔을 밀어내며 입을 열었다.

"이걸 도대체 왜 먹는 거지? 차라리 과일을 먹지."

"너희 집 과일 가게 영업하냐?"

"진짜 궁금해서."

"건강하려고 먹는 거지. 물론 나는 안 먹지만, 그 근바 아저씨 못 봤어? 풀에다가 닭 가슴살 섞어서 먹잖아."

한겸이 조그맣게 한숨을 뱉자 지켜보던 종훈이 가볍게 웃었다.

"한겸이 이런 모습 보니까 신기하긴 하네. 너무 부담 갖지 말자."

"저요?"

"응. 얼굴에 부담된다고 적혀 있는 거 같은데? 나도 파우스트에서 감사 인사를 계속 받으니까 부담감이 생기더라고. 우리 때문에 한 기업이 살아난 것 같아서 좋았는데, 아까 조 부장이라는 사람 보니까 잘못해서 망하면 어쩌나 해서 겁도 나더라."

한겸 역시 느낀 것이었다. 하지만 지금은 겁이 난다기보다는 아예 생각이 나지 않았다. 그런 상태에서 막연히 색이 보일 때까지 만들 순 없었다.

"그러니까 너무 부담 가지지 마. 우리가 맡지 못해도 공동마케팅도 시작하나 보던데. 여기 팸플릿 보면 12개 회사가 같이했네."
"저도 봤어요. 일단은 생각해 보고요. 정 안 되면 못 한다고 해야죠."

그때, 컴퓨터 앞에 앉아 있던 수정이 입을 열었다.

"큰 문제점은 없네."
"응?"
"가격도 다른 샐러드 도시락하고 비슷하고. 오히려 정말 싼 편이야. 그리고 여기 보면 샐러드 주 고객이 20대에서 40대. 위치에 따라 다를 뿐 남녀가 비슷한 비율이고. 그럼 카페나 피트니스에 제휴를 맺은 것도 합리적이야."

수정은 모니터를 보여주며 입을 열었다.

"이건 다른 업체들 광고지. 동일식품과 마찬가지로 미디어 광고는 안 하고 인쇄물로 광고를 대신해. 지금 보는 데는 업체 1위라는 기업. 하진식품 알지? 거기서 뛰어든 거야. 여기도 물론 미디어 광고는 안 하고."

"죄다 회색이네."

"응?"

"아니야. 그럼 문제점이 뭘까? 가격 면에서 경쟁력이 있다는
거잖아. 유통에도 아무런 문제도 없고."

"단지 브랜드 차이지. 하진 같은 경우도 동일식품하고 마찬가
지로 카페랑 피트니스와 제휴를 맺었지. 다만 하진이라는 이름
때문에 제휴업체의 양이 비교가 안 돼. 게다가 하진은 편의점에
까지 납품하니까. 동일식품이 더 나은 것도 있긴 해. 하진도 어
플로 주문을 받기도 하거든? 그런데 개인 소비자 같은 경우는 동
일식품 어플이 훨씬 괜찮은 거 같아. 이건 내 주관적인 평가."

한겸은 곧바로 두 곳의 어플을 다운받았다. 직접 해보니 수정
의 평가가 그렇게 나온 이유를 알 수 있었다. 하진식품 같은 경
우는 샐러드만 판매하는 것이 아니었다. 하지만, 동일식품의 어
플에는 샐러드만 있었고, 상담사와 대화까지 가능했다.

"이런 데도 차이가 있네. 그럼 같은 조건이라면 아예 상대가
안 되잖아."

"그렇지. 그래서 해결책이 딱히 없어. 한정된 시장에 한정된
소비층."

"그럼 기존의 광고하고 완전 다르게 가야겠네."

"그게 어렵지. 샐러드면 건강 아니면 신선함. 이 공식으로 대
부분 나왔으니까. 맛은 대부분 비슷하고. 직접 드레싱을 개발해

서 파는 샐러드면 모를까."

한겸은 먹다 남겨 뚜껑을 덮어놓은 샐러드를 쳐다봤다. 수정의 말처럼 드레싱을 개발하라고 할 수도 없었다. 꽤나 머리가 아파왔다. 그때, 종훈이 옆에 놓아둔 통을 모으기 시작했다.

"뭐 하려고요?"
"이거 씻어서 버려야지. 그래야 재활용할 수 있어. 이거 막 버리면 그냥 쓰레기거든."

한겸은 잠시 샐러드 통들을 보더니 갑자기 노트북을 펼쳤다. 그러고는 말도 없이 검색을 하기 시작했다. 그러자 다들 한겸의 옆으로 모여들었다.

"뭔 샐러드 찾아?"
"샐러드가 아니라 샐러드 용기."
"용기? 그건 왜?"
"여기서 차별을 두면 우리도 홍보하기 쉽지 않을까 해서. 일단 보는 거야."

그러자 옆에 있던 종훈이 입을 열었다.

"차가운 거 담는 용기는 전부 같을걸? 전부 PET일 거야. 죽집처럼 뜨거운 거나 폴리프로필렌에 담지. 샐러드는 PET일 거야."

"오, 분리수거 왕."

"하하, 왕까지는 아니고."

"그런데 겸쓰, 뭐 펄프 같은 건 안 되냐? 아까 보니까 팸플릿
에 친환경 도시락 만드는 곳 있었던 거 같은데."

범찬은 조 부장이 줬던 팸플릿을 보여줬고, 한겸은 범찬이 보
여준 회사를 가만히 들여다봤다.

"여기 중간에 봐봐. 두레박이라고."

"괜찮은데? 사탕수수로 만든 펄프 용기? 엄청 깔끔해 보이는
데… 여기에 소스 부어도 안 새나?"

"여기에 샐러드 담으려고?"

"어. 어차피 샐러드 먹는 거 건강 때문에 먹는 거잖아. 그럼
아무리 친환경 플라스틱이라고 해도 친환경 펄프 용기에 먹는
게 더 건강한 느낌 아니야? 꼭 펄프 용기가 아니더라도 스테인리
스 용기에다 먹든가."

"배보다 배꼽이 더 크지. 스테인리스 도시락 하면 2만 원은 받
아야겠네."

한겸은 모두가 보도록 팸플릿을 책상 가운데에 놓았다.

"다른 곳에서는 경쟁력이 없잖아. 광고라는 게 그 제품만의
장점을 부각시켜야 하는데 동일식품은 그런 게 전혀 없거든. 그
런데 이걸 쓰면 장점이 생길 거 같아. 만약에 기존에 이런 용기

를 사용한다고 해도 샐러드를 광고하지 용기를 위주로 광고하진 않잖아."

"그렇긴 하지."

"게다가 환경까지 생각하는 기업이라는 이미지까지 얻을 수 있고. 용기를 중점적으로 광고하면 기존의 샐러드 광고보다 완전 색다르지 않아?"

"플라스틱도 재활용되는 거 모르냐? 종훈이 형이 괜히 죽어라 분리수거하는 게 아니라고."

"일단 확인하고 괜찮으면 여기 두레박도 같이 광고비 받을 생각이야."

"오… 그거였어? 꽤 괜찮은데? 일석이조! 일타 이피! 원 샷 투 킬!"

종훈은 피식 웃더니 입을 열었다.

"나도 괜찮은 거 같긴 한데 어떤 식으로 어필을 하려고?"

"지금 느낌대로라면 이런 카피는 어때요? '지구의 건강만큼이나 당신의 건강도 소중합니다'. 환경을 생각하면서 소비자까지 생각하는 거예요. 어때요? 아니면 '필 환경, 필 건강' 앞에 필은 반드시 필이고 뒤에 필은 영어로."

"넌 참 대단하다… 카피가 계속 떠올라?"

"가장 중요한 점만 강조하는 거니까 쉽잖아요."

"안 쉬운 거 같은데."

수정 역시 종훈의 말에 동의하며 고개를 끄덕거렸다. 한겸은 머쓱하게 웃고선 입을 열었다.

"일단 여기에 전화해서 주문 좀 해주세요. 사용이 가능한지 알아야 다음으로 넘어갈 거 같거든요."
"그래, 알았어. 그런데 어디 가려고?"
"용기를 중점으로 광고를 한다고 해도, 아무래도 샐러드도 좋아야 할 거 같아서요. 그래서 샐러드 많이 먹어본 사람 만나러요. 이 샐러드 어떤지 평가도 좀 받고요."

한겸이 누구라고 말은 하지 않았지만, 모두가 아는 눈치였는지 고개를 끄덕거렸다.

*　　　　*　　　　*

"요즘 자주 방문하시네요?"
"이번에는 물어볼 게 있어서요."

근육 바보라고 불리는 관장이라면 샐러드에 대해서 잘 알 것 같았기에 하루 GYM까지 찾아왔다. 사람들이 개인 PT까지 등록했는지, 트레이너들은 회원에게 붙어 있는 모습이었다. 바뀐 운영이 매끄럽게 진행되는 것처럼 보였다.

"관장님 혹시 샐러드 드세요?"

"샐러드요? 먹긴 먹죠. 그런데 운동 전에는 먹으면 안 돼요. 먹은 에너지가 근육 만드는 데 사용돼야 하는데 소화시키는 데 사용되거든요. 비추입니다."

한겸은 자신도 모르게 인상이 쓰였다. 모든 대화가 근육으로 시작돼 근육으로 끝났다.

"아무튼 샐러드 먹을 때 가장 중요시하는 게 뭐예요?"
"언제 먹을 때요?"
"언제 먹느냐에 따라 달라요?"
"그럼요. 뭐 평소에는 먹고 싶은 거 먹어도 운동한 다음에는 달라야 해요. 몸 상태에 따라 다르지만 대부분 닭 가슴살이나 연어 같은 거 먹는 게 좋죠. 음식도 엄청 중요하거든요. 어떻게 PT 하실래요? 그럼 제가 식단도 다 짜주는데."

한겸은 못 들은 척하고선 들고 온 통을 조심히 내밀었다. 그러자 관장이 고개를 갸웃거렸다.

"이게 뭔데요?"
"샐러드인데… 이건 어때요?"
"꼭 누가 먹다 남긴 거처럼 생겼네."
"큼… 제가 먹다가 물어보려고 가져온 거라서."

관장은 잠시 머뭇거리더니 이내 맨손으로 브로콜리 하나를 집고 그 브로콜리로 샐러드를 뒤적거렸다.

"이건 내가 먹을 게 아닌데요?"
"제가 먹던 거라서 죄송해요. 궁금해서 가져왔어요."
"그게 아니라 샐러드에 드레싱을 왜 해요. 여기 들어간 열량
만큼 내 운동 효과가 줄어드는데."
"그래요?"
"그럼요. 드레싱 없이 먹어야죠. 이건 딱 패밀리 레스토랑 가
면 나오는 거 같네."

그래서인지 샐러드 통을 들고 있어도 관장의 얼굴은 회색이었
다. 관장은 샐러드 통을 멀찌감치 밀어내더니 입을 열었다.

"시중에서 파는 거 있죠? 그런 거 먹으면 안 돼요. 맞춰서 먹
기 힘들어도 직접 해 먹어야 해요. 그리고 난 양상추 싫어서."
"아."

관장의 말에 한겸은 문득 궁금해졌다.

"만약에 원하는 대로 팔면 사 드실 생각 있으세요?"
"돈 아깝게 뭐 하러 사 먹어요. 그게 뭐 어렵다고. 초보들이나
귀찮지 운동 좀 한 사람은 알아서 잘 챙겨 먹어요."
"그럼 운동 초보들은 사 먹을까요?"
"사 먹겠죠? 자기 돈 쓰는데 뭐라 할 수 있나요."

한겸은 관장의 말을 되새기며 생각을 정리했다.

*   *   *

며칠 뒤. 동아리실에 두레박이라고 적힌 커다란 박스가 두 개나 도착했다.

"이걸 다 주문한 거예요?"

"응."

"왜 이렇게 많이 주문했어요?"

"그게 조금만 주문하려 했는데 샐러드 용기가 따로 없다고 하더라고. 그런데 2만 개 이상 주문하면 제작해 줄 수 있다고 해서 주문했어."

"이게 얼마인데요."

"450,000원이야. 100개당 2,500원이라고 하더라고. 5만 원 깎았어."

"휴, 형 돈으로 하지 마시고 지원금에서 경비 처리하세요."

한겸은 가득 쌓인 박스를 보자 한숨이 나왔다. 그래도 이미 주문한 걸 물릴 수 없었다. 졸업할 때까지 다 사용할 수 없을 것 같았지만, 두고두고 사용하자고 생각하고선 박스를 뜯었다. 그러자 가장 위에 스테인리스로 된 샐러드 통이 보였다. 용기와 크기가 똑같아 뚜껑까지 딱 맞아떨어졌다.

"아, 그건 서비스로 주신 거래. 상호명이 뭐냐고 물어보길래 그냥 C AD라고 해달라고 그랬어… 그런데 정말 씨에이디라고 해놨네. 내가 분명 용기 사진 보낼 때 영어라고 했는데."

"푸하하하하."

범찬은 배를 잡고 웃었고, 한겸은 스테인리스 통을 가만히 쳐다봤다.

*   *   *

동일식품의 조 부장은 미팅에 대한 보고를 했고, 그에 대한 회의가 열렸다. 총인원은 많았지만 대부분 제조를 하는 직원이었고, 임직원이라고는 대표를 포함해 6명뿐이었다. 한때는 중기업으로 인정을 받았지만, 점점 업체들이 늘어나면서 입지가 줄어든 상태였다.

"뭘 이렇게 기다리라고 하는 거지?"

"대학생들이라고 세상 물정 모르나 보네."

"맞습니다. 파우스트가 운이 좋았던 거라고 제가 몇 번이나 말했잖습니까."

조 부장은 C AD를 본 그대로 설명했다. 허접해 보이는 동아리실이나 확답을 주지 않고 기다려 달라는 말까지 전부 전했다.

특히나 샐러드 가격이 비싸다는 말을 듣고선 전부 마음이 떠난 것처럼 보였다.

"조 부장님, 어떻게 했으면 좋겠어요? 기다릴까요?"
"좀 기다려 보는 게 어떨까요? 아까 전화했을 때 조금만 기다려 달라고 했습니다."
"얼마나 기다려야 하는 건가요?"
"연락을 준다고 했습니다. 신중하게 판단하는 거 같습니다."

그러자 대표의 남편이며 상무의 직책에 있는 사람이 얼굴을 찌푸리며 입을 열었다.

"아니지! 우리 돈 주고 맡기는데 한다 안 한다 대답도 못 듣고 있는 게 말이 돼? 차라리 다른 곳에 맡기는 게 낫지. 내가 알아보니까 고객 참여 마케팅 하는 것도 업체에 맡기면 관리까지 다 해준다고 하더만. 돈 주고 할 거면 그런 곳에 해야지! 안 그런가?"
"그렇긴 합니다……."
"조 부장도 인정하는 거지? 그럼 좀 더 유명한 곳에 맡겨서 파우스트가 성공한 것처럼 하자고."

조 부장은 대답하지 않고 입을 다물었다. 상무의 말을 듣고 나니 정말 큰 차이가 없을 것 같았다. 게다가 C AD보다 더 큰 광고 회사들에게 맡기면 더 성공할 수도 있을 것 같았다.
한편으로는 걸리는 부분이 있었다. 지금까지 만난 광고업체들은 일단 된다는 말부터 뱉은 반면, C AD는 매우 조심스러웠다. 그리고 대부분의 업체들은 제품에 대해 설명하면 대부분 칭찬만 했는데 C AD는 달랐다. 마치 개발 팀에서 회의를 하듯 단점을 지적하며 새로운 방법은 없는지 찾는 모습을 보여줬다. 그렇다 보니 이상하게 신경이 쓰였다. 하지만 실세인 상무가 의견을 내놓은 이상 반대 의견은 소용없었다.

"조 부장님 의견도 말씀해 주시죠."
"고민할 게 뭐 있어. 답이 다 나와 있는데."
"좀 조용해 주실래요?"

조 부장은 잠시 고민했지만, 결과적으로 C AD에서 보여준 게 없다는 생각에 고개를 끄덕거렸다.

"상무님 말씀도 맞는 거 같습니다."
"당연하지. 그렇게 하자고."

다들 상무의 말에 동의한다는 의견을 내놓았다. 조 부장은 왠지 모르게 마음 한편이 답답했다.

*   *   *

한겸은 버스를 타고 충주까지 왔다. 혼자 오려 했지만, 또 말도 안 되는 일을 맡을까 걱정된다는 이유로 세 사람이 모두 따라나섰다. 그러니 택시를 타도 좁게 느껴졌다.

"우리 차부터 사야겠다."

"진짜?"

"사야지. 언제 어디 갈지 모르는데. 근데 난 면허 없는데."

"맞다. 너 색맹이지. 걱정 마. 우리 면허 다 있어. 그런데 어떤 차 살 거냐?"

"중고로 싼 거 사야지. 아! 차에다가 크게 C AD 새겨서 다니면 되겠다."

"사지 마. 절대 사지 마라."

대화를 하는 사이 차가 멈춰 섰다. 워낙 외진 곳이라 택시비가 상당했다. 차에서 내리자 패널로 만들어진 커다란 공장이 보였다.

"여기가 두레박이야? 이름 듣고 막 흙으로 만들었을 줄 알았는데 그건 아니네. 저기 저 박스 있네. 우리도 받은 박스. 형, 저기 봐봐요."

"봤어……."

한겸은 피식 웃고선 걸음을 옮겼다. 그러자 시끄러운 기계 소리가 들렸고, 그곳에서 일하고 있는 사람들이 보였다. 사람들이 하는 일은 기계로 제작되는 용기를 박스에 넣는 일이었다. 그 일을 하는 사람들 대부분이 외국인이었다.

"실례합니다. 혹시 대표님 좀 뵐 수 있을까요?"
"대피오? 나 몰라."

한국어가 익숙하지 않은지 손을 저었다. 그러자 그 옆에 있던
사람이 허리를 펴더니 문 앞에 섰다. 그러고는 목이 터질 것처럼
크게 소리쳤다.

"싸장님, 싸장님. 쏜님이야!"

그러자 옆 건물에서 머리가 새하얀 할아버지가 나왔다. 그러
고는 얼굴을 찡그리며 자신을 부른 사람에게 손가락질했다.

"이놈의 자식이. 그건 반말이잖어."
"나 한국말 자알 몬라."
"그려? 너 자꾸 그러믄 주희헌티 다 말혀도 되는 겨?"
"죄송합니다. 장난이에요. 하하."

완벽하게 한국어를 구사하는 모습에 일행은 헛웃음을 뱉었
다. 한겸도 헛웃음을 뱉고선 두레박 대표에게 인사를 건넸다.

"안녕하세요. 어제 전화드린 김한겸이라고 합니다."
"그려요. 먼 길 오느라 힘들었겠네. 저놈들이 장난이 심혀서
그러니 이해혀요."

할아버지는 일행을 2층으로 안내했다. 철로 된 계단을 올라가자 사무실이 나왔다.

"그래서 뭔 얘기를 헐려고 여까정 온 겨요?"

"다름이 아니라 좀 알아보려고 왔어요."

"전화로 허지 힘들게. 그래서 뭐가 궁금혀요."

"저번에 주문할 때 보니까 2만 개에 450,000원이더라고요. 혹시 주문이 많아지면 가격이 더 내려갈 수 있나요?"

"얼매나?"

"지금 당장 소비량은 한 달에 만 오천 용기 정도 사용되긴 하는데, 더 늘어날 것 같거든요."

"별로 안 많은디? 얼마나 계약허는지 따라 다르긴 헌데 1년 계약허면 만 개당 175,000원까정 해줄 순 있는디."

"더 내려갈 수도 있어요?"

"뭘 당연한 말을 헌데."

"그리고 스테인리스 용기도 만들어주시는 건가요?"

"저 옆 공장이 스텐 공장이라 어렵지 않긴 허요. 그짝 상호명이 뭐여요?"

"아! 저희는 그 업체가 아니고요. 아직 단가를 알아보는 중이라서요."

그때 한겸의 휴대폰이 울렸고, 번호를 보니 조 부장이었다. 한겸은 당장 받기가 어려워 종훈에게 넘겨주었다. 종훈이 전화를 들고 밖으로 나가자 두레박 대표가 입을 열었다.

"한 달에 만 오천 개 정도면 가게를 작게 혀요?"
"그렇게 작지는 않은데 장사가 잘 안 돼서요."
"허긴. 요즘 다 어렵지."

그때 전화를 받고 온 종훈이 문을 열더니 난감한 표정으로 섰다. 무슨 일이 있다는 느낌에 한겸은 양해를 구하고 사무실 밖으로 나갔다. 그러자 종훈이 인상을 쓰며 입을 열었다.

"동일식품에서 안 한대."
"네?"
"조 부장이 미안하다고 그러긴 하는데. 내부에서 안 하기로 결정 났대."
"갑자기 왜요?"
"그거까진 모르는데 위에서 다른 곳에 맡기기로 했다네… 여기까지 왔는데 어떡하지?"
"하……."

한겸은 어떤 이유인지 대략 느낌이 왔다. 몇 안 되는 직원과 대학교 동아리를 사무실로 사용하는 모습을 보고 불안했을 것이다. 당장 사무실을 바꿀 수 없었기에 일을 맡기는 기업들이 불안해하지 않도록 C AD에 대한 홍보를 할 생각이었다. 그런데 갑작스럽게 찾아오는 바람에 그런 것들을 할 수가 없었다. 파우스트의 일이 끝난 뒤 계획했던 대로 홍보를 했어야 하나 후회됐다.

"저기 사장님한테는 뭐라고 말해야 하지?"
"어쩔 수 없죠. 있는 그대로 말해야지. 제가 말할게요."

한겸도 난처하기는 마찬가지였다. 그렇지만 얘기 없이 가버릴
수도 없고, 기대하고 있었을 수도 있으니 말을 하는 게 옳았다.
사무실로 들어간 한겸은 고개부터 숙였다.

"왜 그려요? 뭐가 잘못됐구먼?"
"죄송합니다. 저희가 맡은 업체가 의뢰를 취소했네요. 시간 뺏
어서 죄송합니다."
"어유, 뭘 그런 걸로 그려요. 됐슈. 사람이 살다 보면 그럴 수
도 있는 건디. 오히려 학상들이 나보다 더 상심이 크겠네."
"죄송합니다."
"됐대도. 서울에서 여까정 왔는디 밥이나 먹고 가요."

한겸은 거절을 하려고 했지만, 두레박 대표는 곧바로 주문을
했다.

"그 뭐여, 기본 있잖여. 그걸로 4개만 더 보내. 아, 몰러. 전화
가 편혀. 아무튼 애들 밥 보낼 때 같이 보내. 알겠는가?"

*   *   *

공장의 구석에 합판으로 만든 커다란 식탁이 놓였다. 그 위로는 두레박 대표가 주문한 도시락이 놓여 있었고, 한겸과 일행도 그 앞에 자리했다. 범찬은 도시락을 보며 무척이나 놀란 얼굴로 입을 열었다.

"와! 맛있겠다. 도시락에 반찬이 왜 이렇게 많아요?"
"다 유기농이여."
"여기 햄도요?"
"햄도… 아마 그럴 겨."
"에이. 무슨 햄이 유기농이에요. 딱 봐도 비엔나인데."
"나도 잘 몰러. 입에 넣으면 다 똑같여. 어여 먹어."

범찬의 너스레 덕분인지 대표는 범찬에게만 말을 놓았다. 한겸은 불편한 얼굴로 식사를 시작했다. 그때, 범찬이 밥을 먹으며 입을 열었다.

"진짜 맛있네. 그런데 반찬이 전부 달라요. 저기 저분은 고기만 있는데요?"
"어라? 오마르, 너 이놈아. 왜 고기만 담은 겨. 내가 채소 먹으라고 혔잖여. 너 집에 가기 전에 피 안 통해서 죽고 싶은 겨?"
"어? 반찬도 고를 수 있어요?"
"아마 그럴 겨."

그러자 범찬의 앞에 있던 오마르라는 사람이 웃으며 입을 열었다.

"어플로 주문하면 돼요."

매우 능숙한 한국어에 범찬이 약간 놀랐지만 이내 대화를 이어나갔다.

"고기만 담을 수 있어요?"
"네. 아저씨가 먹는 건 기본. 사장님은 스마트폰 아니라서 항상 기본만 먹어요."
"저 아저씨 아닌데. 그런데 완전 신기하네요. 어디서 주문해야 해요?"
"항아리라고 사모님이 하시는 반찬 가게예요."
"역시 시골 인심! 아! 여기가 시골이란 건 아니고요."
"논 있으면 시골이죠. 그런데 항아리 프랜차이즈인데. 서울에는 없나?"
"어? 그래요? 그런데 한국말 진짜 잘하시네요."
"사장님 딸이 내 아내라서 빨리 배웠죠."
"헐… 사위였어요?"

그러자 대표가 못마땅한지 혀를 차며 말했다.

"사위 겸 우리 영업 이사여. 그 공동마케팅도 저놈이 신청한 겨."

범찬이 대화를 하는 사이 한겸은 다른 사람의 도시락을 살폈다. 범찬이 말한 대로 내용물이 전부 달랐다. 도시락이라고 하면 메뉴가 정해져 있다고 생각했는데, 원래 반찬 가게라는 점을 이용해 고객이 반찬을 선택할 수 있었다. 물론 가격이 달라지긴 했지만 한겸이 느끼기에는 상당히 신선했다. 게다가 이 도시락을 보니 하루 GYM 관장에게서 샐러드에 대해 들었던 게 생각났다.

'이렇게 샐러드도 선택할 수 있다면 운동하는 사람을 주 고객으로 삼아서 판매해도 되겠는데?'

그때, 범찬이 대표에게 질문을 던졌다.

"그럼 따님도 같이하시는 거예요?"
"떠났어."
"네?"
"용기 맹그는 기술도 지가 개발혀 놓고 지는 가버렸어. 괘씸허게."

얘기를 듣던 일행은 순간 분위기가 가라앉았다. 그러고는 범찬에게 그런 질문을 왜 했냐는 눈빛을 보냈다. 그러자 오마르가 웃으며 입을 열었다.

"그렇게 얘기하면 오해하잖아요."

"뭘 오해를 혀."

"공장을 그만뒀다고 해야지 떠났다고 하면 어떡해요. 하하, 오해하지 마세요. 장모님하고 같이 사업하는 중입니다."

일행이 헛웃음을 뱉자 오마르가 마구 웃으며 말했다.

"원래 저러세요. 주희는 장모님 도와드린다고 잠시 나가 있는 거예요."

"휴, 깜짝 놀랐네요. 그런데 어디 나라 분이세요?"

"멕시코요. 하하."

"멕시코면 엄청 멀리까지 오신 거네요. 그럼 아내분은 어떻게 만나셨어요?"

"하하, 멕시코에서 같이 회사 다녔죠. 같은 회사 개발연구원이었어요. 여기 있는 친구들도 연구원은 아니지만 멕시코에서 같이 일하던 친구들이고요."

"아, 그렇구나. 그럼 회사 그만두고 같이 한국 와서 회사 차리신 거예요?"

평소라면 남의 얘기를 궁금해하지 않던 한겸도 드라마 같은 얘기에 귀를 기울였다.

"거기서도 비슷한 일 했죠. 아보카도 알죠? 우리 팀이 그 씨앗으로 친환경 용기 개발했거든요."

"우와, 능력자시네요. 그런 능력자가 왜 한국에 오셨어요? 아내분 때문에?"

"그렇죠. 아이가 생겨서 좀 안전한 곳에서 키우고 싶었거든요. 여기 이 사진에 있는 녀석이 제 아들입니다. 하하."

"와, 눈 봐봐. 엄청 예쁘네요. 그런데 그 고용 마케팅 팸플릿 보니까 아보카도가 아니라 사탕수수던데."

"똑같이 할 수 없어서 한국에 와서 개발한 겁니다."

"아… 그렇구나. 그런데 잘 안 팔려서 아쉽겠어요."

"장모님 가게에서 대부분을 소화하고 있어서 다행이죠. 그런데 장모님 가게도 요즘 점점 어려워져서 조금 문제예요, 하하. 그래서 제가 공동마케팅도 신청한 거거든요."

"이렇게 좋은데 안 팔리나요?"

"단가 차이도 그렇게 많이 안 나는데 한국 기업들은 변화를 두려워해서 소비자 눈에 익은 폴리프로필렌을 주로 사용하고 있더군요. 폴리프로필렌이 나쁘다는 건 아닙니다. 단지 그보다 더 환경적인 용기가 있다는 거죠. 그리고 주문을 하더라도 당장은 소화하기 힘들다는 이유도 있고요."

그 말을 듣던 범찬이 다 안다는 얼굴로 한겸을 보더니 입을 열었다.

"그럼 먼저 소비자들에게 어필을 해야겠군요?"

*   *   *

오마르와 범찬의 대화를 들으며 한겸도 소비자에게 어필을 하면 되겠다고 생각했다. 동일식품의 샐러드와 반찬 가게가 크게 다르지 않았기에 기존의 컨설팅에서 크게 벗어나지 않았다. 다만 얘기를 꺼내기 전 궁금한 것이 있었다.

"그런데 이렇게 맛있는데 반찬 가게가 잘 안 되나요?"
"유기농이다 보니까 아주 약간 비싸거든요. 그래서 그런지 웰빙 바람 불 때는 잘 팔려서 가맹점까지 내줬는데 지금은 주춤하네요. 주문하기 번거로워서 그런가 배달 어플에서도 잘 안 팔리더라고요."
"그렇군요. 그럼 체인점은 얼마나 있어요?"
"서울에는 의정부에 하나 있고, 광명시에도 하나 있고, 총 합해서 8곳이네요."

한겸은 이미 세워놓은 계획과 맞아떨어지는 상황에 얘기를 꺼낼지 고민되었다. 동일식품에서는 기존의 판매 방법을 바꿔야 했는데, 항아리에서는 바꿀 필요가 없었다. 단지 기존의 방식에 메뉴만 추가하면 끝이었다. 이미 주문 가능한 어플도 있는 상태였다. 게다가 수는 적지만 체인점까지 보유하고 있었고, 무엇보다 두 회사가 한 가족이었다.
한겸은 자신을 제외한 세 사람의 생각을 확인하려 옆을 돌아봤다. 그러자 어떤 계획인지 전부 알고 있는 세 사람 역시 고민스러운 얼굴이었다. 그때, 범찬이 한겸에게 조용하게 속삭였다.

"질러. 며칠 고생한 거 헛수고잖아. 질러."

다들 동의하듯 고개를 끄덕이자 한겸 역시 알았다는 듯 고개를 끄덕였다. 그러고는 두레박 대표에게 조심스럽게 입을 열었다.

"저희는 사실 광고 회사입니다. 이곳을 찾은 이유는 저희가 맡았던 곳의 광고를 제작하기 위해 특별한 것을 찾다가 오게 된 것이고요."
"그려요?"
"두레박하고 같이 공동마케팅 하는 곳이었는데 저희가 조사하는 동안 계약을 안 하기로 결정했다고 합니다. 만약에 그곳과 계약을 하고 두레박 용기를 사용하게 되면 대표님께도 저희가 홍보를 해드리겠다고 제안하려던 참이었습니다."
"우리는 이미 공동마케팅인가 그거 했는디요."
"그보다 더 효과를 볼 수 있을 것 같습니다. 두레박과 항아리 두 곳을 함께 진행하게 되겠지만 노출은 항아리 제품이 주가 될 겁니다. 그래도 두 곳 모두 찬성하셔야 진행이 가능합니다."

두레박 대표는 잘 모르겠다는 얼굴로 사위인 오마르를 쳐다 봤다.

"좋을 거 같긴 한데 광고 비용이 만만치 않겠죠?"
"혹시 항아리 대표님도 뵐 수 있을까요? 같이 계신 곳에서 설명을 드리고 싶습니다."

"지금요?"

"당장은 아니고요. 저희도 시간이 필요해서요."

"어떤 내용인지 듣고 결정해도 되는 거고요?"

"그럼요. 만족할 수 있게 준비해 오겠습니다."

"너무 비용이 많으면 곤란할 수 있어요."

"최선을 다할게요."

오마르가 두레박 대표를 보며 고개를 끄덕이자 대표는 시큰둥한 얼굴로 입을 열었다.

"다 됐으면 밥부터 먹고 혀요."

*   *   *

다음 날. 한겹은 밤늦은 시간임에도 Do It 프로덕션을 찾았다. 한겹 혼자만이 아니라 C AD 모든 인원이 함께였다. 그들의 손에는 두레박에서 주문했던 박스를 비롯해 여러 곳에서 구매한 샐러드와 채소가 들려 있었다. 그 모습을 본 방 PD는 어이가 없다는 얼굴로 말했다.

"뭐 하려고? 여기서 샐러드 만들려고?"

"네. 깨끗하게 만들게요."

"아니, 샐러드 사진만 찍으면 된다는 게 직접 만들어서 찍는다는 거였어?"

"좀 신선하게 보였으면 해서요."

"후, 일단 알겠어. 그런데 한겸이 너 말이야. 저번에 파우스트
일처럼 계속하라고 하면 안 된다."

한겸은 쉽게 대답하지 못하고선 들고 온 짐을 정리했다. 회의
끝에 반찬 가게인 항아리에 샐러드를 추가해 홍보를 하자고 의
견을 통일했다. 어느 정도 세워놓은 계획이 있다 보니 빠르게 진
행됐다.

한겸은 샐러드 광고에 가장 어울리는 오브젝트는 역시 샐러드
라고 생각했다. 하지만 샐러드만 찍은 사진은 광고가 아니었기
에 샐러드의 본래 색깔이 보였다. 인물을 넣을 생각은 없어서 광
고로 쓸 수 있는지 먼저 색의 변화를 확인해야 했다. 때문에 함
께 온 친구들이 사진 촬영과 동시에 광고 작업을 할 예정이었다.
일단 광고가 되는 순간 제대로 나온 것인지 확인이 가능할 테니
최대한 많은 사진이 필요했다.

다들 얼마나 걸릴지 예상할 수 없어 재빠르게 움직였다. 채소
를 씻어 오거나 완제품을 뜯어 두레박 용기에 담았다. 곧바로 촬
영이 시작되었다.

"용기도 잘 보이게 찍어주세요."

"찍고 있다."

"배경을 좀 바꿔서 찍어볼까요?"

"하……."

한겸은 이리저리 돌아다니며 계속해서 지시를 하는 중이었다.

"이상하게 괜찮은 거 같은데 색에 변화가 없네. 카피를 바꿔
보자."
"아, 저 선택적 색맹 또 시작됐네. 이거 초록색 안 보여? 뭔 색
이 변화가 있어."
"좀 더 봐야겠다. 샐러드가 그릇에 넘치도록 담아보자."

똑같은 작업을 반복하며 시간이 흘렀고, 다들 피곤해서 하품
을 하면서도 작업을 이어나갔다.

"내가 다시는 샐러드 먹나 봐라."
"샐러드 많이 먹으면 중독되나 봐. 나 어지러워."

그때, 종훈의 뒤에 있던 한겸이 손가락을 튕기는 소리가 들려
왔다. 그 소리가 천상의 소리처럼 들렸는지 모두가 기쁜 얼굴을
하고 고개를 돌렸다.

"이거로 해요. 이거."
"지금까지 찍은 거하고 뭔 차이야."
"다른데? 살짝 눕혀 대각선으로 찍어서 용기랑 샐러드가 같이
보이잖아."
"너 잘났다. 그래서 카피는 이대로?"
"전부 바꿔야 할 거 같아."

다들 인상을 찡그렸지만, 어쩔 수 없었다. 한겸에 눈엔 항아리 상호를 넣은 샐러드 사진이 빨갛게 보이는 중이었다. 손봐야 하겠지만 광고로 쓸 수 있다는 것만으로도 충분히 만족스러웠다. 그때, 한겸이 입을 열기 전 방 PD가 먼저 입을 열었다.

"그럼 난 끝이지? 딸아, 미안하다. 수고해라."

방 PD가 정말로 가버렸다. 프로덕션에 남은 세 사람은 피곤한 얼굴이었지만, 방 PD처럼 걱정하는 얼굴은 아니었다. 동일식품의 샐러드 광고를 만들려고 할 때 이미 해놓은 얘기가 있었다.

"배경은 저번에 말한 자연으로 넣을 거지?"
"응, 맞아. 유기농에다가 환경까지 담아야 하니까. 숲까지는 너무 과하고 하늘이 보이는 넓은 잔디 느낌으로."
"윈도우 사진 쓸까? 그것도 실사인데."
"하하. 그런 느낌인데 좀 더 부각돼 보이게. 실사든 그래픽이든 상관없어."
"그럼 그렇게 가능한 곳 알아본다? 홈페이지는 정말 안 알아본다?"
"응. 홈페이지는 원래 관리하던 곳에서 하는 게 좋으니까 우리 기획을 추가할 수 있는지만 알아봐 주면 돼. 그리고 배경은 꼭 수정 가능한 곳으로. 가격도 같이."

범찬이 고개를 끄덕거리자 이번엔 종훈이 입을 열었다.

"아까 해피광고에서 파트너 사이트 확인됐다고 연락 왔어. 네가 말한 대로 포털사이트는 아예 배제했어. 모바일하고 PC 합쳐서 총 10곳이고, 다섯 곳은 헬스 카페고 네 곳은 다이어트 카페, 한 곳은 모델 지망생 사이트. 그런데 가장 큰 헬스 카페도 CPM만 가능하다고 해서 빼야 할 거 같아."

"괜찮아요. 어차피 CPM은 우리하고 안 맞아요. 지속 가능한 거면 돼요."

"응, 다른 카페나 사이트들은 전부 CPT 가능하대. 팝업이나 스페셜 링크로 뜨는 거 아니고 전부 배너고, 시간은 한 곳만 저녁 7~9시고 나머진 24시간이야. 전부 메인에다가 가격도 적당하고. 가장 큰 곳 빼고 총 사이트 9곳 다해서 140만 원이라더라."

"괜찮네요."

"응, 네가 말한 대로 대행사에서 수수료 받아서 그런지 엄청 잘해주더라고. 정말 대행사 끼고 하는 게 더 싸더라. 개인이 운영하는 사이트는 책임자 찾기도 어렵고. 게다가 물어보니까 비싸게 부르더라고. 게다가 사이트 문제로 배너 못 올라가면 그만큼 추가해 준다고 하고."

"직접 의뢰를 받아본 적이 적으니까 아마 잘 몰라서 그럴 거예요. 대부분 파트너 맺어서 하니까요. 배너 크기는요?"

"각각 다르더라고. 가로 340px에 세로 50px도 있고, 그보다 작은 것도 있고."

"저한테 따로 크기 좀 주세요. 최대한 맞춰보게요."

"알겠어. 그럼 결정되면 이대로 진행하면 되겠다."

　동일식품의 일을 맡았더라도 같은 곳에서 광고를 할 예정이었다. 그래서 일이 빠르게 진행되었다. 물론 포털사이트에 광고를 하면 더 큰 효과를 볼 수 있겠지만, 비용이 만만치 않았다. 단발성으로 끝날 수 없었기에 미디어 광고는 애초에 배제해 놓고 시작했다. 많은 인원에게 단발로 광고하기보다, 구매층에 맞는 곳에서 꾸준히 노출되는 것이 훨씬 좋은 방법이었다.
　종훈과 대화를 마치자 수정이 기다렸다는 듯이 한겸에게 다가갔다.

　"여기, 네가 알아보라는 거. 이거는 다이어트할 때 가장 많이 사용되는 식단을 높은 노출 빈도 위주로 분석한 거고, 이거는 주로 판매되는 샐러드 종류하고 드레싱 종류랑 가격. 기본으로 잡은 게 300g에 5,000원. 그보다 적게 넣고 더 싸게 판매할 수 있어서 기본으로 잡은 거야. 운동하는 사람 샐러드 먹을 때 한 그릇 250g에서 300g 정도가 가장 많이 먹는 양이었거든."
　"싸네? 동일식품은 9,000원 아니었어?"
　"그렇게 여러 가지 들어가면 여기도 가격이 오를걸. 저건 닭가슴살로 계산한 거야."

　역시 수정은 믿을 만했다. 한겸이 만족해하며 자료를 볼 때 수정이 질문을 했다.

"그런데 샐러드 안 한다고 하면 어쩔 거야? 꼭 샐러드로 할 필요 없는 거 같은데."

"그렇긴 한데, 이게 더 효과가 좋을 거 같아. 물론 반찬을 골라서 도시락을 산다는 게 신선하긴 한데 경쟁 상대가 너무 많잖아. 식사가 가능한 제품들 전부가 경쟁 상대가 되는 거라고. 그리고 구매층이 딱 정해져 있지 않거든. 준비 기간이 적은 것도 샐러드가 가장 어울리고."

"원래 하던 대로 반찬도 유지한다면서."

"그래야지. 샐러드를 추가해서 경쟁력을 올리는 거야. 구매층도 확실히 잡혀 있고, 게다가 드레싱을 안 하는 이상 맛을 신경 쓰지 않아도 될 거 같아. 어차피 자기한테 필요한 걸 잡는 거라서."

"이해했어. 그런데 많이 판매되는 샐러드 종류는 왜 알아보라고 그랬어?"

"그래도 기본은 있어야 하니까. 우리 먹었던 것처럼. 리스크를 최소화해야 하고. 초반에는 파는 양까지 정해서 재료 부담까지 줄여야 해."

수정은 이해했다는 듯 고개를 끄덕거리다 말고 입을 열었다.

"그런데 기본 반찬이 안 팔리면 항아리에서 리스크를 짊어져야 하는데."

한겸은 씨익 웃더니 입을 열었다.

"그래서 다이어트 식단 알아봐 달라고 했잖아. 다이어트하는 사람 말고도 운동하는 사람들도 잡곡밥 같은 거 챙겨 먹거든. 여기 네가 조사한 거 보면 탄수화물 챙겨 먹는 사람들이 가장 많이 먹는 게 잡곡밥이잖아. 항아리에서도 잡곡밥 팔고, 생선까지 있잖아. 샐러드 보러 왔다가 자연스럽게 다른 식단까지 챙길 수 있게. 판매도 거리가 가까운 곳은 바로 배송하고, 먼 곳은 기존 반찬처럼 새벽 배송으로. 배송비 가격은 기존대로 해야겠지."

한겸의 말이 끝나자 수정은 조금은 편안해진 얼굴로 고개를 끄덕거렸다. 그 모습을 본 한겸은 가볍게 미소를 보이고는 곧바로 계획을 정리했다.

외주를 준 것이 약간 신경 쓰였다. 어떤 식으로 작업이 진행되는지 직접 볼 수 없어서 아쉬웠지만, 그동안 느낀 바로는 모든 걸 직접 다 할 순 없었다. 믿는 수밖에 없었다. 한겸은 기지개를 켜고선 모니터를 쳐다봤다. 아직 할 일이 남아 있었다. 가장 자신 있는 일이었다.

"카피가 뭐가 좋을까. 지구의 건강만큼이나 당신의 건강을 생각합니다? 아니면 건강을 골라 담으세요. 영어가 괜찮으려나? Pick your healthy? 환경오염은 건강과 직결됩니다. 아니야, 식품인데 오염이 들어가면 부정적일 수가 있지. 음, 지구를 건강하게, 내 몸도 건강하게. 아니야, 이건 너무 올드하다."

세 사람은 한겸이 혼자 중얼거리는 걸 지켜보며 고개를 저었다.

"신기하다… 카피가 계속 나오네. 어떻게 자랐으면 저러지?"
"역시 초록색 풀때기보다는 알록달록한 과일을 먹어야 해."

그때 한겸이 두 사람을 쳐다봤고, 두 사람은 흠칫 놀랐다.

"그린 캠페인, 그린 샐러드를 주로. 밑에는 먹는 그릇까지 생각
합니다. 어때? 우리 스테인리스로 하려던 것과 연결할 수도 있잖
아. 대박이네. 그렇지?"

*   *   *

며칠 전 외주를 준 곳에서 광고 배경이 도착했다. 처음 도착
했을 땐 마음에 들지 않아 변경을 요구했다. 그 뒤로도 몇 번이
나 더 변경을 요구하고서야 안 좋은 소리와 함께 지금의 배경을
받을 수 있었다. 아이디어대로 잔디와 하늘이 보였다. 물론 완벽
하게 마음에 드는 건 아니었지만, 또다시 변경을 해달라고 할 수
없었다.

계속된 수정을 요구하자 추가 요금을 청구했기에, 한겸은 학교
에서는 물론이고 집에 있는 주말에도 작업을 손에서 놓지 않았
다. 친구들보다 속도는 느렸지만 제대로 나왔는지 판단은 자신
만 가능했다. 물론 C AD 세 사람 역시 계속해서 작업물을 보내
는 중이었다. 지금도 범찬에게서 메시지가 도착했다.

[네 말대로 잔디하고 하늘 경계선 정가운데에 샐러드다.]
[잔디에 물방울 효과도 좀 넣어봐.]
[네가 원하는 게 미역이냐?]

한겸은 피식 웃고선 작업을 이어나갔다. 카피에 색을 넣어보기도 하고 위치를 옮기기도 하며 몰두 중이었다.

"후, 이래선 답이 없네."

괜찮다고 생각한 카피가 어떻게 바뀌도 회색으로 보이고 있었다.

'그린 캠페인, 그린 샐러드, 담는 그릇까지 생각합니다. 내용도 좋은 거 같고 색도 좋은 거 같은데. 하늘색 바탕에 흰 글씨. 그런데 왜 이럴까? 위치가 틀린 건가? 하루 GYM 만들 때도 이거랑 비슷했는데.'

그때, 범찬에게서 다시 메일이 왔다. 한겸은 범찬이 보낸 작업물을 다운받았다. 그러고는 그 위에 카피를 올려놓았다.

"그나마 배경은 회색 됐네. 휴."

배경만큼은 노란색이 보이지 않는 통에, 잘 만든 것인지 아닌지 확인이 가장 어려웠다. 그래도 빨간색보다는 나았기에 한겸은 안도의 한숨을 뱉었다. 그러고는 다시 카피를 어떻게 해야 하나 고민할 때, 수정에게 전화가 왔다.

　—동일식품에서 우리가 했던 그대로 이벤트 진행하는 거 알아?
　"그래? 그렇게 효과 없을 건데."
　—아무튼 지금 하고 있어. 미요기획에서 맡아서 전부 진행하고.
　"반응은 어때?"
　—주소 보낼게. 한번 봐봐. 그런데 우리가 한 거 그대로 따라하는데 괜찮아?
　"고객 참여 마케팅이 우리가 만든 것도 아니라서 뭐 어떻게 할 수 없지. 그런데 운동화랑 달리 샐러드는 선택이라서 큰 효과가 없을 거야."
　—알았어. 수고해.

　잠시 뒤 수정이 동일식품에서 진행 중인 이벤트 주소와 광고 중인 사이트들을 보내왔다. 꽤 많은 자금을 투자했는지 포털사이트에까지 배너가 걸려 있었다. 배너를 클릭하자 이벤트 페이지로 넘어갔다.

　[건강한 식사로 건강을 챙기세요. —동일식품—]

　확실히 달랐다. 파우스트의 경우 쉽게 참여할 수 있도록 그림부터 파프리카였던 반면, 동일식품의 광고는 샐러드가 메인이었다. 이벤트 내용도 조금 달랐다. 샐러드에 관한 삼행시를 진행 중이었다. 파우스트와 같은 점이라고는 온통 빨갛게 보이는 전단지뿐이었다.

"광고 제작에 한 달간 샐러드 배송이면 선물이 너무 약한 거 같은데. 댓글 수도 적고. 1등은… 헛."

독보적으로 1등을 달리고 있는 댓글부터 이상했다.

샐러드 먹고 살 뺀다고?
너가?
드라마 같은 소리 하네. 운동해라.

그 밑으로도 위에 있는 댓글과 비슷한 느낌을 주는 댓글이 수두룩했다. 애초에 파우스트처럼 아예 말도 안 되는 느낌으로 시작했다면 모를까, 이건 망한 마케팅이었다.

'이러려고 우리하고 안 한 건가? 아쉽네. 따라 하려면 좀 제대로 따라 하든가.'

결과는 안 봐도 눈에 훤했다. 한겸은 동일식품의 페이지를 닫았다. 아쉽기는 했지만, 할 일이 많이 남아 있었다. 그때, 한겸이 갑자기 손가락을 튕겼다.

'따라 한다라… 일단 제대로 만든 광고들은 어떤 식으로 넣었

는지 봐야겠다.'

한겸은 좋은 광고를 그대로 베낄 생각이 아니라 배우려는 거라면서 위안을 삼았다. 그러고는 곧바로 그동안 수집해 놓은 광고들을 살피기 시작했다. 전체적으로 본 적은 있었지만 따로따로 구분해서 보진 않았었다. 각각의 위치와 색 조합 등 여러 가지를 세세하게 살피다 보니 시간이 훌쩍 지났다. 그렇게 한참을 살피던 한겸이 고개를 끄덕거렸다.

'캠페인은 대부분 카피나 슬로건이 배경과 세트네. 의도를 드러내 보이면서도 보는 사람으로 하여금 생각하게 만들고, 반면 제품 카피는 카피가 완전 드러나고.'

광고를 목적으로 하는 광고물에는 제품과 카피를 동급으로 두거나 아예 카피 대신 기업명을 넣는 광고가 대부분이었다. 한겸은 한참을 생각하더니 작업을 시작했다.

'캠페인과 제품 광고를 병행하려면 배경과 한 세트처럼 보이면서 카피를 드러나게 하면 되나? 하늘하고 세트니까 글씨들을 구름처럼 바꿔볼까?'

생각을 마치자마자 한겸은 구름 모양으로 카피를 만들기 시작했다. 글씨를 작성하는 게 아니라 그리다시피 해야 했기에 꽤 오랜 시간이 흘렀다.

하지만 역시 변함은 없었다. 이 정도 했는데도 회색으로 보인다면 카피가 잘못됐단 생각이 들었다. 고민을 하던 한겸은 카피를 새로 짤 생각에 작업한 카피를 지우기 시작했다. 그때, 갑자기 카피가 노란색으로 보이기 시작했다.

"어?"

하늘 바탕에 구름 모양으로 카피를 그렸을 때도 회색으로 보였다. 그런데 카피가 '그린 캠페인'만 남게 되자, 갑자기 노란색으로 보이기 시작했다.

"그냥 캠페인으로 하라는 건가? 아… 이러면 제품 포스터가 아니라 공익 포스터 같은데……."

일단 색이 보이긴 했지만 아무래도 캠페인 같은 느낌이 들었다. 화면을 가만히 보던 한겸은 그린 캠페인 옆에 다시 나머지 카피를 적었다.

"이러면 회색이네. 뒤에 남은 카피만 다른 곳에 옮겨도 되나? '먹는 그릇까지 생각합니다'니까 그릇 밑에?"

잔디 쪽으로 옮기니 하얀색으로 된 카피가 어울리지 않았다.

"잔디에 어울리는 게 나무? 나무 모양은 너무 이상한 거 같은

데. 통나무는 아닌 거 같고. 일단 색만 바꿔보자. 짙은 풀색은
아니고. 그럼 고동색으로."

카피만 따로 빼내 색까지 칠한 뒤 그릇 밑에 배치했다. 여전히
회색으로 보이긴 했지만, 아직 위치를 정한 것이 아니니 포기하
지 않았다. 계속해서 카피 위치를 옮겨가던 중, 용기를 감싸듯이
카피를 배열했을 때였다.

"어? 어! 오예! 보인다!"

나무줄기 색과 비슷한 고동색으로 칠한 카피가 노랗게 보이
기 시작했다. 자신이 만든 카피가 제대로 된 카피라는 생각에
한겸은 무척이나 신이 난 얼굴로 허공에 팔을 휘둘렀다. 그 순간
회색으로 보였던 광고 배경에 색이 보이기 시작했다.

"대박!"

오래 고생한 만큼 그 어느 때보다 만족스러웠다. 한겸은 시간
가는 줄 모르고 미소가 가득한 얼굴로 모니터를 쳐다봤다. 그렇
게 한참을 보던 한겸은 아직 작업 중인 C AD 친구들을 떠올리
고 단체 대화방에 메시지를 올렸다.

[완성본 보냈어!]
[와! 드디어 끝인 거냐!]

다들 기뻐하며 곧바로 메일을 확인하고선 답장을 보냈다.

[진짜 좋다. 너무 예쁜데?]
[구름 개쩌네. 네가 했냐?]
[한겸아, 수고했어. 분위기 진짜 좋다.]

한겸이 기분 좋게 웃으며 답장을 보내려 할 때였다. 마침 모든 작업이 끝나 전화를 하려 했는데 딱 맞춰 전화가 왔다.

"안녕하세요, 오마르 씨. 안 그래도 전화를 드리려고 했어요."
—네, 실제 목소리하고 통화 목소리가 많이 다르시네요.
"하하, 작업물이 잘 나왔거든요."
—바쁘시네요.
"그게 아니라, 두레박하고 항아리 광고 만들던 중이었어요."
—그렇습니까? 다행이라고 해야 하는지, 아니라고 해야 하는지…….
"왜 그러세요?"
—그게, 하면 좋겠지만 제가 걱정했던 것처럼 비용이 많이 들어갈까 싶어서요. 사실… 예전에 기사를 올린 것도 그렇게 홍보해야 된다고 해서 돈 주고 올린 기사거든요. 그런데 효과가 없었어서 다들 걱정이 이만저만이 아니네요.

한겸은 모니터를 쳐다봤다. 오마르나 두레박 대표도 C AD의 컨설팅과 광고를 보면 수락할 것 같았다. 그만큼 광고가 너무 잘 나왔다. 그래서 한겸은 걱정보다는 오마르의 한국어 실력에 더 감탄했다.

"저희 프레젠테이션 듣고 판단하세요. 정말 안 하셔도 됩니다."
—휴, 그래도 될까요? 보통 돈 먼저 주고 해야 하는 거로 알고 있는데.
"괜찮아요. 손님이 없으면 방법을 바꿔야죠. 그럼 내일 괜찮으세요?"
—내일은 일요일이라서. 월요일이 괜찮을 거 같아요."
"네, 그럼 월요일에 식사 하시고 두 시까지 찾아갈게요."

통화를 마친 한겸은 나머지 세 사람에게 소식을 알렸다. 그때, 노크 소리가 들리더니 방문이 열렸다.

"뭐 하는데 혼자 난리가 났어."
"전화하느라 그랬어요."
"막 소리 지르고 중얼거리고 그러더만. 주말인데 쉬엄쉬엄하지 말고 열심히 해. 그래야지 아빠 명품도 사주고 그러지."

아버지는 농담을 던지고 나가셨고, 한겸은 피식 웃었다. 그때, 조금 이상함을 느꼈다. 토요일에도 출근하던 아버지셨는데 집에 있는 게 이상했다. 그러고 보니 최근 들어 아버지가 집에 있는 게 자주 보였다.

"일이 없으신가?"

한겹이 고개를 갸웃거릴 때, 메시지를 보냈던 세 사람에게서 답장이 왔다.

[내일 11시에 학교 정문에서 보자. 챙겨 갈 것도 있으니까 엄마 차 빌려올게.]
[종훈이 형 짱!]
[그럼 내가 기름값 낼게요.]
[수정이 짱! 겸쓰 넌 뭐 없냐?]
[난 알아서 특허출원 할게.]
[그건 당연하고. 넌 커피나 쏴.]
[널 쏘고 싶다.]

한겹은 범찬의 농담 때문에 아버지에 대한 생각을 접어두었다.

*　　　*　　　*

두레박에 도착한 C AD의 네 사람은 인사를 나눈 뒤 서둘러 프레젠테이션 준비를 했다. 그때, 범찬이 한겹의 옆으로 다가와 조용히 속삭였다.

"오마르 씨 아내 엄청 깐깐하네. 시작도 안 했는데 엄청 물어

보고."

"돈 들어가는데 당연하지."

"좋아하겠지? 너 못 할 거 같으면 내가 할까?"

"하하, 됐어. 내가 할게."

범찬의 말처럼 오마르의 아내라는 사람은 무척이나 깐깐했다. 한겸도 약간 긴장했지만 광고물이 워낙 잘 나와서 자신 있었다. 그사이 준비가 끝났고, 한겸은 프레젠테이션을 시작했다.

한겸은 준비한 자료를 보여주며 막힘없이 설명을 이어나갔다. 처음에 샐러드에 대한 얘기가 나오자 사람들은 반응을 크게 보이지 않았다. 하지만, 한겸의 설명과 자료가 계속될수록 설명을 듣는 사람들의 고개가 끄덕거려졌다. 그렇게 준비한 모든 설명을 마칠 때쯤 오마르의 아내 주희가 걱정하는 얼굴로 질문을 했다.

"이 주 동안 준비는 거래처에서 샐러드 품목을 늘리면 되니까 괜찮은 거 같은데요. 그런데 건강식이라면서 기존의 드레싱을 사용하면 그게 건강식이 될까요?"

"그래서 항아리의 기존 방식처럼 드레싱까지 소비자 선택에 맡기는 겁니다. 드레싱을 뿌리지 않고 따로 담아서 주는 거죠. 사실 직접 만드시거나 개발하시는 편이 좋긴 하지만 일단 손이 너무 많이 간다는 이유도 있고요. 게다가 프랜차이즈니까 대표님이 하셔도 다른 곳에서 안 하면 지점마다 맛이 달라지는 문제가 생기거든요."

주희는 함께 항아리를 꾸려 나가는 어머니와 의논을 했다.

"엄마, 저 광고 너무 느낌 있지. 난 괜찮은 거 같은데 우리가 아예 소스를 개발하는 건 어때?"

"너는, 너는. 이제 하다 하다 소스까지 개발해? 개발할 거면 여기서 이러지 말고 기업 들어가서 해. 오라는 데도 있는데 왜 여기서 이러고 있는지 몰라."

"엄마가 직접 만드는 요거트로 해도 돼. 요거트도 많이 뿌려 먹거든. 우리 유기농 제품만 쓰잖아. 그러니까 소스까지 다 해야 해."

"난 몰라, 네가 알아서 다 해. 서울도 네가 가고, 부산도 네가 가고."

주희는 신소재를 연구하던 사람답게 개발이란 말부터 꺼냈다. 그편이 성공할 확률이 더 높아질 것이기에 한결이 묵묵히 기다릴 때, 옆에서 함께 듣던 두레박 대표가 범찬의 옆구리를 쿡쿡 찔렀다.

"그 있잖여."

"네?"

"햄 말이여. 햄도 유기농이라고 허더만."

한결이 피식 웃는 사이 얘기를 마친 주희가 다시 질문을 했다.

"그런데 정작 중요한 캠페인에 대해 설명 안 해주나요?"

"대화 끝나셨나 보네요. 그럼 지금부터 어떤 캠페인을 하는지 설명해 드릴게요."

그러자 범찬이 한겸의 손에 스테인리스 그릇을 쥐여줬다.

*　　　　*　　　　*

스테인리스 용기를 본 두레박 대표는 고개를 갸웃거리며 입을 열었다.

"그거 내가 맹근 거 아녀?"

"맞습니다. 사장님이 만드신 거예요."

C AD 팀원을 제외한 모두가 궁금하단 얼굴로 쳐다봤다. 그러자 한겸이 웃으며 설명을 시작했다.

"저번에 일회용 용기 사니까 이걸 주시더라고요. 이거면 그린 캠페인을 할 수 있습니다."

"그거 얼마 안 혀요."

"네. 그래서 더 적당해요. 사실 볼과 비슷해서 비싸면 안 되거든요. 그래도 정말 좋아요. 이렇게 똑같이 가능하세요?"

"뭐 어려운 일도 아니고 원래 하던 일인디. 기계도 오래돼서 안 팔려 가지고 그냥 내비 두기도 뭣혀서 취미 삼아 맹그는 거

여요. 저 용기는 어차피 기계가 다 맹그러서 할 것도 없고. 뭐 쪼끔 오래 걸리긴 혀요. 나 혼자 다 맹그러서."

한겸은 잠시 당황했다.

"얼마나 제작 가능하세요? 샐러드용 용기 말고도 반찬 담을 수 있는 용기까지요. 프렌차이즈 매장까지 사용해야 하거든요."
"그려요? 뭐 그러믄 일허는 애들 며칠 부르면 되겠구만."
"그럼 주문이 오면 얼마나 걸리세요? 이거처럼 이름 새기는 거까지 기간이요."
"그건 직접 새겨야쥬. 뭐 말만 허요. 금방 허요."
"직접 새기신 거라고요? 이거 찍어낸 거 같은데요?"
"별거 아녀요. 뭐. 밥 먹고 그 짓만 허는디 그것도 못 허믄 워쩐데."

한겸은 그제야 안도의 한숨을 뱉었다. 그러고는 PPT를 넘긴 뒤 설명을 이어나갔다.

"제가 스테인리스 그릇을 물어본 건 이 그릇이 캠페인의 주제가 되기 때문이에요. 아까도 얘기했듯이 캠페인이라는 게 어렵지 않습니다. 길 가다 휴지를 줍는 것도 휴지 줍기 캠페인이 될 수도 있거든요. 그래서 저희가 준비한 것도 사실 큰 건 아닙니다. 여기 보시면 그릇을 사용하려는 방법은 두 가지예요. 판매와 일정 수의 주문을 한 고객에 한해서 증정입니다. 그리고 그

스테인리스 그릇을 들고 매장에서 직접 구매하는 사람에 한해서 세일을 해드리는 겁니다. 대신 반찬 용기와 샐러드 용기를 다르게 해야 해요. 각각 할인할 수 있도록요. 샐러드 용기에 반찬 담으면 양이 너무 많잖아요. 그래서 용기 제작 물어본 거고요."

"괜찮은 거 같긴 허네."

"여기서 중요한 건 두레박 사장님이세요. 그릇에 원하는 문구를 새기려고 하거든요. 이름이든 별명이든 원하는 문구를."

"그거야 어렵지 않쥬."

"그런데… 정확하게 해주셔야 해요. 영어를 원하면 영어로. 홈페이지 관리하는 곳에 맡기시면 돼요. 저희가 알아보니까 가능하다고 해서 작업한 거거든요. 그럼 사장님은 고객이 신청한 문구를 보고 똑같이 새겨주시면 돼요."

"알겠슈."

그때, 주희가 궁금한 게 있는지 손을 들었다.

"우리 매장은 8곳뿐인데 이게 효과가 있을까요?"

"캠페인을 한다는 것 자체로 효과가 있습니다. 친환경 기업이라는 홍보를 함으로써 유기농을 사용한다는 점을 더 부각시킬 수 있고, 샐러드를 비롯해 모든 식품들의 이미지가 올라갈 겁니다. 기존의 배달 방법을 유지하는 것이니까 크게 변하는 것도 없고요. 그리고 매장이 적은 편이 더 좋습니다. 캠페인이 잘 먹히면 그릇에 대한 희소성이 생길 거고, 안 된다면 매장 수가 얼마 안 되는 만큼 리스크도 줄어드니까요. 물론 잘돼야겠죠?"

주희는 이해했다는 듯 고개를 끄덕거렸다. 그러고는 또 가족들과 상의를 했다. 가족들이 자신의 의견을 굽히지 않는 통에 목소리가 약간 높아졌다. 한겸은 설명이 끝나 기다려야 해서 이 상황이 약간 민망했다. 그때, 대화를 나누던 주희가 조심스럽게 입을 열었다.

"이렇게… 준비한 걸 보면 가격이 비싸겠지요?"
"비용도 말씀드리려고 했어요. 컨설팅 비용을 제외하고는 그렇게 많지 않을 거예요. 아까 설명드렸듯이 모바일과 PC를 포함해 총 9곳에 홍보를 할 예정이고요. 기간은 일단 한 달입니다. 반응을 본 뒤 연장하셔도 돼요. 그 부분은 저희가 관리를 해드릴 거고요. 일단 계약금 140만 원이고요. 그 부분을 포함하고 컨설팅 비용과 홍보물 제작 등까지 다 해서 600만 원입니다. 총 740만 원이에요. 홈페이지와 모바일 변경에 대한 부분은 관리하던 곳에 요청하셔야 해요. 각 매장에 붙일 포스터는 저희가 드리면 각 매장으로 보내셔야 하고요."

한겸은 가격을 책정할 때 조금 걱정했다. 외주를 준 비용을 제외하고 총 600만 원 정도를 벌 게 된다. 컨설팅만이 아니라 앞으로 진행할 일에 대한 계획까지 세웠으니 그 돈도 적다고 생각했다.
하지만 처음에 계획했듯이 C AD의 인지도를 쌓는 작업이기도 했고, 두레박과 항아리도 파우스트처럼 경영이 어려워서 공

동마케팅을 신청했을 것이었다. 그 부분까지 생각해서 비용을
최저로 잡았다. 전문 컨설턴트가 아니어서 그보다 낮은 일당을
책정한 결과가 지금의 금액이었다.

그런데 대답이 없는 걸 보니 역시 높다고 생각하는 듯싶었다.
그때, 오마르가 머리를 긁적거리며 입을 열었다.

"기사 나가는 것도 말만 하는 건데 삼백만 원이나 받아서 걱
정했는데 다행이네요."

"그렇게 많이요?"

"그렇죠. 여러 신문에 나가긴 했는데, 그래도 말 한마디에 삼
백만 원을 달래서 걱정했는데 안심이 되네요. 이렇게 좋은데 해
야죠."

상황을 지켜보던 C AD 팀원들은 전부 주먹을 불끈 쥐었다.
특히 범찬은 큰 소리까지 내며 가장 기뻐했다.

"오예! 그럼 항아리 사장님이 만드신 샐러드만 다시 찍으면 되
네요! 아자!"

"좋은 거여?"

"그럼요. 사장님 정말 열심히 할게요!"

"그랴. 우리 가족이 며칠 동안 고민한 거여. 잘 좀 부탁혀. 그
런데 말이여. 이렇게 막 야그혀고 다녀도 되는 거여? 자네들 걱
정돼서 그랴."

"이거 보이시죠?"

"카메라잖여."

"전부 촬영하고 있거든요. 그리고 매일매일 작업하는 것도 올리고 있고, 특허출원까지 하거든요. 무단으로 사용하면 고소하는 거죠. 그래도 사장님은 전혀 그럴 분이 아닌 거 알죠. 하하."

"그걸 말이라고 허는 겨? 그럼 이제 어떻게 하면 돼."

"저희하고 계약하면 따로 걱정하실 필요 없으세요. 저기 적혀 있는 대로 하시고 저희하고 수시로 연락하시면 돼요."

"그려? 그려, 그럼. 고생했구먼."

두레박 사장의 말에 C AD 팀원들이 서로의 얼굴을 쳐다봤다. 모두가 같은 마음이었는지 얼굴엔 미소가 가득했다. C AD 팀원들은 한곳으로 모인 뒤 고개를 숙여 인사를 했다.

"감사합니다! 열심히 하겠습니다!"

*   *   *

이후 파우스트 임 부장으로부터 이벤트에 대한 결과를 들을 수 있었다. 촬영 중이라고 밝히면서 방문해도 괜찮냐고 물어왔다. 기사가 나간다면 C AD로서도 도움이 되는 일이었기에 오히려 감사해야 할 일이었다. 그래서 C AD 팀원들은 모두 동아리실에 모여 파우스트의 기사들을 전부 찾아보는 중이었다.

"진짜 대박이네. 매출 더 오르겠는데?"

한결은 피식 웃었다. 드립 이벤트로 만든 인기가 계속 이어지는 중이었다. 이벤트가 끝나자 크리에이터들의 리뷰가 이어졌고, 그와 동시에 이벤트 때 뽑혔던 댓글들로 만든 광고가 주목을 끌었다. 그리고 댓글들로 만든 광고가 시들할 때쯤, 인증 사진과 함께 대표의 인성이라는 글이 떠돌기 시작했다.

"좋은 아저씨 같긴 했는데 대박이네."

"그러게. 대단하다."

"어떻게 자기들도 어렵다면서 기부까지 하고."

당첨된 사람 중 한 명의 형편이 어려운 걸 본 대표가 그 자리에서 도배는 물론이고 쌀과 밥솥까지 기부했다. 그리고 그 일을 당첨자 본인이 직접 인터넷에 올렸다. 대표와 나눈 메시지까지 함께.

[파우스트 당첨된 결과 인증합니다.]

—정말 감사합니다.

—저야말로 재영 군이 파우스트에 보내주신 관심에 감사드립니다. 너무나 기발한 댓글을 보며 기뻤고, 행복했습니다. 앞으로도 재영 군의 관심에 보답할 수 있도록 좋은 신발을 만들겠습니다. 그럼 앞날에 행운만 가득하길 기도하겠습니다.

꽤 길게 보낸 답장이었다. 파우스트 대표답게 진심이 가득 담겨 있는 메시지였다. 그리고 그것의 반응이 폭발적이었다.

　—재영이 편지 받았냐?
　—2등이면 밥풀이 같은데. 사람 볼따구에 Far Free 붙은 거 그 거 맞음?
　—대표 인성 보소. 더 바쁘게 혼내줘야겠네.
　—여기 신발 정말 괜찮음. 내가 Hive d—line 시리즈밖에 안 신었는데 하도 리뷰하길래 파워이랑 파플 둘 다 사봤다. 레알 괜찮음. 1/4 가격인데도 차이가 없음.
　—구라 치지 마라. 인터넷에서 사려면 3주 기다려야 된다.
　—ㅂㅅ이냐. 여기 인증이다. 삼 일 전에 매장에서 직접 샀다.

　인터넷답게 저마다 자기 할 말을 하고 있었다. 그래도 같은 점은 전부 파우스트를 칭찬하고 있다는 점이었다.

　"한겹아, 그런데 어디 신문이래?"
　"촬영 중이라고만 했어요."
　"그렇구나. 그럼 우리 신문에 실리는 거야?"

　한겹이 고개를 끄덕거리자 범찬이 갑자기 불안한 얼굴로 입을 열었다.

　"그거 혹시 두레박 할아버지처럼 사기당하는 거 아니야?"
　"아니겠지. 파우스트 지금 인기 많잖아."

"휴, 그렇겠지? 이렇게 잘될 줄 알았으면 돈을 더 받았어야 했네."

"너 2,000만 원 받는다고 좋아했잖아."

"그때랑 다르지."

"그럼 두레박 사장님한테도 더 받지?"

"야, 영감님이 밥도 사줬는데 그러고 싶냐? 아! 맞다."

범찬은 급하게 책상을 뒤적거리더니 메모를 찾아왔다.

"연락 왔는데 까먹을 뻔했네. 내일 항아리에서 샐러드 보낸대."

"벌써?"

"응, 무가당 요거트랑 한국식으로 변형시킨 오리엔탈 드레싱이라던데. 영감님 말로는 상추에 간장 뿌려 먹는 거 같아서 맛있다더라."

"엄청 빠르네. 홈페이지도 바로 변경 가능하다면서."

"어. 다음 주에 광고 올리면서 곧바로 적용한다고 했어. 그리고 영감님이 그릇 선물 준다고 뭐 새길 거냐고 물어보길래 내가 대충 말했어."

"씨에이디는 아니지?"

"날 뭐로 보고. 아무튼 내일 온대. 내일 오는 거 보고 사진 찍으러 가면 되겠다."

범찬이 원하기도 했고, 두레박 대표가 범찬을 편하게 생각했기에 모두가 동의했다. 그래서 항아리와 두레박과의 연락은 범찬이 도맡아 하는 중이었다. 차근차근 준비가 되어가고 있었다. 한 겸이 범찬과 대화하며 만족할 때 임 부장에게서 전화가 왔다.

―지금 도착했습니다. 이제 곧 갑니다.
"네, 그런데 말투가 왜 그러세요? 어디 아프신 거예요?"
―네? 하하… 아닙니다.

임 부장은 굉장히 어색한 말투로 말을 하더니 전화를 끊어버 렸다. 잠시 뒤 동아리실을 노크하는 소리가 들렸고, 범찬이 나가 서 문을 열었다. 그러자 갑자기 여러 사람이 우르르 들어왔다.

"어?"
"안녕하세요… 하하. 오랜만입니다……."
"안녕하십니까. 이렇게 또 찾아뵙네요."

임 부장과 파우스트 대표가 함께였다. 범찬은 멍한 얼굴로 두 사람을 쳐다봤고, 한겸은 동아리실 안으로 들어오는 사람들을 쳐다봤다. 좁은 동아리실이 카메라를 든 사람들로 가득 차버렸 다. 한겸 역시 갑작스러운 상황에 당황했다. 그러자 파우스트 대 표가 인사를 하며 입을 열었다.

"실례가 아닌지 모르겠네요. 이번에 SKBC 뉴스에서 파우스트 에 대해 취재하고 싶다고 해서 이렇게 찾아왔습니다."
"촬영이 이거였어요……?"

"임 부장이 설명이 부족했나 보네요."

한겸은 당황하는 것도 잠시, 오히려 C AD를 홍보할 수 있는 기회라고 생각했다. 한겸은 정신을 차리고 대표에게 자리를 내줬다. 동의서를 작성하자 곧바로 촬영이 시작되었다. 촬영이 처음이라 어색했지만, 그다지 어렵지 않았다.

당장은 두 사람이 함께 있는 모습을 담는다며 대화하는 모습을 찍기만 했다. 그러고는 대표가 빠진 뒤 기자라고 소개한 사람이 앞에 앉았다.

"이벤트를 먼저 제안했다고 들었습니다. 이에 대해서 말씀 좀 부탁드립니다."

"파우스트의 신발이 상당히 좋거든요. 지금도 신고 있지만, 이대로 묻히기에는 너무 안타깝다고 생각해서 저희 C AD가 홍보에 참여하게 되었습니다. 어떻게 홍보를 해야 할까 연구와 고민을 하며 여러 가지를 수집한 결과, 저희 C AD에서는 소비자에게 가장 어필할 수 있는 방법이 고객 참여 마케팅이라고 판단했습니다."

"잠깐만요. C AD는 좀 빼고 그냥 회사라고 해주시면 안 될까요? 너무 광고 같네요."

"아, 그렇습니까?"

한겸은 민망한지 얼굴이 무척이나 붉어졌고, 그 모습을 지켜보던 C AD 팀원들은 웃음을 참았다. 인터뷰는 길지 않았다. 주가 파우스트이다 보니 어쩔 수 없지만, 이것만으로도 충분히 만족스러웠다.

"광고는 언… 아니, 인터뷰는 언제 나오나요?"
"뉴스니까 편성만 안 바뀌면 오늘 바로 나오죠."
"아, 그랬군요."

촬영이 끝나자 파우스트 대표와 임 부장은 다음에 다시 오겠다는 인사와 함께 가버렸다. 그러자 남아 있던 C AD 팀원들 모두가 휴대폰을 꺼내 들었다.

"엄마! 오늘 8시 뉴스에 나 나오니까 꼭 봐! 아니, 아니! 뭔 소리를 하는 거야. 내가 무슨 범죄를 저질러! 아들을 그렇게 몰라?"
"아빠, 오늘 8시 뉴스 꼭 봐."

                    *   *   *

한겸의 아버지 김경섭은 갑자기 한겸에게서 온 전화를 받고 TV 앞에 자리했다. 뉴스에는 하루 종일 나왔던 내용이 나오고 있었다.

─60년간 사랑과 봉사를 실천하던 권영주 수녀가 오늘 오전 3시 50분경 81세를 일기로 별세했습니다.

하루 종일 같은 내용이 나왔지만 경섭은 한겸이 TV에 나오는 걸 놓칠까 봐 눈도 돌리지 않았다.

"우리 한겸이가 TV에 왜 나온대?"
"그냥 보라더라고. 자식이 나도 안 나온 TV에 나오고. 출세했네."

경섭은 뿌듯한 얼굴을 한 채 뉴스가 나오길 기다렸다. 한참 뒤 뉴스가 시작되었다. 원래도 항상 보는 채널이었지만, 아들이 나온다는 소식 때문인지 다른 내용이 귀에 들어오지 않았다. 그때, 앵커의 입에서 한겸이 맡았던 회사의 이름이 나왔다.

─이 광고 보이십니까? 어느 브랜드의 광고입니다. 이렇게 봐서는 어떤 광고인지 잘 모르시겠죠? 바로 고객의 아이디어로 만든 광고입니다. 최근 몇 년간 광고계에도 큰 변화가 불고 있습니다. 미디어에 치중되어 있던 광고들이 모바일로 뻗어나가고 있습니다. 그리고 이제는 소비자들이 직접 마케팅까지 참여하고 있습니다. 이 브랜드 역시 고객이 참여하는 마케팅으로 젊은 층에게 큰 인기를 얻었습니다. 또한 대표의 선행까지. 박대우 기자가 취재했습니다.

"오, 우리 아들이 난놈이라니까. 어떻게 저런 걸 다 했어!"
"이이는. 매일 한겸이 SNS 훔쳐보면서."
"훔쳐보기는! 잘하고 있는지 보는 거지. 어! 한겸이 나온다! 어이고! 누굴 닮아서 저렇게 잘났어! 하하."

TV에 한겸이 나와 인터뷰를 진행했다. 대학생들로 이루어진 창업 동아리라고 소개한 한겸이 대표로 인터뷰를 했다.

―어떻게 홍보를 해야 할까 연구와 고민을 하며 여러 가지를 수집한 결과, 저희 C AD에서는 소비자에게 가장 어필할 수 있는 방법이 고객 참여 마케팅이라고 판단했습니다.
―소비자들이 제품 기획에 참여하는 것을 넘어 이제는 마케팅까지 하고 있습니다. 마케팅에 직접 참여함으로써 제품에 애착을 가질 수 있다는 점도 장점으로 뽑히고 있습니다.

파우스트에 초점을 맞춘 내용이었고, 한겸의 인터뷰는 매우 짧았다. 그럼에도 경섭은 무척이나 뿌듯한 얼굴이었다.

"하하, 우리 한겸이 이제 엄청 바빠지겠지?"
"그러게. 당신이 한가해지니까 이제는 한겸이가 바쁘네."
"하하, 그렇지. 우리 한겸이한테 빌붙어도 되겠는데?"
"노후 준비 다 했으니까 그런 소리 하지 마. 그런 소리 하면 한겸이 결혼 못 해."
"정색하기는. 농담입니다, 농담."

부부가 기쁨의 대화를 나눌 때, TV에서 앵커의 말이 들려왔다.

―한일 관계 문제로 시작된 불매운동. 불매운동으로 타격을 받

은 일부 기업이 타개책을 들고 나왔습니다. 국내 매출이 40% 이상 떨어진 한 맥주 회사부터 세계 최대의 과일 수입 업체까지 경영인 교체와 함께 새로운 도약을 준비 중입니다.

경섭은 무표정으로 화면을 응시했고, 아내는 그런 경섭의 손 위에 자신의 손을 포갰다. 그러자 경섭이 다시 웃으며 아내를 쳐다봤다.

"위로해 주는 거야? 나 괜찮아. 벌써 몇 개월이나 지났는데."
"그래. 알아. 당신 그동안 정말 고생했으니까 이제 좀 쉬어. 노후 준비도 잘해놨으니까 걱정하지 말고. 알았지?"
"그래야지, 하하. 아니면 확 경쟁업체인 델본으로 가버릴까? 안 그래도 오라고 그러는데. 하하, 성 이사도 지금 놀고 있으니까 같이 가자고 해야겠다. 하하."
"오늘 만난 곳이랑 얘기 잘됐다면서 그런 말을 뭐 하러 해. 그리고 성 이사님도 경영 공부 하신다면서."
"같이 가면 좋지. 성 이사가 나한테 아주 많이 배워서 같이하면 편해. 내가 너무 잘 가르쳤어. 하하."

경섭은 다시 장난스럽게 웃으며 TV를 돌렸다.

*   *   *

얼마 지나지 않아 항아리의 홈페이지에 C AD가 제작한 이미지가 올라왔다. 메인 페이지뿐만 아니라 팝업창으로까지 그린 캠페인이라며 올라왔다.

"와, 대박이네. 이거 올라오니까 완전 있어 보여. 안 그래?"
"그러네. 배너는 다 올라온 거 확인했어?"
"감상 좀 하자. 이거 장사 잘될 거 같아. 그 요거트 엄청 맛있지 않았어?"

한겸도 피식 웃으며 고개를 끄덕거렸다. 샐러드 준비가 끝난 걸 확인한 뒤 방 PD와 하루 내내 촬영한 결과물이었다. 샐러드 자체를 좋아하지 않기에 큰 느낌은 없었지만, 요거트 맛은 꽤 인상적이었다. 요거트만 따로 팔면 구매해 먹고 싶을 정도였다.
그렇기에 요거트만 따로 판매하자고 할까도 생각했지만, 지금 당장은 요거트까지 따로 메뉴에 올리긴 이르다고 판단했다. 그때, 종훈이 입을 열었다.

"배너 오늘 7시부터 다 올라온 거 확인했어. 메뉴도 이상 없고."
"수고하셨어요."
"아! 하루 GYM 관장님도 포스터 붙여주신다더라."

종훈의 말이 끝남과 동시에 한겸의 휴대폰이 울렸다. 번호를 확인하니 항아리의 주희였다.

─지금 다 준비됐어요.

"수고하셨어요. 그럼 판매 잘되길 바라요."

—신경 써줘서 고마워요. 그럼 또 연락할게요.

이미 컨설팅이 끝난 이상 전화가 안 오는 게 가장 좋았다. 오더라도 감사 인사 정도면 모를까 시작도 전에 고맙다는 말은 조금 부담스러웠다. 이제 기다리는 일만 남았다. 그때, 수정이 매우 귀찮다는 얼굴로 한결에게 입을 열었다.

"너 다음부터 얘기할 때 학교 이름 꼭 말해!"

"응?"

"센터장 아침부터 와서 왜 학교 얘기 안 했냐고 난리 치고 갔어! SNS에도 학교 이름 없다고 빨리 넣으래!"

"어차피 홈페이지 만들어야 해서 그냥 둔 건데."

수정은 흥분을 가라앉히려는지 심호흡을 한 뒤 종이를 건넸다.

"이건 연락 온 곳들이야. '별빛 아래'는 주점이야, 주점에서 홍보해 달라는 것도 그런데 이건 더 이상해. 뺙 캐리커처? 여긴 사업자등록도 안 되어 있어! 후, 그리고 주형유통 같은 소기업도 있어. 확인해 봐."

"오늘도 많네."

"응, 많은데 모두 똑같이 전부 광고비 얼마인지부터 물어봐. 어떤 거 광고할 건지 말해달라고 해도 그냥 광고비부터야. 다 다르다고 해도 광고비부터야. 무조건 얼마냐고 묻는 거로 시작해!

기본 이미지 제작 비용은 200만 원에서 추가된다고 해도 추가되는 비용이 얼마냐고 물어봐."

수정의 목소리가 마치 크레센도처럼 점점 커졌다. 아직 홈페이지를 제작하지 못해 SNS로만 고객을 받고 있었다. 그런데 방송이 나간 뒤로 엄청난 연락이 왔다.

SNS는 수정이 관리했다. 범찬과 종훈보다 훨씬 차분한 데다가 객관적이었기에 부탁한 것이었다. 그런 수정도 힘들어할 만큼 문의가 많았다.

연락이 많은 건 좋았지만, 문제는 대부분 찔러보는 것이었다. 기업이나 큰 개인 사업 같은 문의는 아니더라도, 적어도 금액보다는 실력을 보고 의뢰할 거라 생각했는데 아직까지는 아니었다. 다들 기대하고 있었는지 문의에 대해서만큼은 예민했다. 한겸은 그런 수정을 위로했다.

"고생했어. 이번 일 끝나면 우리도 홈페이지 만들 테니까 조금만 수고해."

"우리 중간고사 대체 리포트는 언제 할 거야?"

"우리 안 해도 될 거 같은데. 파우스트를 하든지 아니면 항아리, 두레박 반응 보고 그거로 해도 될 거 같아. 어차피 기업 선택 자유에다가 최근 유행하는 마케팅 도입해서 나오는 반응이잖아."

"그럼 신경 안 쓴다?"

"응. 설명하면서 만든 PPT도 다 있으니까 신경 쓰지 마."

그제야 수정의 표정이 풀어졌다. 한겸은 그 모습을 보며 피식 웃었다. 대학생이다 보니 중간고사를 봐야 했다. 한겸은 크게 신경 쓰지 않았지만, 다른 팀원들마저 성적에 연연하지 말라 할 순 없었다. 다행히 한 곳은 리포트로 대체해서 한시름 놓을 수 있었지만, 다른 수업은 아니었다. 다들 중간고사를 준비하는 동안 한겸은 홈페이지를 어떻게 꾸밀지 계획할 예정이었다. 그때, 아침 일찍부터 택배가 도착했다.

"어? 두레박인데? 그릇 맞춰서 보냈나 보네!"

다들 기대하는 얼굴로 박스를 뜯었다. 박스 안에는 기존에 있던 볼처럼 생긴 샐러드 그릇과 식판처럼 생긴 용기까지 담겨 있었다. 범찬이 쪼그려 앉아서 그릇을 꺼냈다.

"이야, 벌써 도착했네. 잠깐만 내가 나눠 줄게. 이건 반찬용, 이건 샐러드용. 자, 이건 겸쓰 네 거다."
"하하, 이거 딱 마음에 든다. 좋은데?"
"그렇지? 내가 딱 너 생각해서 새겨달라고 그랬지."
"왜 그래? 뭐라고 새겼는데? 픕… '이건 고기야'라고 새긴 거야?"
"하하. 한겸이한테 딱 맞네. 샐러드에서 고기 맛이 나고."

한겸의 그릇은 물론이고 저마다 다른 글자가 새겨져 있었다. 그때, 수정이 범찬의 그릇을 보며 진저리 쳤다.

"범차니꼬? 어우, 징그러워. 닭살 돋아."

"왜? 귀여운데. 이고 범차니꼬야."

"닥쳐!"

다들 웃으며 각자의 그릇을 챙겼다. 물론 쓸 일이야 없겠지만, 광고를 맡은 업체에서 받은 첫 선물이었기에 얼굴만큼은 밝았다.

*   *   *

동일식품에서 진행한 이벤트 결과는 대실패로 끝났다. 가장 사용자가 많은 포털사이트의 메인에도 광고를 했고, 쇼핑몰 등의 메인에도 광고했다. 엄청난 양의 키워드를 선정해 포털사이트 상위에 노출한 것이었다. 물론 어느 정도 효과는 있었다. 하지만 광고비를 쏟아부은 것치고는 너무 미미한 결과였다.

모든 게 이벤트로부터 시작되었다. 멋진 삼행시를 예상했는데 실제로는 전혀 그렇지 않았다. 물론 동일식품 입장에선 마음에 드는 댓글들이 있었지만, 사람들의 관심은 우스꽝스러운 댓글에 쏠려 버렸다. 그것이 문제의 시작이었다.

대표의 남편인 상무가 이벤트를 책임지는 광고대행사에 1위 댓글을 삭제하라고 지시했다. 광고대행사 측에서는 그로 인해 생길 소비자들의 반발을 이유로 반대했지만, 광고주가 입장을 고수하니 광고대행사도 어쩔 수 없이 삭제를 감행했다.

그 뒤로 엄청난 비난이 쏟아졌다. 이벤트 때보다 더 많은 사람들이 글을 남기기 시작했고, 전보다 더 심각한 댓글이 가장 많은 '좋아요'를 받아버렸다.

셀렉하는 줄 알았으면 참여하지 말 걸 그랬다. 1등에 있던 내 댓글을 보며 설레고 설레었는데
너무한다. 이제 어떻게 하지?
드디어 샐러드라는 걸 먹어본다고 신나 하던 내 동생을 어떻게 봐야 할지.

프로필 사진만 봐도 해외에서 찍은 것이었기에 분명 장난으로 적은 댓글이었다. 사람들은 엄청난 지지를 보내며 비난의 댓글을 적어댔다.

―샐러드에 주작 드레싱.
―이런 회사엔 불매운동이지.
―토 나오네. 이럴 거면 이벤트 왜 하는지.
―222그냥 주고 싶은 사람 주지 왜 소비자 우롱함?

엄청난 비난의 댓글들이 적혀 있었다. 그렇다고 댓글을 적은 사람에게 화를 낼 수도 없었다. 조 부장은 그 댓글을 보며 책상을 내려쳤다.

"아… 상무 새끼! 죽어버려!"

상무는 대표의 분노로 인해 회사에 며칠째 나오지 않고 있었

다. 앞으로도 볼 일은 없겠지만, 뒤처리는 전부 직원들의 몫이었다. 그 처리를 하던 직원 중 한 명이 조 부장에게 조심히 입을 열었다.

"부장님, 예전에 파우스트 맡았던 곳 있잖아요."
"어, 거기 왜."
"거기에 다시 맡겨보는 거 어때요? 얼마 전에 뉴스에도 나왔던데. 그리고 파우스트 2,000만 원에 했다고 하지 않으셨어요?"
"하… 상무……."

임 부장을 통해 파우스트가 얼마에 광고를 했는지 듣게 되었다. 자신들은 포털사이트 광고에만 들어가는 돈이 하루에 천만 원이었다. 그것도 한 시간에. 그런데도 효과가 없었다.

조 부장은 상무의 의견을 무시하고 C AD에 맡기면 어땠을까 생각했다. 어떤 결과가 나올지 예상할 순 없지만, 적어도 지금보다는 나을 거라고 생각하며 C AD의 SNS에 들어갔다.

"이게 뭐야? 그린 캠페인? 그린 샐러드. 샐러드? 항아리가 어디지?"

조 부장은 밑에 있는 글에 링크된 주소를 타고 들어갔다. 그러자 C AD SNS에서 봤던 이미지가 화면 가득하게 나왔다. 예전에 만날 때에는 이런 작업을 한다는 얘기가 없었다. 동일식품과 불발된 계약에 대한 악감정으로 샐러드 광고를 맡은 건가 하는 생각에 자세하게 살폈다.

그때, 옆에서 휴대폰으로 항아리 홈페이지를 보던 직원의 입에서 감탄사가 나왔다.

"와. 이거 느낌 엄청 좋은데요? 완전 신선해 보이네."

조 부장도 말없이 화면을 쳐다봤다. 푸르른 하늘 밑으로 넓게 깔린 잔디가 보였고, 하늘과 잔디 경계선에 샐러드가 보였다. 제품 사진만 나열해 놓은 자신들의 광고와는 전혀 다른 느낌이었다. 이 광고가 동일식품의 광고가 될 수 있었다는 생각이 들자 너무 아쉽게 느껴졌다. 그때, 임 부장이 했던 말이 떠올랐다.

"갑자기 소개받아서 갔더니 이벤트까지 다 짜놓고 있던 상태여서 바로 시작했죠. 우리가 뭐 할 것도 없었어요. 모든 준비가 다 끝난 상태였거든요."

이 말이 떠오르자 조 부장은 입을 쩍 벌린 채 머리를 부여잡았다. 그때 기다려 달라고 했던 말을 들었더라면 이 광고에 항아리라는 이름 대신 동일식품이 자리했을 것이다. 그때, 직원이 입을 열었다.

"와, 이거 너무 재미있는데요? 스테인리스 용기에 이름 새겨주는 거요. 집에서 사용해도 되고 매장에 직접 들고 가면 할인도 해준다네요. '이건 고기야?' 웃기네."

직원이 말을 꺼낼 때마다 저런 이벤트까지 전부 자신들이 할 수 있었을 거란 생각에 더욱 아쉬웠다.

"상무 쓰레기 새끼야!"

*　　　　*　　　　*

깡마른 몸매의 남자가 초코바를 뜯어 입에 넣었다. 그런 남자의 주변에는 초코바 봉지가 수북이 쌓여 있었다. 그럼에도 부족한지 연신 초코바를 먹으며 인터넷을 뒤적거렸다.

"이거 사는 것도 일이네."

남자는 자리에서 일어나더니 바로 옆에 놓아둔 체중계에 올라갔다. 그렇게 먹었는데도 체중에 변화가 없었다.

188㎝의 키에 58㎏. 별명은 당연히 멸치였다. 살을 찌우고 싶어서 별의별 노력을 다했다. 인스턴트식품이란 식품은 입에 달고 살았고, 보충제 역시 꾸준히 먹었다. 자다가 일어나서도 먹고 심지어는 개 사료까지 먹어본 적도 있었다. 식비로 들어가는 돈을 감당하기 힘들 정도로 먹었지만, 그때만 체중이 늘 뿐 항상 58㎏을 오락가락했다.

"근육 만들고 싶다!"

살을 찌우고 싶은 이유가 있었다. 모델이 되고 싶은 마음에 모델 학원에 등록했다. 대부분의 모델이 말랐지만 그래도 자신과는 비교할 수 없었다. 비슷한 키를 가진 모델과 비교해 봐도 최소 10kg 차이는 기본이었다. 너무 말라서 디자이너가 보여주려는 옷의 느낌을 살릴 수가 없었다.

이대로라면 런웨이에 서보지도 못한 채 끝내야 할 것 같았다. 학원에서 짜주는 식단을 지키는 건 물론이고 꾸준히 살을 찌우려고 노력했지만, 전부 소용없었다. 이번이 마지막이라고 생각하고는 헬스장을 알아봤다. 다른 헬스장을 다닐 때도 자신만 따라오면 살을 찌울 수 있다고 했지만, 결과는 그대로였다.

신중하게 헬스장을 알아보던 중 근처에 근바라는 별명을 가진 크리에이터가 운영 중인 헬스장이 있다는 걸 알았다. 헬스장을 찾아갔고, 상담한 결과 트레이너는 살을 찌울 수 있다고 자신했다. 물론 모든 트레이너들이 그런 소리를 했지만, 대부분 골격을 키우면 된다고 한 반면 그 관장의 반응은 달랐다.

자신이 한의사라도 되듯 체질부터 확인하더니 대뜸 일찍 자고 일찍 일어나라는 말부터 했다. 그러고는 더워도 에어컨 틀지 말라는 말 같지도 않은 말을 했다. 땀으로 열을 식히라는 말이었다. 이때까지는 불안했는데 몸을 만져보더니 인상을 쓰며 한 말 때문에 믿음이 갔다.

"뭐 이리 지방이 하나도 없어. 근육은 잘 잡혔는데. 뭐 규칙적으로 밥이랑 보충제만 잘 먹고 하던 대로 운동하면 올 필요도 없겠네."

보통 상담을 하면 대부분 PT를 권유했는데 근바 트레이너는 달랐다. 그런 트레이너 때문인지 헬스장에 사람이 상당히 많았다. 규모가 작은 곳에 사람이 많으니 더 믿음이 갔다. 그에 헬스장을 등록하겠다고 하니 대뜸 시간표와 식단부터 짜주었다. 그러더니 이 시간표 잘 지켜서 일주일 뒤에 다시 오라는 말을 했다.

10시에 자라는 건 그렇다 쳐도 식단 자체가 너무 지키기 힘들어 보였다. 매 식단에 생선과 계란 및 고기는 기본 포함이었고, 현미가 아닌 백미를 추천했다. 물 양과 온도까지 정해주더니 식사의 양과 보충제의 양까지 적어주었다. 그러고는 만들어 먹기 어려우면 시켜 먹으라며 지금 보는 곳을 추천했다.

"양도 조절해야 하고 좋긴 한데 이게 맞는 거야?"

남자는 의심스러운 마음에 평소 자주 들어가던 저체중들이 모인 카페는 물론이고 헬스 카페와 모델 지망생들이 모인 카페에까지 올렸다. 식단을 올려놓고선 댓글이 달리길 기다릴 때, 관장이 소개했던 곳이 화면에 보였다. 유명한 곳인가 생각하며 댓글을 기다렸다. 잠시 뒤 카페들마다 댓글이 달려 있었다.

—이렇게 먹기 어려워서 그렇지 식단 제대로네요.
—222요리하다 하루 다 보낼 식단이네요.

대부분 지키기 어렵다는 말들뿐이었다. 남자는 별생각 없이 그런 댓글에 답을 달았다.

—시켜 먹을 거라서요. 식단은 괜찮나요?
—이렇게 배달 안 됨.
—배달 돼요. 저 위 배너 달린 곳에서 새벽마다 배달해 줘요.
—구라 ㄴㄴ
—홍보 ㅅㅈ

대부분 저런 반응을 보였다. 잠시 뒤 그런 댓글에 또 다른 댓글들이 달리기 시작했다.

—레알이네. 저런 거 말고도 샐러드도 팜. 개웃기네. 양배추로만 담았더니 2,800원임.
—배송비가 더 나오겠네.
—나 울산 사는데 우리 동네는 지금 바로 배달 옴.
—일단 시켜봄ㅋㅋ 내 마음대로 담았는데 어떠냐.
—미친 샐러드에 고등어구이 왜 넣음ㅋㅋㅋ 미쳤냐ㅋㅋㅋ
—내 돈 내고 내 마음대로 먹는데 왜 욕함.

처음에 의심하던 사람들도 직접 확인하고서 주문을 시작했다.

*   *   *

광명시에서 항아리 체인점을 운영하던 부부는 진지하게 폐업을 고민했다. 체인점을 내기 전에도 직접 반찬을 만들어 가게를 했었다. 너무 장사가 안 되던 중 항아리라는 곳을 알게 되었고, 기존에 하던 반찬에서 조금만 더 배우면 된다는 생각에 체인점으로 갈아탔다.

초반 매출은 상당히 괜찮았다. 웰빙을 찾으며 많은 사람들이 찾아와 주었다. 몇 없는 기존 고객들도 예전보다 훨씬 맛있다며 칭찬했다. 그럼에도 불구하고 얼마 지나지 않아 매출이 떨어지기 시작했다.

그러던 중 얼마 전 본사에서 새로운 운영을 알리며 새로운 메뉴와 레시피까지 알려주고 갔다. 부부는 이번 이벤트를 마지막으로 생각하고 이번에도 효과가 없으면 폐업을 하자고 생각했다. 그렇게 이벤트를 시작했다.

하루 이틀이 지났지만 전과 비슷한 주문 수에 실망할 수밖에 없었다. 그런데 며칠 전 갑자기 주문량이 늘어나기 시작했다. 그 주문도 처음에는 장난처럼 느껴지는 주문이었다. 밥 한 공기에 명엽채만 가득인 주문도 있었고, 샐러드를 시켜도 한 가지 종류만 담는 주문도 있었다. 그것도 잠시, 어제부터 제대로 된 주문들이 늘기 시작했다.

"단아야! 쉬는데 미안해."
"선생님들 뉴욕 가셔서 괜찮아."
"그래도 미안해. 그거 만지지 말고 주문만 받아. 우리 딸 손

다치면 어떡하려고 그래."

"괜찮대도. 엄마, 여기 주문 또 왔어. 일주일 치 메뉴 정해서 보냈어. 엄마가 확인해야겠는데?"

"알았어. 휴, 여보! 파프리카 다 구웠어?"

전에는 둘이서 해도 손이 남았는데 이제는 유명 브랜드에서 일하는 딸이 도와도 손이 부족하게 느껴졌다. 이제야 가게가 제대로 돌아가는 중이었다.

"엄마, 그런데 왜 우리는 그릇에 이름 새기는 거 안 해? 홈페이지에 자기 그릇 올리는 사람들 있던데."

"다 해서 200,000원 이상 구매하면 하나 주더라고. 본사에서 전부 다 해주고, 우리는 매장으로 그릇 사러 찾아오는 사람만 오더 넣어주면 돼."

"신기하네. 그런데 체지방 16%까지? 그릇에 이런 것도 새겨?"

"말도 마. 별의별 거 다 새겨. 어떤 사람은 개 밥그릇이라고 새겨달라더라."

"나도 명함처럼 신청할까? IJ 디자인 팀 대리 홍단아라고."

비싸지 않은 가격에 자신만의 메시지를 적을 수 있다 보니 그릇을 신청하는 사람이 꽤 많이 보였다.

*　　　　　*　　　　　*

동아리실에 있던 범찬은 통화를 하며 큰 소리로 웃고 있었다.

"프랜차이즈 신청이 들어와요? 그럼 잘된 건데 왜 이렇게 화를 내세요, 하하."
―뭐여? 지금도 허리 한 번을 못 피겄어! 이렇게 된다고 진작 말을 혀야 할 거 아녀!
"좀 쉬엄쉬엄하세요. 용기 공장도 주문 들어와요?"
―말을 말어. 지금 반찬 가게 그릇 소화하기도 힘들어혀.
"그래도 좋으시잖아요. 저희한테 너무 고마워하시진 않아도 돼요."
―너스레는. 언제 한번 들러. 밥이나 한 끼 혀.

통화를 마친 범찬은 마구 웃은 뒤 다른 사람들에게 설명했다. 한결은 이미 주희와의 통화로 알고 있던 내용이었는데도 그 소식이 무척이나 기쁘게 들렸다. 종훈도 마찬가지였는지 미소를 지으며 입을 열었다.

"우리가 한 샐러드 때문에 이름이 알려지는 거 보니까 조금 이상하다."
"항아리의 판매 방식이 워낙 독특해서 그렇죠. 자기 마음대로 원하는 메뉴를 담을 수 있는 게 정말 큰 효과를 본 거 같아요."
"물론 그것도 그렇지만. 난 광고가 너무 좋았다고 생각해. 지금까지 한 것 중에 이게 가장 마음에 들어. 항아리 제품하고 너무 잘 어울리잖아."

"그만큼 다들 열심히 만들었잖아요."

"그렇지. 정말 운동하는 사람으로 타깃 정한 것도 제대로 먹힌 거 같고. 근바 관장님이 회원들한테 매일 추천해 준다잖아. 너무 좋대."

종훈의 말처럼 헬스 사이트에서 반응이 너무 좋았다. 몸을 만드는 만큼 먹는 것까지 까다롭게 조절하는데 항아리에서는 원하는 대로 주문이 가능하니 조금씩 입소문을 타고 있었다. 게다가 하루 GYM 관장이 영상에서도 항아리를 언급했다.

―최근에 안 곳인데 여기 정말 괜찮아요. 자기가 원하는 식단을 짜서 주문할 수도 있죠. 아! 물론 없는 반찬은 주문 못 합니다. 그래도 직접 챙겨 먹기 힘드신 분들한테는 꽤 좋은 가게라고 생각합니다. 참고로 여러분을 위해서 추천해 드리는 거지 돈 받은 거 하나도 없습니다.

마음에 들었는지 부탁하지도 않았는데 모델이라도 된 것처럼 홍보에 앞장섰다. 분명히 관장의 도움도 있을 것이었다. 그때, 수정이 고개를 끄덕이더니 입을 열었다.

"난 스테인리스 그릇이 가장 큰 역할 한 거 같아. 반응 정말 좋아. 리뷰 페이지 보면 우리가 올린 사진 말고도 정말 많이 올라왔어."

한겸은 기분 좋은 미소를 지었다. 종훈의 말처럼 그릇의 반응은 상당히 좋은 편이었다. 장난스럽게 새기거나, 목표를 적어두는 사람까지 다양했다.

물론 좋은 말만 있는 건 아니었다. 모든 소비자들을 만족시키는 건 불가능한 일이었다. 샐러드의 반응은 괜찮았지만, 기존 반찬에서 가끔씩 문제가 보였다.

—따뜻하게 올 줄 알았는데 엄청 차가움. 렌지 없으면 못 먹음.

이미 먼 지역은 새벽에 배송된다고 알렸는데도 저런 반응이 보였다. 그럼에도 그런 글까지 답변이 달려 있었다.

—따뜻하게 배송해 드리지 못해서 죄송합니다. 거리가 먼 지역이라도 고객님이 받는 순간까지 따뜻하거나 신선함을 유지할 수 있도록 고민하고 연구하겠습니다. 고객님의 가르침으로 한발 더 나아가는 항아리가 되겠습니다.

그 외에도 말도 안 되는 것으로 트집을 잡는 글에도 친절하게 답변을 달아놓았다. 항아리의 대응을 보며 한겸은 광고계에 도는 '좋은 광고는 좋은 광고주가 만든다'라는 문구가 떠올랐다. 광고가 좋더라도 항아리의 운영이나 고객 반응이 문제가 되었다면 빛을 발할 수가 없었다. 그리고 보면 파우스트의 대표도 마찬가지였다.

"영감님 따님 무섭게 보였는데 손님한테는 엄청 친절하네. 이런 거 보면, 잘되려면 주인부터 마음가짐이 잘 잡혀 있어야 해."

"그렇지. 파우스트도 그렇고."

다들 동의한다는 듯 고개를 끄덕거렸다. 수정 역시 고개를 끄덕거리다가 입을 열었다.

"잘돼서 좋은데 우리도 잘돼야지."

"응?"

"리포트 말이야. 교수님이 우리 신경 써주셔서 가장 먼저 발표하고 끝내라고 하셨잖아. 어떤 거로 할 거야? 항아리로 할 거지?"

"아, 그거. 그냥 다 하지 뭐. 파우스트로 하기엔 너무 빨리 끝날 거 같고, 항아리로 하기엔 아직 유명해지진 않았을 거 같아서. 다들 어때?"

동아리의 지도교수인 김주찬 교수가 편의를 봐주어 네 명이 같은 조로 묶였고, 리포트 발표도 가장 첫 번째로 배정해 주었다. 있는 자료를 바탕으로 설명하면 되었기에 어려운 일은 아니었다. 당연히 범찬도 알고 있었기에 손을 번쩍 들었다.

"나! 내가 발표할게! 나 잘할 수 있다!"

"그러든가. 대신 발표 잘해야 해. 망치는 순간 나나 종훈이 형은 몰라도 수정이한테 죽을 수도 있어."

"어우, 저 관종."

"난 찬성. 범찬이는 애들하고 두루두루 친하잖아. 교수님하고도 친하고. 잘할 거 같아."

그러자 범찬이 손가락을 좌우로 저으며 말했다.

"길고 긴 대학 생활 중 이번이 마지막 발표인데 유종의 미를 거둬야지."

한겸은 피식 웃었다. 이번 학기로 졸업학점을 채우면 다음 학기에는 수업을 받지 않아도 됐다. 그렇다고 조기졸업을 할 수도 없었다. 색이 필요한 수업에서 학점을 제대로 받지 못해서 조건에 맞지 않았다. 리포트 자체는 신경 쓰고 있지 않았지만, 마치 축제라고 생각하며 즐길 생각이었다.

제3장

축제에서 본 사람

　C AD 팀원들은 꽉 찬 강의실에 적잖이 당황했다. 전공수업인 탓에 학생 수가 그렇게 많지 않았건만, 오늘은 어째서인지 앉아 있을 자리까지 부족했다.

　"내가 맡은 3학년 수업에서 얘기했더니 청강 온 거니까 신경 쓰지 말고 해."

　김 교수는 바로 시작하라는 사인을 보냈고, 다들 걱정하는 얼굴로 범찬을 봤다. 걱정과 달리 범찬은 뿌듯한 얼굴로 꽉 찬 강의실로 둘러보는 중이었다. 그러고는 마이크를 들고 앞으로 나갔다. 그 모습을 보던 수정이 어이없는지 고개를 저으며 속삭였다.

"쟤는 진짜 관종이야."

"하하, 재밌잖아."

"저거 봐. 지가 무슨 스티븐 잡스라고 검은 티에 청바지 입고 왔어. 저 알 없는 안경은 또… 어휴."

수정의 말처럼 범찬은 스티븐 잡스를 따라 한 듯한 차림을 한 채로 발표를 시작했다.

"이번에 선택한 기업은 총 두 곳입니다. 일단 최근 들어 엄청난 성장을 보인 파우스트에 대해서 먼저 설명하겠습니다."

광고홍보학과에 C AD의 이름이 알려진 덕분에 학생들은 많은 관심을 보이며 범찬의 발표를 들었다.

"이 이미지 보이시죠? 제가 그린 이미지입니다. 그냥 보면 분명히 이상하죠? 그런데 왜 이렇게 이상하게 그렸는지 궁금하실 겁니다. 이건 전부 처음부터 우리 C AD가 의도한 겁니다."

학생들의 궁금증을 유발하며 발표가 진행되었다. 발표 연습을 많이 했는지 생각보다 수월하게 진행했다. 수정도 이제는 걱정이 가셨는지 편안하게 지켜봤다. 한참 뒤, 범찬이 발표를 마무리했다.

"소통이 자유롭고 활발한 시대에 고객의 참여는 필수입니다.

그런 고객의 니즈를 누구보다 빨리 캐치해야 하는 건 바로 우리들, AE라고 생각합니다. 이상 1조 C AD의 발표를 마치며 질문을 받겠습니다."

발표를 지켜보던 C AD 세 사람은 매우 만족해하며 박수를 보냈다. 스티븐 잡스의 재림이라고 불러도 될 정도로 매우 자연스러웠다. 그때, 학생들이 발표를 하기 시작했다.

"선배님! 3학년 윤승아입니다! 동아리에 가입하고 싶은데 인원모집을 안 하시더라고요. 가입할 방법 없나요?"
"하하, 우리가 졸업 후에도 동아리를 사무실로 쓴다면 모집하겠지만, 이미 나갈 계획이 잡혀 있거든요."
"그럼! 졸업 후에 C AD 입사 지원하면 동문 혜택 있습니까?"
"절대 그런 건 없겠죠? 창의적인 아이디어가 중요한데 동문이 무슨 소용입니까."

한겸은 조용히 박수까지 치며 웃었다. 요즘처럼 취업이 어려운 시대에 학생 신분으로 창업에 성공한 것처럼 보였는지 학생들은 범찬을 우러러 보는 중이었다. 그때, 한 학생이 손을 번쩍들었다. 한겸도 낯이 익은 학생으로 3학년 과 대표였다.

"선배님! 같은 과 학생으로 부탁 하나만 드려도 됩니까?"
"들어보고 결정하죠. 참, 못 들어줄 수 있다는 걸 미리 말할게요."

"다름이 아니라, 5월 8일, 9일 이틀간 우리 과에서는 술 없는 대학가를 만들기 위해 아이스크림을 판매할 예정입니다."

"그날이 무슨 날이죠? 혹시 축제인가?"

"네? 축제인데……."

범찬은 그제야 알았다는 듯 고개를 끄덕거렸다. 한겸 역시 너무 바쁘게 지낸 탓에 축제 기간이 다가왔다는 것조차 잊고 지냈다.

"그때 사용할 전단지 좀 부탁드리고……."

말도 끝나기 전에 교수가 제지하고 나섰다.

"4학년이 무슨 축제야. 박호준이 너, 이러려고 내 수업 들어왔어?"

"아… 죄송합니다."

"네가 4학년이 돼서 축제 참여하라고 하면 좋겠어? 그것도 이 친구들 엄연히 회사인데 그럼 의뢰를 하든가 해야지. 이게 무슨 실례야."

김 교수는 4학년들이 민망할 정도로 3학년 과 대표를 질책했다. 순식간에 분위기가 가라앉았다. 교수의 말대로 축제에 참여할 생각은 없었지만, 적어도 의견 정도는 들어볼 수 있었다. 그때 마침, 발표가 길었던 범찬 덕에 쉬는 시간이 되었다.

"내가 나중에 들를 테니까 너희들 발표 다 했으면 이만 가봐. 괜히 애들한테 시달리지 말고."

교수가 나가는 걸 본 범찬은 3학년 과 대표에게 다가갔고, 한 겸 역시 과 대표에게 향했다. 한겸은 풀이 죽어 있는 과 대표의 어깨를 두드렸다.

"선배님들, 괜한 부탁드려서 죄송합니다."
"아니야. 뭐 전에는 형이라고 그랬으면서 갑자기 선배님이야."
"너무 오랜만에 봐서……"
"교수님이 우리 바쁜 거 알고 계셔서 그런 거니까 너무 기죽지 마. 우리가 맡고 있는 곳도 있어서 조금 바쁘거든. 그래도 어떤 거 파는지 말해주면 시간 날 때 생각은 해볼게."
"정말요?"

과대는 부담될 정도로 기뻐하며 휴대폰부터 꺼냈다. 한겸은 이 자리에서 보여줄지는 몰랐던지라 조금 당황했다.

"지팡이 모양 뻥튀기에다가 아이스크림 넣어서 이렇게 판매하거든요."
"이거 막 따라 해도 돼?"
"이거 특허권 무효돼서 괜찮더라고요."

화면을 보던 한겸은 곧바로 떠오르는 생각이 들지 않았다. 과 대표에게 미리 말한 대로 시간 날 때 생각해 볼 생각이었다.

"그런데 지금쯤이면 준비 다 끝나지 않았어?"
"기계랑 다른 준비는 다 끝났는데요… 그래도 형들이 더 잘하실 거 같아서."
"한번 보여줘."

과대는 C AD에게 보여주기 민망했는지 머리를 긁적이며 준비한 광고를 보여줬다. 그러자 한겸은 화면을 보며 입을 열었다.

"이름은 원래대로 동광홍이고 이거 이름이 쌍쌍콘이야?"
"네. 친근하게 따라 했어요."
"음……."
"열심히 만들었어요."

동인대 광고홍보학과를 줄여 동광홍이란 이름을 사용했다. 아이스크림 이름 역시 시중의 유명한 제품을 따라 한 이름이었다. 하지만 광고지가 아주 새빨갛게 보였다. 그때, 옆에서 보던 범찬이 혀를 차며 입을 열었다.

"이거 길이도 짝짝인데 뭐가 쌍쌍콘이야. 반으로 자르기도 힘들겠는데. 길이 다르면 싸움 나."
"그래도 이게 가장 친숙한데. 교수님들도 괜찮다고 하셨어요."
"친숙하긴. 이거 먹고 의절하기 딱 좋네. 오, 그래! 의절콘 어때."

응원해 주지는 못할망정 사기를 꺾는 모습에 수정과 종훈은
양쪽에서 범찬의 옆구리를 때렸다. 다만 한겸은 범찬의 말을 들
으며 고개를 끄덕거렸다. 그러고는 웃으며 입을 열었다.

"의절콘 좋은데?"
"역시 넌 나와 통해. 아! 그만 때려! 방수정!"

범찬을 제외하고는 다들 의아하다는 반응을 보였다.

"의절콘이요……?"
"너까지 왜 그래. 범찬이 하나로 족해."

한겸은 그런 사람들을 보고 웃으며 말을 이었다.

"학교 축제니까 너무 딱딱할 필요 없잖아. 고등학생들도 오니
까 10대 후반에서 20대 초반이 주 고객이잖아. 난 우리 연령대
에 가장 어필이 빠른 건 유머라고 생각하거든. 그래서 범찬이가
말한 의절콘 꽤 괜찮은 거 같아."
"정말 괜찮은가요……?"
"대신 아까 그 광고를 조금 바꿔야겠지."
"그럼… 싸우는 것처럼 보이게요?"
"그것도 괜찮은데 좀 폭력적으로 보이지 않을까? 재밌는 느낌
으로는 긴 쪽을 숨기고 짧은 쪽을 내밀면서 '자'란 문구만 넣어

서 웃음을 유발하는 거지. 아니면 '이게 네 거야' 정도?"

"자… 잠시만요!"

한겸은 자신이 말한 대로 표정 연기까지 하며 열정적으로 설명했다. 수업을 기다리며 이 상황을 지켜보던 다른 학생들은 한겸의 연기를 보며 저마다 피식거렸다.

"푸흡."

"대박이네. 크크크, 짧은 쪽 받는 사람이 멱살 잡는 것도 웃기겠네."

"개웃긴다. 자. 하하, 고개 살짝 돌리고 눈 안 마주치면서 '자'. 푸하하. 개웃기네."

과 대표는 신이 난 얼굴로 학생들의 반응을 살피며 메모했고, 범찬 역시 학생들의 반응을 보며 한겸의 어깨에 손을 올렸다.

"역시 넌 내 생각을 잘 읽어. 내가 그래서 의절콘 생각해 낸 거잖아."

"하하, 네 말 때문에 생각했지. 뭐. 그럼 호준아."

"네."

"나머지는 너희끼리 다 할 수 있지? 도와주고 싶은데 좀 바빠서."

"당연하죠. 형, 정말 감사합니다. 이거 정말 잘될 거 같아요. 범찬이 형, 수정 선배님… 음. 선배님 감사합니다."

종훈이 학과에서 유명하지 않았던 탓에 3학년 과 대표마저 이름을 몰랐는지 얼버무렸다. 그 말을 들은 C AD 팀원들을 마구 웃으며 강의실을 나섰다.

"선배님, 크크크. 빨리 가요."
"뭐, 이름 모를 수도 있지… 이름표라도 달고 다닐까……."

*   *   *

이 주 뒤. 중간고사 기간 동안에도 C AD 팀원들은 항아리의 반응을 살피느라 바빴다.

"갈수록 반응이 좋네."
"그러게. 다른 데서 따라 할 만도 한데 안 하네."
"배달 업체면 몰라도 기업에서는 하기 힘들지. 인력이 필요한 일이니까. 많이 만들다 보니 완제품 파는 게 이득일 거야."

유기농과 신선함을 강조하니 건강한 식품이라는 이미지가 생기기 시작했다. 첫 번째로 맛도 괜찮은 데다가 각 지점마다 친절하니까 평가가 나쁠 수가 없었다. 주문이 많아져서 초반에 잡았던 판매량보다 더 늘렸다. 하지만 그 이후로는 판매량을 올리지 않았다.

한겸은 항아리의 주희에게서 그 이유를 들었다. 지점들이 크지 않아서 많은 양을 소화하기 어렵다는 내용이었다. 그러면서 가맹을 신청한 곳 중 선별해 가맹점을 늘릴 예정이라며 알려왔다.

"우리 동네도 하나 생기면 좋겠다. 햄 진짜 맛있었는데."
"너무 많아지면 관리가 힘들어져서 조금 걱정된다."
"그런 걱정 붙들어 매라. 아줌마 얼마나 깐깐한데. 근바 아저씨도 엄청 칭찬하잖아."

한겸은 피식 웃었다. 광고와 마케팅까지 한 기업이다 보니 신경이 쓰였다. 하지만 언제까지 항아리에만 관심을 쏟고 있을 순 없었다. 중간고사 겸 휴식을 가졌으니 이제 다시 다른 곳의 광고를 맡아야 했다. 그런 한겸의 의도를 눈치챘는지 범찬이 갑자기 일어섰다.

"친구들아! 우리 일 또 맡기 전에 대학의 마지막 축제를 구경하러 가지 않을래?"

한겸은 피식 웃었다. 아직 맡은 일도 없었고, 광고홍보학과에서 어떤 식으로 아이스크림을 팔지 궁금하기도 했다.

"그래, 가자. 내일부터 일하자."
"이야, 대범 그 자체, 시원 그 자체야. 가자!"

네 사람은 동아리실을 나와 캠퍼스로 향했다. 작년과 마찬가지로 축제에 오는 가수들을 보러 온 교복 입은 고등학생들이 많이 보였다. 그런 학생들을 보며 일행은 학과에서 운영 중인 아이스크림 가게로 향했다. 거의 다 와갈 때쯤 유명한 아이스크림 브랜드가 보였다.

"헐. RB32다. 사람 많은데? 우리 애들 망하는 거 아니야?"

대학 축제 중에 기업이 마케팅을 진행하는 건 흔한 일이었다. 일정 금액을 후원한 뒤 축제 중 부스를 차리고 홍보를 하는 식이었다. 지금 보는 곳도 마찬가지였다. 아주 간단한 돌림판 게임을 통해 상품으로 아이스크림을 제공하고 있었다. 기업에서 운영하는 부스는 무료인 반면 학과에서 운영하는 부스는 전부 돈을 내야 했다. 그러다 보니 축제를 할 때마다 기업 부스에만 사람들이 몰리고 있었다. 매년 같은 일의 반복이었다.

한겸은 아이스크림 브랜드 부스를 힐끔 쳐다본 뒤 걸음을 옮겼다. 멀지 않은 곳에 위치한 동광홍의 부스가 보였다. 크기는 훨씬 큰 데다 일하는 사람도 RB32보다 많았지만, 아이스크림을 사 먹는 사람이 전혀 없었다.

한겸은 걸음을 옮겨 앞으로 다가갔다. 앞에는 얼마 전 얘기해 준 대로 만든 입간판이 세워져 있었다. '자'란 카피를 적은 것도 있었고, '이게 네 거야'란 카피를 적은 것을 포함해 여러 개의 입간판이 보였다.

"뭐야, 왜 간판 보면서 실실 웃어."

"카피 잘 만든 거 같아서."

"와, 자기 어필하는 법도 여러 가지네."

카피가 노란색으로 보였다. 큰 고민 없이 던진 말이었는데 제대로 맞아떨어졌다. 배경 자체는 회색이었지만 카피와 배경이 어울리니 전체적으로 나쁘지 않았다. 한겸은 회색 정도면 선방했다고 생각하며 판매 중인 후배들에게로 다가갔다.

"형, 오셨어요."

"응, 사람 너무 없다."

대부분이 1, 2학년임에도 책임지러 부스에 나와 있던 과 대표는 손님 없는 상황이 민망한지 머리를 긁적거렸다.

"너희는 다른 부스처럼 게임 같은 거 안 해?"

"하는데 사람이 별로 없어요……."

"뭔 게임 하는데?"

"저기 저 통에 신발 던지기요. 신발 던져서 당첨에 넣으면 공짜예요."

"재밌겠는데? 그런데 왜 사람이 없지. 나도 던져봐도 돼?"

"그냥 드릴게요!"

"아니야. 던져서 타 먹을게. 하하, 범찬이가 저런 거 잘하거든."

쓰러지지 않도록 모래를 담은 통들이 나열되어 있었다. 총 6개

의 통이었고, 그중 당첨이 2개나 있었다. 한겸은 피식 웃은 뒤 첫
번째로 신발을 던졌다. 쉬울 거라 생각했는데 막상 해보니 당첨
되는 게 쉽지 않았다. 게다가 기회는 한 번뿐이었다. 수정과 범찬
도 참여했지만, 모두 빗나가 버렸다. 그러자 범찬이 종훈을 보며
입을 열었다.

"형이 마지막 희망이에요! 자, 가라! 힘껏 던져라! 가서 아이스
크림을 얻어 오너라!"

*　　　　*　　　　*

종훈은 싫다는 듯 고개를 젓더니 과 대표를 보며 말했다.

"다른 사람이 대신 해도 돼?"
"안 되는데… 기회는 한 번뿐!"
"그럼 안 할래. 발 더러워지잖아. 양말 안 신었거든."

범찬이 자신의 양말을 빌려준다고 난리를 치는 사이 한겸은
게임하는 모습을 가만히 쳐다봤다.

"형! 내 양발 빌려줄게요! 내가 신겨줄 테니까 발 내밀어봐요."
"아, 싫어. 그냥 내가 사줄게."
"공짜가 더 맛있는 법이잖아요."
"내가 사줘도 공짜잖아. 사람들 저기 발 잔뜩 올렸을 텐데 올

리기 싫어. 저 바닥 봐. 완전 시커매. 그리고 내 신발 새 거야. 모래에 스크래치 나기 싫다고."

"오케이, 그럼 내 신발까지 빌려줄게요."

두 사람이 티격대는 모습을 보던 한겸은 고개를 끄덕거렸다. 그러고는 과 대표에게 다가갔다.

"다른 게임 하면 안 돼?"

"안 됩니다! 아무리 형이라도 기회는 한 번뿐이에요! 차라리 그냥 드릴게요."

"하하, 그런 게 아니라 게임이 너무 복잡해서 그래. 한 번 하는 데도 꽤 오래 걸리는 거 같고. 그리고 신발 던져야 한다는 것도 호불호가 갈릴 거 같네. 종훈이 형처럼 신발 아끼는 사람도 있을 거고 지저분해지는 거 싫어하는 사람도 있을 거잖아."

"종훈이 형이 누구……."

"아, 저기 저 형."

과 대표는 고개를 끄덕이더니 목을 긁적거렸다.

"게임을 준비한 게 없어서 조금 그런 거 같아요."

"RB32 부스 보니까 돌림판으로 하던데. 그것처럼 간단했으면 좋겠어. 우리 부스에는 사람이 별로 없잖아. 가격이 비싼 것도 아닌데."

"지금 당장 게임을 짜기는 좀 그래서요."

그때 옆에서 신발을 안 던지겠다고 버티던 종훈이 결국 범찬을 설득했는지 아이스크림을 받아 들고 있었다. 종훈이 아이스크림을 받자 수정이 지팡이 모양의 손잡이 부분을 잡았다.

"오빠가 짧은 쪽 잡아요. 내가 긴 쪽!"
"그러니까 하나씩 먹자니까……."
"뭐 하러 돈 써요. 가만히 있어봐요. 내가 쪼갤게요!"
"그런데 내가 왜 짧은 쪽이야."

축제 기분에 빠졌는지 신나 보였다. 수정과 종훈은 양쪽을 잡고 있었고, 범찬은 마치 심판이라도 보는 듯 숫자를 셌다.

"하나, 둘, 셋! 하하하하. 방수정 푸하하하. 그러니까 짧은 쪽 잡아야지. 멍충 멍충!"

지팡이 부분을 잡고 있던 수정의 손에 남은 건 고작 10㎝ 남짓한 길이였다. 그 모습이 웃긴지 범찬은 배를 잡고 웃고 있었다. 마침 지팡이 아이스크림이 하나 더 나왔다. 아니나 다를까 아이스크림을 받아 든 범찬이 웃으며 한겸에게 다가왔다.

"잘 봐라, 방수정. 나처럼 정교한 사람은 긴 쪽 잡아도 이기는 거 보여줄게."

한겸은 피식 웃고선 짧은 쪽을 쥐었다. 그러자 범찬은 이게 뭐라고 손까지 떨면서 나눴다. 결국 지팡이 모양의 뻥튀기 아이스크림이 나누어졌다.

"봤냐? 너에게 허락된 건 딱 그만큼이다. 맛있게 먹도록!"

한겸의 손에는 잡고 있던 부분만 남아 있었다. 수정과 종훈을 포함해 후배들은 범찬의 포효를 들으며 웃고 있었다. 한겸은 손에 들린 아이스크림을 잠시 보더니 이내 입에 넣었다.

"호준아, 저거로 대처하는 게 어때?"
"어떤 거요?"
"범찬이가 한 거 봤지? 저거처럼 하는 거야. 뻥튀기 손잡이 부분이 더 튼튼하지?"
"네, 그렇긴 한데."
"그럼 판매하는 쪽이 짧은 쪽 잡고 구매하는 사람이 긴 쪽 잡는 거야. 그리고 너희는 가만있고 손님이 움직여서 나누는 거야. 그래서 두 개를 비교해서 길게 나누면 공짜. 짧으면 돈을 내는 거지. 이렇게 하면 회전률이 돌림판보다 빠를 거 같은데. 게다가 신발 던지기하고 병행해도 될 거고."

3학년 과 대표와 임원들은 서로를 보며 고개를 끄덕거렸다. 한겸의 말을 듣고 나니 확실히 그편이 나아 보였다.

"그럼, 일단 돌아다니면서 홍보해야겠다."

"쪼개서 길면 무료? 제대로 쪼개면 무료!"

"쪼갠다는 거 웃긴다. 우리 하자!"

한겸은 이런 부분에서부터 홍보를 생각하는 후배들의 모습에 피식 웃음이 나왔다. 후배들은 아이스크림을 넣지 않은 지팡이 모양의 뻥튀기만 들고 홍보를 나가기 시작했다. 홍보하러 가면서도 한겸에게 인사를 했다.

"선배님! 존경합니다!"

"한겸이 형! 고마워요!"

한겸 역시 미소를 지으며 열심히 하라고 응원했다. 그때, 옆에 있던 범찬이 판매하는 후배들에게 다가갔다.

"지팡이 꺼내. 아주 거덜을 내주겠어!"

"저 미친! 최범찬 이 또라이야."

"그만 좀 해."

수정과 종훈은 범찬의 뒷덜미를 잡으며 말렸다. 한겸도 이번만큼은 부끄럽다는 생각에 고개를 돌려 모른 척했다.

*   *   *

후배들의 홍보 덕분에 동광홍 부스에 손님이 몰리기 시작했다. 고등학생들부터 다른 학교 학생들까지 모여 줄까지 서 있었다. 이제는 RB32의 부스와 거의 비슷해 보였다. 그때, 범찬이 또 성공했는지 환호성이 들려왔다.

"우와! 너무 쉽네!"

범찬은 손님이 많아졌다 싶으면 중간에 껴서 바람잡이 역할을 하는 중이었다. 아주 제대로 된 바람잡이였다. 성공한 뒤 줄 서 있는 사람들에게 아이스크림을 번쩍 들며 할 수 있다는 자신감을 심어주었다.

그런 범찬이 아이스크림을 들고 웃으며 다가왔다.

"자, 또 먹어라. 내가 쏘는 거야."
"배불러."
"그런데 이 정도면 알바비 받아야 하는 거 아니냐?"

한겸은 고개를 젓고는 줄 서 있는 사람들을 쳐다봤다. 이 정도 모였으면 이번 축제는 충분히 성공적이었다. 이제는 더 이상 이곳에 있을 이유가 없었다.

"우리 이제 가는 게 어때?"

꽤 오랜 시간 있었기에 다들 고개를 끄덕이며 일어났다. 그러고는 동아리실로 향하기 위해 왔던 길을 되돌아갔다. 축제의 꽃인 동인제가 열리는 모양인지 캠퍼스에는 아까보다 사람이 더 많았다.

"사람 엄청 많다. 섭외 잘했나 보네."
"O.T.T 온다고 그러던데. 돈 좀 썼나 보더라."

다들 음악을 즐겨 듣는 편이 아니었기에 큰 관심이 없었다. 인파들을 지나쳐 동아리실이 있는 학교 정문에 거의 도착했을 때쯤 몇몇이 줄을 서 있는 게 보였다. 대부분 캠퍼스 안쪽에서 행사를 진행했기에 이곳에서 행사를 진행하는 게 신기했다. 동아리실을 가려면 어차피 저곳을 지나쳐 가야 해서 걸음을 옮길 때, 모여 있던 사람들의 감탄사가 들려왔다.

"하하하, 완전 똑같아요!"
"너무 귀엽다!"

근처로 다가간 한겸은 무리의 가운데 있는 사람을 쳐다봤다. 사람이 몇 없다 보니 무엇을 하고 있는지 바로 보였다. 그림을 그리고 있었던 모양인지 이젤 뒤로 상당히 어려 보이는 학생이 보였다. 머리색이 옅은 회색으로 보이는 걸 봐서 상당히 밝은 색인 것 같았다. 그런 학생이 앞에 앉은 사람에게 그림을 건넸다.

그 모습을 함께 보던 범찬은 뭘 하는지 알았다는 듯 입을 열었다.

"캐리커처 그리는 거네."

"응, 사람들 반응 보니까 잘 그리나 본데? 우리도 기념으로 한번 그려볼까? 그런데 오래 걸리려나?"

"야, 오래 걸리는 건 둘째 치고 저거 비싸."

"공짜라고 적혀 있는데?"

"어? 뭐야. 진짜 공짜네! 우리도 해보자. 줄도 얼마 없네. 빨리 줄 서!"

범찬의 성화에 C AD 팀원들도 줄에 합류했다. 자신들처럼 친구들 여럿이 삼삼오오 모여 순서를 기다리고 있어서 그리 오래 걸리진 않았다. 게다가 그림 그리는 사람의 속도도 상당히 빠른 편이었다. 앞에 사람들이 끝나 이제 한결 일행의 차례였다. 그때, 앞에 있던 사람들이 받은 그림이 보였다.

"저거 봐. 대박 잘 그리네. 그런데 저 그림 그리는 애 어디서 본 거 같은데. 우리 학교 애니과인가?"

"그럴 수 있지. 그런데 진짜 잘 그린다. 대충 그리는 거 같았는데 신기하다."

그림을 받은 사람들 역시 무척이나 좋아했고, 보답을 하고 싶었는지 돈을 주려 했다. 그러자 그림을 그리던 학생이 엄청 큰 목소리로 손을 저으며 거부했다.

"진짜 안 주셔도 돼요! 여기서 장사하면 안 된다고 그랬거든요."
"누가요?"
"어떤 분들이 그러셨어요. 하하, 정말 괜찮아요."
"그래도 그냥 가기 너무 미안한데."
"괜찮아요! 대신 제 명함을 드릴게요! 여기! 언제든지 이용해
주세요!"
"아! 홍보 나오신 거구나. 다음에 여기저기 소문낼게요!"
"감사합니다! 빽 캐리커처 기억해 주세요!"

기업들이 나와서 홍보를 하는 것처럼 그림을 그리던 학생도
홍보차 축제에 나온 모양이었다. 앞에 사람들이 떠나고 이제
C AD 팀원들의 차례였다.

"안녕하세요!"
"그냥 앉아도 되나요?"
"그럼요! 어……? 이상하네. 어디서 본 거 같은데."

학생은 한겸을 보며 고개를 갸웃거리더니 이내 착각했다는 듯
미소를 보였다.

"자, 아무렇게나 앉으시고 네 분이니까 양쪽에 두 분, 위아래
두 분 이렇게 해드릴까요?"

"네, 그렇게 해주세요."

"알겠습니다. 딱딱하게 안 계셔도 되는데. 편하게 대화 나누셔
도 돼요."

마치 증명사진이라도 찍는 것처럼 입을 꾹 다물고 있던 C AD 팀
원들은 머쓱해하며 자세를 풀었다. 평소에는 말도 많이 하는데 막
상 대화를 해도 괜찮다고 하니 할 말이 없었다. 그냥 앉은 채로 그
림이 완성되길 기다렸다. 그때, 갑자기 한 무리의 학생들이 다가왔
다.

"이봐요! 여기서 이러시면 안 된다고 아까도 말했잖아요."

"아! 죄송합니다."

"자꾸 무단으로 교내에서 상업 행위 하시면 안 된다고요."

"아주 잠깐만요. 이분들만 그리고 안 할게요."

"아이 씨, 안 돼요. 빨리 치워요."

기업들도 그렇고 보통 홍보를 하려면 후원이란 명목으로 일정
금액을 지불해야 했다. 보아하니 앞에 있는 학생은 그렇지 않은
모양이었다. 그때, 학생회로 보이는 사람들이 강제로 도구들을 집
어넣으려 했다. 한겸은 아쉬운 마음에 학생회에게 말을 걸었다.

"저기 학생회세요?"

"네, 총학인데요."

"저도 이 학교 학생인데 저희만이라도 안 될까요?"

"하, 안 돼요. 입구에서 이러고 있다고 계속 항의 들어왔어요."

항의가 들어왔는지 확인할 순 없지만, 행사에 불미스러운 일을 만들 순 없었다. 그림을 그리던 학생도 미안했는지 마저 완성하지 못한 그림을 건넸다.

"죄송해요. 한 분을 못 그렸어요."
"풉."
"푸하하, 또 형만 없네!"
"아, 왜 나야……."

그림에는 종훈만 빠져 있었다. 그래도 이것만으로도 놀라웠다. 그 짧은 시간에 세 명이나 완성했고, 그림 자체도 완성도가 높았다. 상당히 마음에 드는 그림이었다. 한겸은 자기만 없다고 하소연하는 종훈을 본 뒤 그림 그리던 학생에게 말을 걸었다.

"혹시 시간 되면 마저 완성시켜 주시면 안 될까요?"
"저야 괜찮은데… 저 형들이 하지 말라고 해서요."
"행사 방해 안 하고 동아리실에서 하면 되죠."
"괜찮으시다면 저도 괜찮아요."

학생회들도 거기까진 관여하지 않았다. 한겸은 학생의 짐을 나눠 들고 동아리실로 향했다.

"애니메이션과예요?"

"아니에요. 저 대학생 아니에요."

"아, 그러시구나. 애니 그리시는 거예요? 엄청 잘 그리던데."

"처음에는 그냥 그리다가 최근에는 인터넷 보고 배웠어요."

한겸은 혀를 내밀 정도로 놀랐다. 그림이 너무 좋아서 독학했다는 말이 쉽게 믿어지지 않았다. 한겸은 신기한 마음에 계속해서 질문을 하며 이동했다. 그러던 중 동아리실에 도착했다. 학생은 곧바로 도구를 꺼내더니 입을 열었다.

"저분만 앉아 계시고 다른 분들은 옆에 안 계셔도 돼요."

종훈은 혼자 있기 어색한지 표정이 굳은 채 앉아 있었고, 나머지 세 사람은 학생의 뒤로 자리했다. 학생은 전혀 부담되지도 않는지 힐끔 웃더니 입을 열었다.

"늦게 그리는 만큼 제대로 그려 드릴게요."

학생은 곧바로 그림을 그리기 시작했다. 그림을 그리는 걸 보니 정말 배운 것 같지 않다는 느낌이 들었다. 순서가 자기 마음대로였다. 얼굴 형태를 그리다 말고 머리카락을 그리고, 눈을 그리다 말고 귀를 그렸다. 자기 눈에 들어오는 대로 그리는 것처럼 보였다. 그런데도 그림이 완성되었다.

"진짜 잘 그리네요."

"감사해요. 여기까지 온 김에 이름도 써드릴까요?"

"그래도 돼요?"

"네! 성함 적어서 주세요. 머리가 나빠서 못 외워요."

한겸은 피식 웃고선 이름을 적으려다가 문득 좋은 생각이 들었다.

*　　　　*　　　　*

한겸은 이름을 적어 학생에게 건네주었다. 그러자 학생이 고개를 갸웃거렸다.

"C AD요?"

"네, 그렇게 해주세요. 꼭 영어로 해주세요."

한겸은 잠시 종훈을 쳐다보고 피식 웃었다. 그러고는 다시 학생을 향해 고개를 돌렸다. 그런데 학생이 무척이나 반가워하는 얼굴을 하고 있었다.

"아! 기억났다! SKBC 뉴스에 나온 C AD."

"어? 저희 아세요?"

"그럼요! 와, 신기하다. 신기해!"

TV에 나온 자신을 알아보고 물개 박수까지 치는 모습에 한겸은 약간 머쓱해졌다. 그때, 학생이 입을 열었다.

"뉴스 보고 SNS 들어가 봤거든요. 거기서 헬스장 전단지 만들었다고 해서 저도 한번 쪽지 보냈었어요."
"음? 무슨 쪽지를 보내셨어요?"
"가격 물어봤어요. 저도 전단지 만들려고 했거든요. 전단지라서 싼 줄 알았어요."

꽤 많은 곳에서 가격을 묻는 문의가 들어왔었기에 어떤 회사를 말하는지 떠오르지 않았다.

"회사 이름이 어떻게 되세요?"
"아! 회사는 아니고요. 잠시만요, 여기 제 명함이에요."

「빽 캐리커처 백승기」
캐리커처를 그려 드립니다.
캐리커처 1장 15,000원.
포토샵 일러스트 1장 25,000원~
카드 No. 계좌 이체, 현금 OK
인터넷 문의: Baek323@fion.com

명함을 받은 한겸은 얼떨떨했다. 명함이라고 했는데 완전 빨갛게 보이는 명함이었다. 옆에 있던 범찬이 고개를 갸웃거리며 물었다.

"장사하는 거예요? 아까 공짜로 그려줬잖아요."
"아! 홍보하는 거예요."
"아, 그래서 명함이 전단지 같구나. 그래서 우리한테 의뢰했었어요?"
"그냥 얼마인지 궁금했어요."

빨갛게 보인 이유가 전단지 같아서라는 것은 알았다. 하지만 회사명은 여전히 기억이 나지 않았다. SNS를 주로 관리하던 수정도 기억이 나지 않는지 문의가 온 곳을 정리해 둔 파일을 뒤적거렸다.

"어, 여기. 뉴스 나오고 다음 날에 연락 주셨네. 센터장 와서 난리 친 날."

연락을 했다는 흔적은 있지만, 그 흔적을 봐도 딱히 기억은 나지 않았다. 하도 많은 문의를 받다 보니 당연했다. 그러자 수정이 귓속말로 다시 설명해 주었다.

"사업자등록도 안 되어 있던 곳."

그러자 언뜻 들은 것 같았다. 한겸은 고개를 끄덕거리고선 입을 열었다.

"저희한테 문의해 주신지 몰랐네요."

"아! 그냥 물어본 건데요. 흐흐, 정말 신기해요."

명함을 보고 있던 범찬은 재밌다는 얼굴로 입을 열었다.

"그런데 난 못 봤어요? 나도 나왔는데? 애 뒤에 서 있던 세 명 중 가운데가 나인데? 검정색 가디건 입고."

"범찬아, 추하니까 그만해. 우리 그날 병풍이었잖아."

"아오! 다음엔 내가 인터뷰한다! 형은 그다음. 그다음은 방수정."

"난 됐어. 내 몫까지 네가 다 해."

범찬의 장난을 보며 승기는 큭큭거리며 웃었다. 승기의 웃음에 탄력을 받은 범찬은 더욱더 장난을 쳤고, 승기는 부러워하는 얼굴로 C AD 네 사람을 봤다. 그러고는 한겸에게 말을 걸었다.

"친구들끼리 하면 재밌겠어요."

"재밌죠."

"저보다 나이 많으신데 말씀 편히 하세요."

생각한 대로 나이가 어린 모양이었다. 한겸은 가볍게 웃고는 입을 열었다.

"아니에요. 오늘 처음 봤는데 나중에 편해지면 그렇게 해요."

"네, 그럼 이거부터 할게요. C AD 원하시는 모양 있으세요? 없으시면 그라피티 같으면서 캘리그래피처럼 그릴까요?"
"알아서 그림하고 잘 어울리게 해주세요."

승기는 잠시 고민하더니 질문을 했다.

"C AD가 무슨 뜻이에요? 카드?"
"그건 Card고요. 저희는 'Creative Ads'를 줄여 쓴 거예요."
"아, 넵! 그 스펠링도 좀… 적어주세요."

한겸이 웃으며 스펠링을 적어주자 승기는 색연필을 꺼내더니 곧바로 스케치북에 무언가를 그리기 시작했다. 그림을 그릴 때보다 더 신중하게 작업을 했다. 그 모습을 보던 범찬은 고개를 갸웃거리더니 한겸에게 조용히 속삭였다.

"진짜 어디서 본 거 같아."
"그래? 난 잘 모르겠는데."
"이상하네."

그림을 그리는 것보다 더 오랜 시간이 흘렀다. 구경을 하려 했지만, 몸을 가려 막는 통에 잘 보이지도 않았다. 그러던 중 완성을 했는지 스케치북을 한겸에게 건넸고, 팀원들은 한겸의 옆으로 모여 스케치북을 쳐다봤다.

"······."

"헐··· 짱이네?"

A자를 약간 네모처럼 그려 모든 철자를 붙였다. 그리고 여러 가지 색을 더하자 묘하게 느껴졌다. 게다가 글씨를 새긴 방법이 놀라웠다. 아주 작고 반복적으로 쓴 'Creative Ads'라는 글자를 이용해 C AD를 만들었다. 전부 적은 다음에 지우개로 지우는 방식이 아니었다. 처음부터 끝까지 지우개를 사용하지 않고 색연 필로만 C AD를 그려냈다. 한겸도 저절로 박수를 치게 만드는 실력이었다. 그때, 범찬이 아까 자신을 알아봤던 승기와 같은 표정으로 입을 열었다.

"영재! 그 영재 나오는 데 나왔지? 맞지?"

범찬은 확신하며 소리치자 승기가 멋쩍어하며 고개를 끄덕거렸다.

"옛날에 한 번 나왔어요."

"맞다, 맞아! 글씨로 그림 그리는 애! 그때 이상한 조각상도 그리고 그랬잖아."

TV보다 책을 많이 보던 한겸은 전혀 알 수 없었지만 손에 들린 스케치북을 보면 TV에 나올 만하다고 생각했다. 이 글씨 그대로 홈페이지에 걸어놔도 될 것 같았다. 어차피 회사 이름은 색

에 아무런 영향도 미치지 않았다. 하지만 아직 아무런 준비도
안 된 상태였기에 섣부르게 결정할 순 없었다.

*　　　　*　　　　*

승기가 돌아간 뒤 범찬은 인터넷을 뒤져 승기가 나온 영상을
보여줬다.

"이거 대박이라니까. 그래, 맞아! 아그리파! 아그리파였어! 이
거 그린 거 봐! 아그리파만 한 일억 번 적으니까 아그리파 조각
상이 그려졌어! 일억 번은 조금 오버였다. 인정."

범찬이 호들갑을 떨지 않아도 한겸도 충분히 느끼는 중이었
다. 방송에 나온 나이가 12살이었다. 6년 전 방송이니 승기는 지
금도 미성년자였다. 한겸은 상당히 놀랐다. 미성년자임에도 대표
였고, 실력도 상당했다. 방송에 나온 전문가들 역시 칭찬하기 바
빴다.

"화가들도 칭찬하고 대단하네."
"대박이라니까. 내가 본 것 중에 얘가 다섯 손가락 안에 꼽아."

전문가들 역시 상당히 놀라워하며 공간지각능력이 말도 안
되는 수준이라 마구잡이로 그림을 그려도 완성이 된다고 했다.
승기가 저런 식으로 그림을 그리는 걸 실제로 본 한겸도 그제야

이해되었다. 그때, 화면에 승기의 부모로 보이는 사람이 나왔다.

─우리 승기가 그림을 잘 그리나요? 저도 보고 싶네요.
─승기 그림 엄청 잘 그린다고 내가 그랬잖아.

외삼촌이라는 사람과 승기의 어머니가 함께 나왔다. 승기의 어머니는 시각장애인이었다. 어머니는 지하 단칸방에서 홀로 승기를 키웠다. 화면을 보던 한겸은 조그맣게 한숨을 뱉었다. 지금도 완벽하진 않지만, 색이 보이고 나니 예전처럼 색이 안 보이는 삶을 살라고 하면 못 살 것 같았다. 눈이 보였던 자신도 이런데, 눈이 보이지 않는다면 그보다 더할 것이었다. 얼마나 힘들게 승기를 키웠는지 보지 않아도 느껴졌다.

"잘 키우셨네."
"그러게. 어머니 혼자 키우는 게 쉬운 일이 아닌데."

다들 진지한 얼굴로 말을 하는 범찬을 쳐다봤다. 그러자 범찬은 이내 전처럼 장난기 가득한 얼굴로 변했다.

"그런데 대가리는 왜 이렇게 샛노랗게 해서 다녀. 하는 짓은 순둥이 같은데. 그런데 학교는 안 다니나?"
"사정이 있었겠지. 꼭 학교 나올 필요는 없으니까."
"그런 너는 대학 왔고?"
"난 배우고 싶은 게 여기 있었으니까 온 거고. 나도 배울 게 없었으면 안 왔을 거 같은데. 뭐 자기 선택이지."

"과일 가게 물려주신대?"

한겸은 웃어넘기고는 승기가 그려주고 간 그림을 가져왔다. 캐리커처도 잘 그렸지만, C AD만 눈에 들어왔다. 한겸은 의견을 듣기 위해 모두를 불러 모았다.

"이 C AD 어때?"

"영재가 그린 건데 당연히 잘 그렸지."

"난 찬성."

"이 오빠는 듣지도 않고 찬성이래. 어디에 쓰려고?"

한겸은 피식 웃고는 입을 열었다.

"로고 어때? 로고는 내가 잘 못 정하겠어."

"항상 전부 다 도맡아 하면서 이번에는 어쩐 일이야?"

상표명만큼은 아무런 색도 보이지 않았기에 뭐가 나은지 판단하기 어려웠다. 그때, 범찬이 혀를 차며 입을 열었다.

"우리 하마터면 '찾았다, 광고' 될 뻔한 거 알아? 내 덕에 C AD 된 거지."

수정은 흠칫 놀란 모습으로 마음에 들지 않음을 표현했고, 한겸은 머쓱해 웃었다.

"생각해 놓은 이미지는 있어?"
"아니, 딱히 없어."
"우리 홈페이지에 쓸 생각이지?"
"그렇긴 한데 이미지는 딱 생각이 안 나네."
"그럼 어차피 이름은 있으니까 다른 것부터 생각하는 게 어때?"

한겸은 아무 말 없이 컴퓨터를 켰다. 그러고는 프레젠테이션을 켠 뒤 파일을 불러왔다.

"홈페이지는 아니고 이렇게 만들면 어떨까 싶어서 PPT로 만든 거야."
"이걸 언제 다 만들었어?"
"그냥 중간고사 공부할 때 난 이거 짜봤어."
"혼자? 범찬이도 공부 안 했잖아."
"범찬이는 두레박 맡느라 바빴잖아."

한겸은 웃으며 다음 페이지로 넘겼다.

"일단 메인 화면은 나중에 보고 카테고리부터 말해줄게. 사실 뭐 넣을 게 없어. 우리가 워낙 인원도 적고 실적도 적어서. 그래서 회사 연혁이나 대표 인사말 이런 건 아예 빼버리자."
"그래도 우리 위치는 적어야 해. 찾아오려는 사람도 있을 수 있고, 센터장도!"

"하하, 그래. 위치나 회사 소개 정도면 괜찮을 거 같아. 그리고 전에도 말했듯이 광고 회사가 유지되려면 기업에서 수주를 받아야 해. 그러려면 여러 가지 서비스가 필요하거든. 그래서 준비한 거야."

"옴니 채널 마케팅 하나뿐이야?"

"응, 일단은 옴니 하나야. 지금 우리가 하는 일과 가장 비슷한 거거든. 지금처럼 온라인과 오프라인으로 어떻게 판매하고 어떻게 마케팅할지 전략을 짜주는 거지. 이것도 물론 지금 당장은 힘들지만, 온라인 광고 외주업체만 제대로 찾는다면 가능해. 그리고 빅데이터를 구매하거나 연계할 수 있는 곳도 필요하고."

"그건 돈만 있으면 가능하지."

한겸은 고개를 끄덕이고선 말을 이었다.

"그렇게 외주업체를 늘릴 거야. 외주라기보다는 협업이라고 보는 게 맞겠다. 물론 우리도 직원을 늘려야겠지. 그리고 인지도가 쌓이면 최종적으로는 솔루션 개발도 해야 하고 IMC 통합적 마케팅 커뮤니케이션까지 하는 거지."

"IMC가 뭐냐?"

"쉽게 말하면 기존 고객에 포커스를 맞춰서 서비스를 제공해 이미지를 높이는 거야. 그래서 다시 구매하게 만들고. 그러려면 기존의 고객 데이터가 있어야 하는데 판 사람만 가지고 있거든. 고객 정보가 중요하다 보니까 아무한테나 안 맡기잖아. 그래서 저걸 맡으려면 인지도를 쌓아야 해."

그 뒤로도 한겸의 설명은 계속 이어졌고, 한참이 지나서야 끝이 났다. 그러자 범찬이 수고했다는 말 대신 박수를 보냈다.

"넌 계획이 다 있구나."

"하하, 저번에 다 말해준 거 홈페이지에 정리한 건데. 그래서 우리 홈페이지는 대부분 우리한테 의뢰한 곳이나 협업 업체를 위한 공간이 될 거야."

"직원 많이 필요하겠네."

"그렇겠지. 지금은 직원보다 협업 업체를 관리와 함께 경영해 줄 사람도 필요하고. 우리 졸업 전까지 가장 먼저 알아봐야 할 거야."

"너 경영지도사 땄잖아. 네가 해."

"난 컨설팅 때문에 딴 거고. 경영하는 거 봤는데 나하고는 안 맞는 거 같아."

"뭐? 너희 아버지 과일 가게?"

"그냥 봤어. 뭐 아무튼 우리가 갈 길을 기본으로 삼고 회사를 꾸려줄 사람을 구해야지."

한겸은 피식 웃었다. 그러고는 다시 첫 페이지로 넘겼다.

"이게 메인이거든. 여기에는 회사를 소개한다기보다는 우리가 생각하는 광고 이미지를 진실되게 넣었으면 해."

"잘 팔리게 해드립니다. 이런 거?"

"그런 건 너무 직설적이거든. 여기서는 조금 은유적인 느낌이 나올 거 같아. 오늘은 내 생각을 말해볼 테니까 다들 생각해 봐. 아직 정해진 건 아무것도 없으니까."

다들 고개를 끄덕이자 한겸은 PPT에 글씨를 적기 시작했고, 범찬이 한 자씩 따라 읽었다.

"진심을 담은 고백. 고객에게 진심을 고백하세요. 어우, 오글거리는데. 이거 네 스타일 아니잖아."

"하하. 기업 입장에서는 광고가 소비자한테 고백하는 거라고 생각했어. 우리도 광고 만들 때마다 설레었잖아. 고백도 설레니까 고백과 광고를 동일시한 거야."

"난 이거 찬성! 그냥 찬성이 아니라 진짜 찬성."

"형! 지금까지 다 가짜 찬성이었어요?"

카피만 적어놓은 상태였기에 아직 색이 보이는지 확인도 안 된 상태였다. 그럼에도 다들 마음에 들어 했다. 수정도 무척이나 마음에 드는 얼굴로 화면을 바라봤다. 수정은 한 자, 한 자 곱씹으며 생각한 뒤에 입을 열었다.

"다른 거 할 필요 없을 거 같은데. 이거만큼 진심을 보여주긴 힘들 거 같아."

"그래? 그래도 다들 생각해 보고 결정하자. 더 좋은 의견이 나올 수도 있잖아."

"아니야. 이거 좋아. 다른 거 생각할 시간에 어떤 이미지를 넣을지 생각하는 게 좋겠어."

수정은 다시 문구를 쳐다보더니 입을 열었다.

"이거 아까 그 애한테 맡겨보는 거 어때?"

"승기?"

"응, 고백이나 다른 단어도 C AD처럼 글자를 이용해 그려달라고 하는 거야. 명함 보니까 일러스트도 하던데. 대신 우리는 그 아이 광고를 맡아주는 거고. 그럼 우리 돈 안 써도 되잖아. 어때?"

수정의 말을 들은 한겸은 머릿속으로 승기가 그릴 그림을 떠올려 봤다. 가능할지 모르지만 어디에도 없는 이미지가 나올 것 같았다.

*   *   *

늦은 밤이 되어서야 한 평 남짓한 고시원에 들어온 승기는 좁은 침대에 누워 휴대폰을 보는 중이었다.

"후, 또 돈 보내주셨네……."

휴대폰을 확인한 승기는 몸을 일으키더니 곧바로 전화를 걸었다.

"외숙모, 잘 계셨어요?"

―승기야! 자주 좀 전화하지! 전화해도 안 받고!

"좀 바빴어요."

―그랬어? 그래도 자주 전화해야지! 일은 잘돼?

"그냥 그래요."

―어이구, 힘들면 언제든지 들어와! 외숙모도 승기 보고 싶고 그래. 그리고 네가 주원이도 혼내고 그래. 요즘 중2라서 얼마나 말을 안 듣는지. 외삼촌이 네 걱정 엄청 하고 있는 것도 생각하고. 알겠지?

통화를 마친 승기는 끊어진 휴대폰에 고개를 숙여 인사했다. 너무나 고마운 분들이었다. 아버지는 기억도 나지 않는 어린 시절 교통사고로 돌아가셨다. 외삼촌은 그런 아버지의 자리를 대신했다. 그리고 재작년. 하나뿐인 어머니까지 암으로 돌아가셨다. 외숙모는 그런 어머니를 대신해 주셨다.

어머니가 계실 때도 매달 생활비를 보내주셨고, 어머니가 입원했을 때도 좁은 집으로 이사 가면서까지 치료비를 대주셨다. 그것만으로도 충분했는데 어머니가 돌아가시자 자신까지 책임지겠다며 같이 살자고 했다. 때문에 1년이 조금 넘는 기간 동안 외삼촌댁에서 지냈다. 하지만 시간이 지날수록 미안한 마음만 커졌다.

넉넉하지 못한 살림. 십몇 년을 그렇게 살다 보니 누구보다 잘 알 수 있었다. 그런데 자신까지 맡게 되었으니 더욱 힘들어졌을 것이다. 외삼촌, 외숙모는 물론이고 조금이라도 더 풍족하게 지내도 될 사촌 동생에게 미안할 수밖에 없었다. 결국 작년에 외삼촌 집에서 나왔다.

외삼촌은 만류했지만, 승기는 아르바이트를 하면서 모아둔 돈으로 지금 이곳 고시원에 자리를 잡았다. 그리고 나서 한동안은 학교도 나가지 않은 채 미성년자가 할 수 있는 아르바이트는 거의 다 했다.

돈을 벌어 부자가 되려는 건 아니었다. 물론 아르바이트로 부자가 되긴 힘들었지만, 적어도 사람답게, 사람처럼 살고 싶었다. 그렇게 일 년을 일만 하며 살았더니 통장에 돈이 조금 모였다. 승기는 그 돈으로 가장 하고 싶었던 일을 했다.

그것은 우습게도 보험 가입이었다. 어린 시절 보험에 가입하려고 이곳저곳 알아보던 어머니 때문이었다. 불과 몇 년 전이었지만, 시각장애인 어머니가 보험에 가입하는 건 쉽지 않았다. 승기는 그것부터 시작하고 싶었다. 하지만 그것도 돈만 있다고 되는 일이 아니었다. 미성년자였기에 보호자가 필요했다.

그 때문에 거의 일 년 만에 외삼촌과 만났다. 법정대리인 자격으로 사인을 하던 중 외삼촌은 가슴까지 두드리며 눈물을 흘렸다.

"고작 하고 싶었던 게 이거였어? 고작 보험 가입하는 거였어? 하……."

눈물을 흘리던 외삼촌의 얼굴이 아직도 생생하게 기억난다. 외삼촌은 힘들게 사는 승기가 안쓰러웠는지 같이 가자고 설득했지만, 승기는 그러고 싶지 않았다. 그러자 외삼촌은 앞으로의 계획을 물었다.

그저 사람답게 살고 싶다는 생각으로만 하루하루 살고 있었기에 계획이 있을 리가 없었다. 그런 자신의 모습을 본 외삼촌은 걱정하는 얼굴로 어떤 말을 해주었고, 승기는 그 말을 듣고 지금의 일을 시작했다.

"승기야, 지금처럼 살면 안 돼. 꿈꿔. 꿈꾸면서 살아. 네 미래를 생각해야지. 학교를 다니든 어렸을 때처럼 그림을 그리든. 외삼촌이 도와줄게."

그림을 그릴 때만큼은 행복했다. TV에도 나오고 후원을 받아 미술학원까지 다니게 됐다. 하지만 승기와는 맞지 않았다. 정해진 방법으로 펜을 쥐어야 했고, 정해진 방법으로 선을 그려야 했으며, 정해진 방법으로 명암을 표현해야 했다. 후원을 받아 다녔으니 열심히 했지만, 배우면 배울수록 흥미를 잃어갔다.

그래도 열심히 배우려 했지만, 후원은 그리 오래가지 않았다. 결국 학원을 그만두게 되었다. 그 이후론 한 번도 그림을 그리지 않았는데, 외삼촌의 말을 듣던 날 처음으로 그림을 그렸다. 예전처럼 틀에 얽매이지 않고 그리고 싶은 대로.

로봇이 합체되듯 그림을 상상하며 그리다 보니 문득 옛 기억이 떠올랐다. 엄마에게 그림을 설명해 주며 행복해하던 기억. 자

신의 그림을 보여주고 싶어서 돈 벌면 엄마 눈부터 고쳐주겠다
고 하던 어린 시절 자신이 떠올랐다. 그때만큼 행복한 때가 없
었던 것 같았다.

덕분에 다시 그림을 그려볼 용기가 생겼다. 하지만 정해진 대
로 그리고 싶지 않았다. 그 때문에 선택한 게 웹툰 작가였다. 승
기는 꿈을 정한 뒤 곧바로 학원을 알아봤다. 하지만, 가격도 가
격이지만 학원에 대한 기억이 좋지 않아서 망설여졌다. 결국 돈
도 아낄 겸 인터넷으로 배우는 걸 선택했고, 중고로 나온 장비
와 컴퓨터까지 장만했다.

비록 방이 더 좁아지긴 했어도 즐거웠다. 아르바이트까지 줄
여가며 하루 종일 그림만 그렸다. 그럼에도 하루하루가 행복했
고, 외삼촌 말대로 희망을 품는 자신이 기특하게 느껴졌다. 하지
만, 문제는 역시나 돈이었다.

그래서 많은 고민 끝에 생각해 낸 것이 캐리커처였다. 돈도 벌
면서 그림을 그리는 일. 게다가 인물 연구까지 가능한 일이었
다. 처음에는 무작정 길거리에 나가 그림을 그렸다. 가장 힘들었
던 건 각 구역을 담당하고 있던 기존의 캐리커처 작가들과 부딪
치는 것이었고, 그다음으로 힘든 건 돈이 안 벌린다는 것이었다.
하루 종일 앉아 있어도 벌리는 게 너무 적었다.

그러다가 벚꽃 축제가 열린다는 소식을 접했고, 큰 기대 없이
그곳으로 향했다. 길거리에 사람이 넘쳐나니 그림을 그려달라는
손님이 꽤 있었다. 그래도 많은 돈을 번 건 아니었다. 하지만, 지
금처럼 생활한다면 충분히 가능한 금액이었다.

그 뒤에 대학 축제 기간이라는 것을 알게 되었고, 대학 중 축

제가 빠른 편인 동인대를 가보기로 했다. 그런데 허가가 필요한지 몰랐다. 장사하면 안 된다며 쫓겨났지만, 그냥 갈 순 없었기에 홍보라도 할 생각으로 무료로 그림을 그렸던 것이다.

그래도 덕분에 재밌는 사람들도 만나 후회는 없었다. 그때, 승기의 휴대폰이 울렸다. 처음 보는 전화였지만, 고객일지도 모른다는 생각에 재빠르게 통화 버튼을 눌렀다.

"안녕하세요. 빽 캐리커처입니다!"

—안녕하세요. 저 아까 낮에 봤던 김한겸이라고 하는데 기억하세요?

"아! 동인대에서 봤던 분이시죠? 그럼요! 그런데 무슨 일 때문에."

—혹시 시간 괜찮으시면 뵐 수 있을까요?

"지금요? 지금 너무 늦었는데. 의뢰하실 거면 메일로 사진 보내시면 되거든요. 사진은 꼭 보내주셔야 해요."

—그게 아니라 저희가 일을 좀 맡길까 해서요.

간략한 한겸의 설명을 듣던 승기는 어안이 벙벙했다. 자신에게 무엇을 맡긴다는 건지 궁금했다.

*　　　*　　　*

다음 날. 한겸은 승기를 만나기 위해 봉천동에 도착했다.

"여기 3번 출구 근처라고 했는데. 어? 저기 있다. 들어가 있지 뭐 하러 나와 있어?"

함께 온 범찬이 가리키는 곳을 보자 휴대폰을 만지고 있는 승기가 보였다. 한겸은 걸음을 옮겨 승기에게 다가갔다.

"승기 씨."
"아! 안녕하세요."
"그래요. 일단 들어가죠."
"아, 잠깐만요. 그린 거 저장 좀 하고요……."
"휴대폰으로도 그림 그려요?"
"네. 다 됐어요."

커피숍으로 들어간 한겸은 음료를 시킨 뒤 자리에 앉았다.

"감사해요. 잘 마실게요. 감사합니다!"
"아니에요."

음료 하나에 고마워하는 승기를 보자 영상에서 봤던 모습이 떠올랐다. 아직까지 형편이 나아지지 않은 것 같았다. 잠시 뒤, 음료가 나오자 한겸은 용건부터 꺼냈다.

"승기 씨한테 그림을 부탁하려고 만나자고 했어요."
"그림이요?"

"네, 우리 홈페이지에 그릴 그림이거든요. 아직 정해진 건 없지만, 저희가 정해서 보내면 가능할까요?"

"어렵지 않은데… 정말 저한테요?"

"네, 대신 저희 이름 그려준 것처럼 그려줬으면 해서요."

그 말을 들은 승기는 난감한 표정을 지었다. 글자를 이용해 그린 그림을 남에게 보여준 건 중학생 때 학원에서가 마지막이었다. 그 이후로는 다른 사람에게 보여준 적이 없었다. 글자를 이용해 글자를 그리긴 했어도 그 그림만큼은 보여주기 꺼려졌다. 이런 부탁을 받은 적이 없다 보니 승기는 어떻게 해야 하는지 고민했다. 그때, 한겸이 말을 이었다.

"승기 씨가 그림을 그려주면 우리는 승기 씨가 의뢰했던 광고지를 만들어 드릴게요."

"어? 정말요?"

한겸은 승기를 물끄러미 바라봤다. 좋아하면서도 고민을 하고 있다는 게 보였다. 그 모습이 귀여워 보이기도 했고, 궁금하기도 했다. 그때, 승기가 조심스럽게 말을 뱉었다.

"제가 그린 그림 보셨어요?"

"네, TV에 나온 거 봤어요."

"그렇구나. 그런데 제 그림이 마음에 안 드시면 어떡하죠……?"

승기의 말이 끝나자 한겸이 말하기 전에 범찬이 입을 열었다.

"거기에 대해서는 내가 먼저 미안하다고 해야 할 거 같은데요."

"네?"

"그거 이상하면 얘가 계속 수정하라고 할 거거든요. 괜찮겠어요?"

"아! 수정하면 되나요? 그럼 해볼까요……? 만약에 마음에 안 들면 바로바로 얘기해 주세요. 애니메이션처럼 그려 드릴 수도 있어요."

"정말 힘들 거라니까요?"

"그래도 수정하면서 해볼게요. 그런데 광고지랑 맞바꾸면 제가 이득인 거 같은데 괜찮으세요?"

"헛! 내 손! 하마터면 쓰다듬을 뻔했네."

범찬은 승기가 귀여운지 웃는 얼굴로 장난을 쳤다. 그 모습을 보던 한겸은 피식 웃으며 입을 열었다.

"C AD를 그린 것처럼 글자를 사용해 그림을 그려주면 돼요. 최대한 빠르게 정해서 드릴게요."

"네. 알겠어요."

"그리고 아까 말했듯이 그 그림을 우리가 상업 용도로 사용하려고 하거든요. 그래서 계약을 해야 해요. 승기 씨가 미성년자 맞으시죠?"

"네. 제가 사인해도 되는데……."

"그건 조금 곤란해요. 어머님하고 같이 뵐 수 있을까요?"

승기는 머리를 긁적이고선 입을 열었다.

"엄마가 돌아가셔서요. 외삼촌은 계세요."
"외삼촌이 법정대리인 맞으시죠?"
"잘 모르겠어요."
"다른 친척이 있으세요?"
"아니요. 외삼촌 외숙모뿐이에요."
"그럼 아마 외삼촌분이 법정대리인이실 거예요. 그럼 제가 최대한 빨리 구상해서 연락드릴게요."

한겸은 담담하게 말을 뱉었지만, 속으로는 승기가 무척이나 안쓰럽게 느껴졌다. 범찬 역시 승기가 안쓰러워 보였던 모양이다.

"그랬구나. 내가 얼굴이 동안이라 네 친구 같긴 해도 이래 봬도 스물셋이야. 네가 저번에 말 편하게 하라고 했으니까 말 편하게 할게. 너도 형이라고 불러."
"하하하, 네. 알았어요."
"웃기는. 우리가 진짜 열심히 만들어줄게. 너 눈코 뜰 새 없을 정도로 일 들어와도 괜찮겠어?"
"하하, 그럼 조금 곤란해요. 저 2, 3년 뒤에는 웹툰 그릴 거거든요."
"화가가 아니고?"

"그림도 좋은데 그래도 웹툰 그리고 싶어요. 우리나라에는 히어로가 별로 없어서 유명한 히어로 만드는 게 꿈이에요."

"하아, 그럼 조금 곤란한데. 우리가 하면 난리 나거든. 휴, 네가 정 그렇다면 우리도 적당히 해야겠네. 한겸아, 우리 발로 해야겠다."

참 누구하고나 쉽게 친해지는 범찬의 모습에 한겸은 피식 웃었다.

*　　　　*　　　　*

동아리실에는 며칠째 고백에 대한 이미지를 구성하고 있었다. 여느 때와 마찬가지로 모두들 지친 모습이었다.

"겸쓰, 네가 고백에 대해 알아? 네가 연애를 해봤어? 연애를 해봤으면 이게 이상하다고 안 그러지."

"나 해봤어. 고등학교 때 여친 있었어."

"헐, 하긴. 이 나이 먹도록 연애 한 번 못 해본 게 이상하지. 안 그래요, 종훈이 형? 어? 형 어디 가요? 형."

한겸은 피식 웃고선 이미지를 쳐다봤다. 꽤 많은 이미지들에 카피를 넣어봤는데 변화가 없었다. 연인을 그려서 넣어도 봤고, 키스하는 실루엣을 넣어도 봤다. 하지만 지금까지는 아무런 변화가 없었다. 그때, 로고를 담당하던 수정이 다가왔다.

"겸쓰."

"어, 어?"

"아… 최범찬 때문에 옮았어. 실수야. 이거 로고 생각한 건데 한번 봐봐."

한겸은 피식 웃고선 수정이 건넨 USB를 꽂았다.

*   *   *

수정이 작업한 로고가 모니터에 보이자 한겸은 턱을 괴고 로고를 뚫어져라 쳐다봤다.

"우리 카피가 고백인 데다가 로고는 단순해야 해서 일단 그려 본 거야. 마음에 안 들면 얘기해."

"아니야, 괜찮아."

승기가 그려준 C AD의 위치가 바뀌어 있었다. A 하단을 조금 더 벌어지게 그린 뒤 A에 붙어 있던 C와 D를 약간씩 위로 올려 버렸고, A의 밑에는 조그만 하트를 그려놓았다. 그 모든 게 조합이 되자 커다란 하트처럼 보였다.

로고는 아무런 색이 보이지 않지만, 만약에 색이 보인다면 이 로고는 분명히 지금 색 그대로 보일 것 같았다. 그만큼 간단하면서도 인상적이었다.

"이거 정말 잘 만들었는데?"

"그래? 막 하기 싫어서 글씨 꺾다 보니까 하트가 되더라고."

"하하, 이거면 되겠다. 하나하나가 합쳐져서 하트. 고백하고도 좋고. 범찬아, 종훈이 형. 이거 한번 봐요."

두 사람까지 수정이 만든 로고를 보며 만족해했다. 한겸은 당장에라도 로고를 사용하고 싶다고 생각했다.

'다 합쳐서 하트. 정말 좋다.'

한참을 보던 한겸은 모니터를 가리켰다.

"이미지도 이런 느낌으로 만들 수 있지 않을까?"

"그러니까 여러 가지 합쳐서 하트 만들자는 거야? 막 I.J, 제프우드, 호정, Fion 이런 기업 이름으로 채우자고?"

"하하, 직접 브랜드명을 적자는 건 아니고, 관공서나 전자제품, 제약, 쇼핑몰, 게임 이런 것처럼 적자는 거지."

"그거나, 그거나. 광고가 아니라 엄청 아부 떠는 거 같은데?"

범찬의 지적에 아차 싶었던 한겸은 범찬을 보며 엄지를 내밀었다.

"아, 미안. 내가 하트 채우고 싶어서 너무 급급했네. 그럼 우리 광고니까 우리를 홍보해야겠다."

"그렇지. 그거야! 나한테 많이 배우라고."

"그래. 알았어. 그럼 옴니 채널 마케팅으로 하트를 채우는 건 다들 찬성이야?"

"난 찬성."

범찬은 종훈을 훑어보더니 이번에도 아니라는 듯 검지를 좌우로 흔들었다.

"쯧쯧. 너, 나한테만 솔직하게 말해봐. 연애해 봤다는 거 뻥이지?"

"진짠데?"

"쩝, 확인이 안 되니까 이건 뭐. 그냥 하트만 보여주면 고백이 되냐? 주는 시늉을 해야지. 대충 풍선처럼 만들어서 내미는 것처럼 하든가, 심장에서 튀어나온 것처럼 하든가. 어때! 종훈이형, 찬성?"

한겸은 씨익 웃으며 범찬에게 박수를 보냈다. 범찬의 말처럼 건네주는 모습을 보여주는 편이 더 많이 어필될 것 같았다. 한겸은 곧바로 키보드에 손을 올리고는 옴니 채널 마케팅을 모니터 가득 적기 시작했다. 그러고는 다른 레이어에 가운데를 비운 하트를 만들었다. 그 레이어를 글씨가 적힌 곳에 덮어씌우자 승기가 그린 것과 비슷한 모양이 나왔다.

"핑크색이나 빨간색은 너무 노골적이라서 연하늘색으로 했는데 어때?"

"핑크색으로도 해봐."

색을 바꿔가며 비교했다. 그러고는 한겸이 처음에 골랐던 연하늘색으로 의견을 통일했다. 그런 뒤 범찬이 말한 것처럼 하트에 끈을 그려놓고 인터넷에 떠도는 사진 중 손만 오려 붙였다. 일단 어떤 색이든지 색이 보이면 됐다. 하지만 광고로 쓰기 부족해서인지 아무런 변화가 없었다. 한겸은 자신이 그린 하트를 물끄러미 쳐다봤다.

"승기 씨는 빼곡하게 예쁘게 채우던데."

"동생한테 승기 씨는 무슨. 뭘 그렇게 어렵게 대해."

"아직은 클라이언트잖아. 일 끝나면 친하게 지내지 뭐."

"공과 사의 거리가 서울하고 부산만큼 머네."

"그냥 그게 서로한테 편해. 그런데 어떻게 채울지 궁금하다."

"내가 연락해 봐?"

"그래, 네가 맡아. 이런 식으로 그려달라고 보내. 참, 우리 카피하고 수정이가 만든 로고도 작업해 달라고 해줘."

범찬은 고개를 끄덕이고선 한겸이 작업한 그림을 USB에 담았다.

*   *   *

다음 날. 범찬이 승기에게 연락한 지 하루도 되지 않았는데 작업물을 보냈다는 연락이 왔다.

"승기가 수정할 거 알려주면 내일 해준단다. 오늘 밤에 창덕궁에 그림 그리러 간대."

"창덕궁은 왜?"

"별빛기행? 이런 축제 있다고 간다더라고. 어린놈이 참 열심히 살아."

승기에 대해 알고 있던 팀원들도 범찬의 말에 동의했다. 한겸도 인정한다는 듯 고개를 끄덕거렸다. 승기가 보낸 메일에는 총 4개의 첨부 파일이 있었다. 한겸은 파일을 다운받은 뒤 모니터에 띄웠다.

"아……."

"뭐야, 이 자식. 뭘 어떻게 채운 거야."

"우와. 진짜 대단하네. 걔 정말 안 배운 거 맞아? 컴퓨터로도 엄청 잘 그리네."

모두가 모니터를 보며 놀랐다. 한겸 역시 팔에 털이 설 정도로 놀랐다. 정교해도 너무 정교했다. 모니터에 얼굴이 붙을 정도로 가까이 대고선 하나하나 살펴봤다. 옴니 채널 마케팅으로 만든 하트에는 명암까지 있었다. 그 하트를 본 C AD 팀원 모두가 도대체 어떻게 명암을 만들었을까 궁금해하며 분석하기 시작했다.

"얘 미쳤네. 글씨 크기로 명암처럼 보이게 한 거야. 여기 위부터 글씨 크기 다 달라. 어우, 소름."

"영재 프로그램에 나올 만하네. 이제는 '세상에 이런 일이'에 나와야겠다."

하트뿐만이 아니었다. 풍선 끈마저 글자를 이용했고, 그 끈을 잡고 있는 사람의 손마저 글씨를 이용해 그린 것이었다.

"이 손 글씨 봐라. '진심을 담은 고백. 고객에게 진심을 고백하세요' 이거로 그렸어. 대박 아니냐. 설마 여기 손에 있는 주름도 글씨로 그린 건가?"

한겸은 자신도 모르게 범찬이 말한 부분을 확대했다. 역시나 그 부분까지도 글씨로 그린 것이었다. 확대해야 보일 정도인데 어떻게 그렸는지 신기하기만 했다.

"파일 4개였는데 그 짧은 시간에 4개나 한 거야?"

한겸 역시 궁금한 마음에 다른 파일을 급하게 열었다. 이미지 작업은 아니었지만, 이번 것 역시 놀랄 만큼 잘 그렸다. C AD로 채운 하트였다. 한겸마저 헛웃음을 뱉고는 마지막 남은 파일을 열었다. 그 파일에는 자신이 만든 카피가 있었다.

"이건 약간 기울여서 써서 그런지 카피가 약간 떠 있는 기분 인데?"

카피를 채운 글씨들이 약간 기울어져 있었다. 그러자 분명히 일직선인 카피인데도 약간 기울어져 보였다. 한겸은 말로 설명할 수 없을 정도로 마음에 들었다.

"기대했던 것보다 훨씬 더 대단해서 우리가 이득 같아. 최범 찬 네 동생 대단하다."
"하하, 그렇지. 애가 똘똘하더라고."
"이렇게 잘해줬는데 우리도 잘해줘야겠다."

한겸도 고개를 끄덕이는 걸로 대답을 대신했다. 그러고는 마 지막 작업을 준비했다.

"일단 그건 나중에 얘기하고 이거부터 합쳐보자."

한겸은 말이 끝나기 무섭게 배경에 로고를 집어넣은 뒤 카피 를 끌어왔다. 위치를 잡기 위해 로고를 움직이던 한겸은 씨익 웃 었다. 배경은 아직 회색이었다. 하지만 자신이 만들었음에도 확 신이 없던 카피는 노란색이었다. 한겸은 만족해하며 마우스를 움직였다. 그러던 중 갑자기 마우스를 멈췄다. 잠시 고개를 갸웃 거린 한겸은 다시 마우스를 빠르게 움직이기 시작했다.

한겸의 움직임에 따라 모니터에서 카피가 이리저리 움직이고 있었다. 그 모습을 보던 범찬은 어째서인지 고개를 끄덕거리며 말했다.

"겸쓰, 너도 사람이구나. 원래 일하기 싫을 때 마우스 흔드는 짓거리 하는 거지. 괜히 모니터 테두리 따라서 움직여 보고. 그래, 그런 거야. 힘들면 뫼비우스 따라도 그려봐. 그게 가장 편하다. 경험자의 조언이야."

한겸은 멍한 얼굴로 범찬을 쳐다봤다.

"안 해도 돼."
"얘가 왜 이런대. 이거 빨리 하고 승기랑 계약하지. 그래야 우리도 승기 일 해주잖아."
"어. 그러니까 그것만 하면 돼. 이거 대충 올려도 된다."

한겸은 본인이 한 말이 어이가 없는지 헛웃음을 뱉었다. 하지만 사실이었다. 하트 주변으로 카피를 옮기던 중 색이 보인 것 같아서 그 자리를 찾으려 다시 옮겼다. 그런데 옮기던 중에도 또 색이 보였다. 분명히 다른 곳임에도 색이 보였다. 또 다른 곳에 옮기니 그곳에서도 색이 보였다. 넋이 나갈 수밖에 없었다. 그때, 범찬이 갑자기 손가락을 튕겼다.

"야, 너 마지막 파일 확인 안 했잖아."
"아! 맞다!"

한겸은 그 파일에 뭐가 담겨 있을지 생각하니 가슴까지 떨렸다. 서둘러 파일을 열어보았다. 그러자 범찬이 인상을 찡그렸다.

"이 자식은 나랑 말 터놓고 왜 널 그렸대? 웃긴 놈이네."

마지막 파일에는 한겸이 있었다. 뉴스에서 나왔던 장면을 보고 그린 것이었다.

[광고 맡아주셔서 정말 감사합니다! 이건 제 나름대로의 감사의 표시예요. 그리고 한겸이 형 옆에 있던 형은 사진이 없어서 못 그렸어요. 다음에 꼭 그려 드릴게요.]

자신의 이름인 김한겸을 사용해 얼굴을 그려놓았다. 승기의 마음이 느껴져서인지 한겸은 자신도 모르게 웃고 있었다.

"웃어? 좋냐?"
"하하, 고마워서. 여기 밑에 너한테 하는 말 적혀 있잖아."
"그게 더 기분 나빠. 한겸이 형 옆에 있던 형이래. 왜 네 이름만 알고 있냐?"
"하하, 통화할 때 얘기했지."
"그만 하하거려라. 그게 더 기분 나빠."

범찬은 투덜투덜거리면서도 곧장 사진을 보낼 생각인지 휴대폰으로 사진을 찍기 시작했다. 그러자 수정이 툭 하고 말을 던졌다.

"왜, 네 동생한테 버림받았냐?"

*　　　*　　　*

다음 날. 승기는 약속 장소에 먼저 도착했다. 이번에는 커피숍 밖이 아니라 안이었다.

"참, 우리 승기 정말 대단하네."
"그러게 말이야. 아, 이걸 어디에 자랑해야 해."
"돈 버는 거 아닌데."
"돈도 중요하지만 그보다 네가 인정받았다는 게 더 기쁘지. 이러다 화가 되고 그러는 거야. 하하."
"우리 승기 웹툰 작가 된다고 했잖아요, 호호."

승기는 멋쩍게 웃었다. 어제 갑자기 계약을 하자는 연락을 받았고, 급하게 외삼촌과 외숙모에게 부탁했다. 두 분 다 하는 일이 있어서 바쁠 텐데도 부탁을 흔쾌히 들어주었다. 외삼촌과 외숙모는 별것 아닌 일에도 기뻐하며 옆 테이블에 들릴 정도로 크게 말했다.

"뉴스에 나왔던 사람이라고?"
"네, 그 형은 조금 딱딱한데 말을 잘하고요. 전 다른 형하고 친해요. 범찬이 형이라고."

"그래. 뉴스까지 나온 사람하고 일하고. 아, 우리 승기 대단해."

두 분과 대화를 하다 보니 약속 시간이 다 되어갔고, 시간에 맞춰 커피숍에 한겸과 범찬이 들어왔다. 한겸은 가볍게 목례로 알은척을 한 뒤 테이블로 다가왔고, 곧바로 인사부터 건넸다.

"안녕하세요. C AD의 AE 김한겸이라고 합니다."

"같은 회사에서 대표를 맡고 있는 최범찬입니다."

"아, 그래요. 앉아요. 전 승기 외삼촌 강식구라고 합니다. 대표님까지 나오시고. 어이고."

"전 외숙모예요. 호호."

"한겸이 형, 범찬이 형. 안녕하세요."

예상치 못한 타이밍에 나온 범찬의 소개에 한겸은 잠시 흔들렸지만, 이내 정신을 차렸다. 그러고는 일에 대해 얘기를 꺼내기 위해 노트북부터 꺼냈다.

"승기 씨, 그림 너무 좋았어요."

"감사해요. 휴, 수정 필요하시면 언제든지 말씀하세요."

"아니에요. 수정할 필요 없이 너무 좋았어요. 회의에서도 만장일치였고요."

외삼촌 부부는 방해라도 될까 봐 꼭 다문 입술이 조금씩 올라갔다.

"그래서 C AD에서 승기 씨가 그린 그림을 사용하고 싶어요."
"정말요? 감사합니다!"
"한동안은 C AD의 배경에 사용될 거예요. 그래서 저번에 구두로 했던 계약 내용을 조금 변경했어요."

한겸은 테이블에 올려두었던 서류를 펼쳤다.

"현재 승기 씨의 빽 캐리커처에 대한 홍보를 저희가 책임지는 것과 차후 승기 씨가 웹툰을 그리기 시작하면 C AD에서 플랫폼과 계약할 수 있도록 돕겠습니다."
"그냥 전단지만 만들어주셔도 되는데……."

그림이 너무 좋기도 했고, 승기의 사정을 들은 팀원들의 선택이었다. 신생 회사인 탓에 금전적으로 도와줄 순 없더라도 재능으로 도와줄 순 있었다. 한겸은 노트북에 손을 올렸다. 그러고는 노트북을 승기에게 돌렸다.

"승기 씨의 그림으로 만든 저희의 홍보 이미지입니다."
"와, 배열이 너무 좋다. 상상보다 훨씬 좋아요."
"계약하시겠습니까?"
"처음부터 하려고 나왔어요. 저야말로 제 그림 써주셔서 감사해요. 참, 어제 범찬이 형이 사진 보내주신 거 메일로 보내놨어요."

범찬은 양손 엄지를 치켜세웠고, 한겸은 가볍게 고개를 숙여 감사 인사를 했다. 그리고는 승기와 눈을 맞추고선 입을 열었다.

"원하는 길을 걸으실 수 있도록 최선을 다하겠습니다."

제4장

뺵 캐리커처

　승기에게 빽 캐리커처에 대한 자료를 달라고 했다. 하지만 명함 말고는 아무런 자료가 없었다. SNS에 가끔 올리는 자신의 얼굴 말고는 문의조차 없었다. 한겸은 책상 위에 명함을 올려놓고 뚫어져라 쳐다보고 있었다. 다른 팀원들도 당황스러운지 말이 없었다. 그러던 중 수정이 침묵을 깼다.

　"승기 걔, 지금까지 노점상처럼 그렇게 돈 번 거야?"
　"그런가 봐."
　"사정이 이해는 되는데 너무 불안정하지 않아? 명함에 이름도 있고, 대놓고 광고하고 있어서 이럴 거라고는 생각도 못 했네. 차라리 어디 소속에 들어가서 프리랜서로 돈 받으면 원천징수 떼니까 나중에 세금 내면 되잖아. 그럼 불법은 아닌데. 혹시 세금

내기 싫어서 그런가?"

"그건 아닐 거야. 아직 어려서 잘 몰랐을 거야."

"그렇다고 해도 노점상이나 마찬가지인데."

한겸은 빨갛게 보이는 명함을 보고선 쓴웃음을 지었다. 지금
까지 명함 하나만으로 광고를 하고 있었던 것이었다. 한겸은 잠
시 고민을 하고선 입을 열었다.

"꾸준히 그림 그려주는 거면 사업 활동이라고 보는 게 맞는
거 같아. 일단 승기 씨한테 사업자등록을 추천해 봐야겠다."

"아직 18살인데? 보호자 동의만 받으면 프리랜서 해도 되잖아."

"개인 거래 할 때 원천징수 떼고 거래하진 않잖아. 물론 프리
랜서 플랫폼에 올려놓고 주문을 받으면 되는데 그건 아주 일부
분만 보여주기 때문에 무척 힘들 거 같아. 아마 지금보다 수입이
적을 거야."

C AD 네 명은 가장 먼저 해결해야 될 문제에 대해 여러 가지
의견을 내놓았다. 그러던 중 수정이 의견을 제시했다.

"그럼 사업자를 등록하고 아예 쇼핑몰처럼 그림을 판매하는
게 어때? 캐리커처 말고 글자로 그린 그림들로."

"음, 어려울 것 같은데. 아직 미성년자라서 혼자 사업을 하는
게 힘들 거야. 그림도 그려야 하고 문의나 배송까지 전부 책임져
야 하고. 게다가 가격을 정하는 것까지 직접 해야 하잖아."

"생각해 보니까 그렇긴 하네."

"응, 승기 씨 포지션도 좀 애매해. 화가도 아니고 웹툰 작가도 아니고. 물론 화가가 되는 데 자격증 같은 게 필요한 건 아니지. 그래도 승기 씨는 많이 달라. 고전미술도 아니고 현대미술도 아니잖아. 마치 소묘하고 스케치를 섞은 듯한 느낌이야."

"자기만의 세계가 있는 게 아닐까? 미술 잘 모르는 우리도 놀랐잖아."

"그렇지. 그런데 승기 씨는 당장 급하거든. 저걸 인정받으려면 꽤 오랜 시간이 걸릴 거야. 그리고 무엇보다 승기 씨가 되려는 건 웹툰 작가야."

여러 가지 의견이 오갔다. 그러던 중 한겸의 휴대폰에 파우스트 임 부장으로부터 전화가 왔다.

ㅡ안녕하십니까! 잘 계셨어요?

"네, 그럼요."

ㅡ하하, 저도 아주 잘 지냈습니다. 다름이 아니라 혹시 다음 주에 시간 되시나 해서요.

"시간이요?"

ㅡ대표님이 직원들 고생한다고 단합 대회 추진하셨거든요. 임 직원분들이 모두 C AD분들 초대하라고 하셔서 연락드렸어요.

"바쁘시지 않으세요?"

ㅡ하하, 바쁘죠. 엄청 바쁘죠. 그래도 대표님이 직원이 먼저라고 그러셔서요. 너무 일만 하면 지친다고 사기 충전 겸 공장분들

까지 다 같이 갑니다.

초대는 고맙지만 단합 대회까지 가는 건 아니라고 느껴졌다. 게다가 아직 승기의 일이 가닥도 잡히지 않은 채였기에 거절하는 게 맞는 것 같았다.

―빠르게 일정 잡느라고 어디 이벤트 업체에 의뢰했거든요. 막 레크리에이션 강사 오고 마술사도 온다고 그랬어서 게임도 하고 재밌을 거예요. 오세요.

"죄송해요. 말씀 주신 건 감사한데 저희가 지금 많이 바빠서요."

―그러시군요. 참, 항아리 광고도 잘 봤습니다. 저도 한번 주문해서 먹어봤는데 맛있더라고요. 하하. 아, 바쁘신데 제가 제할 말만 하고 있었네요. 그럼 혹시라도 생각 바뀌시면 언제든지 연락하세요. 기다리고 있겠습니다!

통화를 마친 한겸은 피식 웃고선 팀원들에게 통화 내용에 대해 알려주었다. 그러자 범찬이 예상과 달리 한겸의 의견에 적극 동조했다.

"마술은 무슨. 비둘기는 매일 보는데 멀리까지 가서 비둘기 볼 일 있어? 잘했어. 승기 일부터 해야지."

"어쩐 일이야. 왜 안 가냐고 방방 뜰 줄 알았더니."

"아저씨들 잔뜩 있을 건데 재밌겠냐? 거기에 승기나 부르라고 그래라. 가서 그림 그려준다고."

한겸은 피식 웃다 말고 범찬을 쳐다봤다.

"겸쓰, 너 또 내 말에서 무슨 힌트 얻었구나?"
"어."
"역시 나란 놈은. 휴."

한겸은 들은 체도 하지 않고 정리되지 않은 생각을 조합하기 시작했다. 한참을 메모에 적어가며 생각을 정리하던 한겸이 펜을 내려놓았다.

"이거 어때? 기업 상대로 그림을 그려주는 거야."
"기업에서? 기업에서 그림을 왜 그려?"
"그냥 기업이 아니라 기업 행사나 워크숍, 단합 대회 등등 많잖아. 더 나아가서는 파티도 있고, 박람회도 있고."
"오, 난 찬… 음."

항상 찬성만 하던 종훈이 이번엔 고개를 저었다.

"기업에서 부를 거면 더 능력 있고 그런 사람을 부르지 않을까? 물론 승기가 그림을 잘 그리는 건 아는데… 기업들이 알고 있진 않을 거 아니야. 그리고 우리가 홍보물을 잘 만든다고 해도 기업 상대로 홍보하기는 어렵지 않을까 해."
"오, 종훈이 형. 예리한데요? 지금까지 그냥 찬성했던 게 아니었어요?"

범찬의 칭찬에 종훈은 어깨를 으쓱거렸다. 하지만 종훈이 한 말은 한겸이 메모지에 이미 정리해 놓은 상태였다.

"기업에 직접 홍보하는 건 힘들 거예요. 물론 기업과 직접 거래를 하면 알아서 원천징수 떼고 줄 테니까 사업자 문제도 해결될 거고요. 그런데 종훈이 형 말처럼 개인이 거래를 뚫는 일은 말도 안 되는 거 같거든요. 그래서 기업 대신 다른 곳에 승기 씨를 홍보해 주는 거예요. 바로 여기."

한겸은 메모지에 적은 걸 가리켰다. 그러자 메모지를 본 세 사람은 고개를 갸웃거렸다.

"이벤트 회사?"
"어, 이벤트 회사. 아까 임 부장님 전화 왔을 때 들어보니까 파우스트도 이벤트 회사에서 일정 같은 거 전부 짜줬다고 했거든. 레크리에이션 강사나 마술사나 그런 사람들까지 전부 섭외한 걸 거야."
"그렇지. 전부 직원이면 회사가 엄청 커야지."
"맞아. 네 말대로 이벤트 업체에서 강사나 마술사들 전부를 직원으로 둘 순 없잖아. 그럼 그 사람들은 이벤트 회사에서 섭외한 거거나 프리랜서 형식이지 않을까 하거든. 물론 기존 행사에도 캐리커처 작가들이 있을 거지만 업체 쪽을 노리는 게 나을 거라 생각해."

"오. 그러네. 그럼 승기를 이벤트 업체에서 섭외할 수 있게 홍보하자는 거야?"

"응. 이벤트 업체와 일정 부분 수수료를 나눈다 해도 일도 많아질 거고 지금보다 안정적일 거라고 생각해. 무엇보다 보호자 동의만 받으면 법적으로 아무런 문제 없는 프리랜서가 되는 거고. 어때?"

"난 찬성! 그럼 당분간 업체에서 연락 오는 건 우리가 받고?"

"당분간만 그래야겠죠. 처음에는 그게 나을 거 같아요."

설명이 끝나자 종훈의 입에서 전처럼 찬성이 나왔다. 한겸은 미소 짓고는 말을 이었다.

"그럼 일단 조사부터 필요해. 수정이는 행사 일정들 정리해 놓은 자료 있으면 구매해. 비어 있는 시간이나 자유 시간을 어떻게 보내는지도 알아봐 주고.

"아마 있을 거야."

"그리고 종훈이 형은 이벤트 업체 수가 얼마나 있는지 확인해 주고 규모별로 나눠줘요. 그리고 이벤트 업체마다 맡았던 행사들을 알아봐 주고요. 행사 내용에 캐리커처가 들어가 있을 때 반응도 알아봐 주세요."

"응, 알았어."

"범찬이는 승기한테 하루에 몇 명이나 그릴 수 있는지부터 알아보고. 이벤트에 참여하는 캐리커처 작가들이 얼마 받는지 알아봐 줄 수 있어?"

"왜 난 있어야? 내가 불안해?"

"하하, 그런 거 아니야. 다른 건 데이터를 구매하거나 검색을 통해서 알 수 있는데 네 거는 직접 알아봐야 할 거 같아서 그래. 알았어. 알아봐 줘."

범찬은 흠칫 몸을 떨었다. 한겸의 말대로 직접 부딪쳐 알아보는 방법밖에 없는 것 같았다. 한겸은 그런 범찬을 보며 피식 웃고선 말을 이었다.

"그럼. 조사가 완료되면 자료를 바탕으로 어떤 광고물을 만들지 생각해 보자. 홍보 방법도 같이. 내일까지 전부 조사해 줘."

한겸의 말이 끝나자 저마다 맡은 일을 하기 위해 사방으로 흩어졌고, 한겸은 숨을 깊이 들이마셨다. 사람 자체를 홍보해야 하는 일이 처음이다 보니 색이 보일지 걱정됐다.

*   *   *

다음 날, 각자 조사한 자료를 바탕으로 다시 회의를 시작했다. 그런데 범찬의 휴대폰이 쉴 새 없이 울렸다.

"아, 네. 그렇군요. 일단 회의해 보고 다시 연락드릴게요."

끊자마자 또 전화가 울렸다. 범찬은 한숨을 푹 뱉으며 입을 열었다.

"생각해 본다고 했는데 왜 또 전화했어!"

범찬은 의뢰를 통해 섭외 비용을 알아냈다. 인터넷으로 견적 문의는 물론이고 업체에 직접 전화해서 섭외 비용을 알아냈다. 이벤트 업체에서는 행사를 놓치지 않으려는지 계속 전화를 걸어왔다.

"아오, 사람 미안해지게 왜 이렇게 연락하는 거야."
"솔직하게 말하고 알아보지."
"야, 그랬는데 벌레 쫓듯이 끊어버리더라."
"아무튼 수고했어."

한겸은 범찬을 달래고선 정리한 자료들을 나열했다.

"생각했던 거보다 업체 수도 많고 행사도 많네."
"일정 조사하다 보니까 피크가 있긴 해도 대부분 행사가 계속 있어. 가장 많은 건 당연히 MC들이고, MC 같은 경우는 이벤트 업체 소속이 많아."
"응. 수고했어. 행사 내용에 캐리커처가 있을 경우는 보통 세 네 명을 섭외하네."
"큰 기업 같은 경우는 열 명도 있긴 해. 그런데 기업에서 섭외

할 때는 대부분 실내에서 할 때만 섭외해. 제일 많은 건 지역에서 진행하는 문화 행사고. 교회 등 하는 곳은 상당히 많아. 그만큼 캐리커처 작가도 엄청 많고."

한겸은 고개를 끄덕거렸다. 행사가 이렇게 많았나 할 정도로 많은 행사가 진행되고 있었다. 하지만 섭외가 많은 만큼 캐리커처 작가들도 상당히 많았다.

"그래도 반응은 꽤 좋네요? 만족도가 상당한데요?"
"실질적으로 받는 게 있어서 그런지 연령 구분 없이 만족도가 높더라고. 만족도가 높은 행사 내용 대부분은 관객이 참여하거나, 뭘 주거나 하는 행사였어."
"그럼 만족도는 높지만 작가들 수가 많다는 게 걸리네요. 행사 비용은 생각보다 괜찮은데."

범찬은 고개를 끄덕이더니 입을 열었다.

"그것도 어디서 하는 행사에 따라 천차만별이긴 한데 일당으로 받으니까 괜찮을 거 같아. 행사 시간당 다르지만 대략 5만 원 정도는 되는 거 같아. 보통 적어도 3시간은 진행하고. 그리고 하루 종일 그릴 수 있다더라. 흑백으로는 안 그리고 컬러로 10분 정도 걸린대. 기존 작가들보다 조금 빠른 편이었어. 참, 글씨로 그리는 건 적어도 3시간은 걸린대. 네 얼굴 그리느라고 3시간 걸린 거야!"

한겸은 피식 웃고선 말을 이었다.

"엄청 빠르네. 그럼 어떻게 승기 씨를 홍보하냐는 것만 생각하면 되겠다. 일단 장점부터 나열해 보자."
"음……."
"캐리커처는 잘 그리는 사람이 많아서 특별하게 잘 그리는 거 같진 않고. 그렇다고 글자로 그리라고 하면 최소 3시간씩 걸린다고 그랬으니까 안 되겠네."

막상 장점을 찾으려 하니 쉽게 떠오르지 않았다. 그때, 범찬이 자신이 준비한 자료를 보며 중얼거렸다.

"남들 10장 그릴 때, 15장 그리는 거. 우리 승기가 속도는 짱인데. 그리고 포토샵도 가능하잖아. 휴대폰으로도 그림 그리는 거 봤지?"

그러자 종훈이 고개를 젓더니 범찬의 말을 반박했다.

"속도 빠르면 손만 아프지. 같은 돈 받고 더 일해야 되잖아."
"형은 왜 내 말에만 찬성 안 해요. 속도 빠르면 좋지."

그 말을 듣던 한겸은 갑자기 입을 열었다.

"평균 작가들이 15분 정도 걸린다고 그랬지? 승기 씨는 10분이고. 그럼 5분 정도 더 빠르네."

"더 빠른 사람도 있지만, 평균적으로는 그렇겠지."

"그럼 우리 C AD 그리는 데 얼마나 걸렸지? 한 5분?"

"그보단 더 걸렸을걸? 그런데 그건 세 글자니까 괜찮지. 한글 이름 적으면 더 오래 걸리겠는데?"

"영어 약자로 적으면 되잖아. 그럼 세 글자일 거 아니야. KHG, CBC, BSJ, NJH. 게다가 어디에 글씨 적어놔도 어울릴 거야. 그럼 그림 받는 만족도가 더 높아지지 않을까?"

"남궁옥분 이런 이름은 4개잖아. 그리고 어디에 글씨 적어도 어울리는지 네가 어떻게 알아?"

"난 알아. 그리고 휴대폰으로도 그림 그리고."

그림이라서 색이 보이진 않겠지만 승기가 그려준 배경에서 본 것처럼 분명 잘 어울릴 것 같다는 생각에 자신 있게 말을 뱉었다. 범찬은 그런 한겸을 보며 어이가 없다는 듯 고개를 저었다.

*   *   *

승기에게 연락해 회의에서 나왔던 내용을 설명하고 승기의 의견을 들었다.

"그런데 저를 쓰려고 할까요?"

"쓸 거예요. 그림 잘 그리잖아요."

"감사해요. 그렇게 되면 걱정할 필요도 없어서 좋을 거 같아요."

"그래요. 그럼 이벤트 업체에 승기 씨를 어필하도록 할게요. 일단 캐리커처 좀 그려줄 수 있을까요? 얼마나 걸리는지 정확히 알고 싶어서요."

"그럼 어떤 분으로 그려 드릴까요?"

오늘은 범찬과 종훈까지 함께였다. 한겸과 범찬은 이미 글자로 된 그림이 있었기에 종훈을 그려달라 부탁했다. 승기는 곧바로 그림을 그리기 시작했고, 10분이 채 되기 전에 그림을 완성했다.

"9분 8초면 정말 빠르네요. 거기에 이름도 좀 써줄 수 있어요? C AD처럼 글자로요."

"네. C AD로 할까요?"

"NJH으로 해주세요."

다시 승기가 작업을 시작했다. 잠시 뒤 그림이 완성되자 확인을 한 뒤 한겸에게 보여주었다.

"합쳐서 17분. 글자가 조금 오래 걸리네요. 그런데 혹시 이 옆에도 글자 옮겨서 적어줄 수도 있어요?"

"이거 덧칠해서 지우고 적을까요?"

위치를 옮겨가며 몇 번이나 글씨를 그렸다. 한겸은 만족한 얼굴을 하고선 범찬을 쳐다봤다. 그러자 범찬은 어이없다는 표정으로 입을 열었다.

"진짜 신기하네. 어떻게 알았어? 무당이냐?"
"하하, 그냥 승기 씨 그림 특성상 그렇게 느껴졌어."
"한겸이 말이 맞아. 우리 배경 그렸을 때도 그랬잖아."
"뭘 다 맞대."

물론 색은 보이지 않았지만, 어울린다는 건 느낌으로 알 수 있었다. 자신만 그렇게 느낀 것이 아니라 범찬과 종훈도 마찬가지였다.

"시간도 적당하고 좋네요. 참, 휴대폰으로도 그림 그린다고요?"
"네. 그렇긴 한데……."
"한번 보여줄 수 있을까요?"

승기는 상당히 멋쩍어하며 휴대폰을 보여주었고, 한겸은 또다시 놀랄 수밖에 없었다. 그림이 문제가 아니라 휴대폰이 문제였다.

"이거 휴대폰 터질 거 같은데요?"
"아, 샀을 땐 멀쩡했는데 오래 써서 그런가 봐요. 이건 그냥 그림만 그리는 용이라서 괜찮아요."

옆에 있던 범찬도 휴대폰을 보더니 경악했다.

"이거 배터리 엄청 부풀었는데?"

"중고로 샀더니 배터리를 하나밖에 안 주더라고요."

"헐. 돈 아끼려고 중고 샀어?"

"네. 웹툰 그리는데 펜이 익숙지 않아서 연습하려고 샀어요. 이거 덕분에 많이 익숙해졌어요."

"그럼 다른 폰은?"

"여기 전화되는 폰은 따로 있어요."

"효도폰이냐?"

"아니에요. 그거 바로 위예요. 하하."

승기는 웃으며 휴대폰의 그림을 보여주었다. 연예인부터 동물들까지, 넘겨도 넘겨도 끝이 없었다.

"와, 휴대폰으로 이게 돼?"

"네. 잘 보면 약간 엉성해요. 그래도 비슷한 느낌은 줄 수 있고, 손으로 그리는 거보다 빠르고 편해요."

"진짜네. 글자도 좀 더 크고. 그래도 느낌은 비슷한데?"

한겸은 그림 연습하려고 펜이 있는 휴대폰까지 구매한 승기가 기특했다. 그림 역시 기대 이상이었다. 이 정도라면 어필할 수 있는 승기의 장점이 하나 더 늘어난 거라고 볼 수 있었다.

"종훈이 형, 형 휴대폰 펜 있는 거죠?"

"응, 스페이스 북 10이야. 그리려면 뭐 앱 깔까?"

종훈이 승기에게 휴대폰을 건넸다. 승기는 매우 조심스럽게 휴대폰을 받아 들고선 앱을 깔고 곧바로 그림을 그렸다.

"이거 진짜 좋다. 이건 얼마예요?"
"나오자마자 사서 130 정도 될 거예요. 할부로 나가서 정확히는 잘 모르겠네요."
"엄청 비싸네."
"그래도 이제 11 나오잖아요."

승기는 대화를 이어나가며 그림을 그렸고, 몇 분 뒤 그림을 완성시켰다. 그러자 범찬이 승기의 어깨에 팔을 두르며 말했다.

"잘 그리네. 너 나중에 웹툰 그릴 때 주인공 이름 최범찬 어때."
"원래 이름 있는데. 알았어요. 형 이름으로 할게요."

한겸은 둘의 대화를 듣고선 피식 웃었다. 그러고는 승기에게 말했다.

"휴대폰에 있는 그림 전부 메일로 보내주세요."
"네, 집에 가서 보낼게요. 다 저장되어 있거든요."
"알겠어요. 그리고……."

한겸이 말을 멈추자 모두의 시선이 한겸에게 향했다. 한겸은 잠시 고민하더니 고개를 돌리고 입을 열었다.

"웹툰 주인공 개로 하면 어때요?"
"네?"

다들 고개를 갸웃거리는 것도 잠시, 한겸이 말한 의도를 알아
차렸는지 범찬을 제외한 모두가 크게 웃었다.

"하하, 난 찬성!"

*　　　　　*　　　　　*

동아리실에 자리한 한겸은 승기가 보낸 그림들을 넘겨보던 중
이었다. 초반에 그렸던 그림까지 보니 실력이 점점 향상되고 있
다는 게 느껴졌다.

'손 그림이 좋을까. 아니면 컴퓨터를 이용한 그림이 좋을까. 아
예 영상을 찍을까? 어떤 걸로 해야지 색이 보일까? 승기가 만약
에 빨갛게 보이더라도 배경만큼은 회색이어야 하는데.'

그림을 보던 한겸은 그림 위에 마구잡이로 글씨를 써보기 시
작했다.

"백승기. 행복을 그려 드려요. 행복을 그리는 남자 백승기. 인

생을 스케치하세요. 백승기."

"뭐 하는데 자꾸 승기를 불러."

"아, 카피. 아무래도 승기 씨를 홍보하는 거니까 이름이 들어가야 할 거 같아서."

이름이 들어가서인지 아무래도 느낌이 살지 않았다. 게다가 광고가 아니라는 듯 아무런 색 변화가 없었다. 어떤 식으로 만들어야 색이 보일지 판단이 서지 않았다. 그래도 덕분에 승기의 그림을 제대로 감상할 수 있었다. 다시 한참이나 카피를 적어보던 한겸은 그림을 내려놓고 팀원들을 불러 모았다.

"휴대폰이나 태블릿으로도 가능하니까 경쟁력이 더 생길 거 같아. 회의 내용에서 나왔던 것도 다 확인했고, 어떻게 승기를 어필하냐는 것만 남았어. 다들 생각해 봤어?"

한겸의 질문에 각자 생각해 왔는지 하나씩 의견을 꺼내놓았다. 가장 첫 번째로 입을 연 사람은 범찬이었다.

"이벤트 업체에 이력서처럼 보여줘야 하는 거니까 아무래도 실력을 보여줘야 하잖아. 그래서 이력서를 그리는 거야. 글자로 채우고 이력서에 붙은 사진은 캐리커처로 대신하는 거야. 확실히 눈에 띄지 않을까?"

"난 손으로 그리는 것도 좋지만 휴대폰으로 그리는 게 좋을 거 같은데. Y튜브에 올라온 영상을 비교해 봤거든. 손으로 그린 건 엄청 많은데 휴대폰이나 컴퓨터를 이용해서 그린 건 적더라고. 있다고 해도 사진을 바탕으로 변형시키는 정도였고. 그래야 희소성이 있지 않을까 해."

두 사람의 의견은 한겸이 생각해 온 것과 비슷했다. 한겸이 생각한 이유까지 비슷했다. 하지만 어딘가 아쉽게 느껴졌다. 한겸도 딱히 해결책은 없는 상태였다. 일단 두 사람의 의견을 정리하며 마저 생각해 보기로 했다. 그때, 마지막으로 수정이 입을 열었다.

"영상으로 찍자."
"누가 방 PD님 딸 아니랄까 봐. 그걸 어떻게 찍어서 어떻게 보내. 미디어 광고 할 것도 아닌데."
"요즘 자기 어필 시대잖아. 아무리 직원이 아니고 프리랜서라고 해도 이벤트 업체니까 형식을 따지기보다 기발한 사람을 더 좋아할 거 같아."

한겸은 이번에도 고개를 끄덕거렸다. 자신이 생각했던 것들이 전부 나왔다. 아직 어떤 식으로 승기를 홍보할지 결정되진 않았지만, 다들 노력해 온 것 같은 모습 때문에 미소가 지어졌다.

"어떤 식으로 영상을 찍었으면 좋을까?"
"승기 걔가 그림 그리는 게 신기하잖아. 처음에 그릴 때보면 뭘 그리나 싶잖아. 그런 걸 전부 보여주려면 영상밖에 없다고 생각해."

"괜찮네. 승기 씨가 그림 그릴 때 보면 합체하는 것처럼 보이니까. 오, 좋다."

한겸이 좋다고 한건 수정의 의견이 좋다는 게 아니었다. 수정의 의견을 듣고 나니 좋은 생각이 떠올랐다. 모두의 의견을 반영할 수 있을 것 같은 생각에, 한겸은 아이디어를 정리하기 시작했다.

범찬과 종훈은 한겸이 수정의 의견에 찬성했다고 오해하고는 각자 자신의 의견을 적극 호소했다.

"역시 손으로 그려야 한다니까."

"컴퓨터로 해도 되잖아. 안 그래, 수정아?"

"무슨 소리예요. 손으로 그려야지 사악사악 소리도 나고 그러지."

"그럼, 한겸이 의견 들어보자. 아직 한겸이 의견 남았잖아."

두 사람은 곧바로 한겸을 불렀고, 생각을 정리하던 한겸은 두 사람을 쳐다보고선 입을 열었다.

"내가 생각해 온 거 다 얘기했어. 그림으로 할까, 그래픽으로 할까, 아니면 영상으로 할까 생각했는데 각자 다 말했잖아. 나 잠깐만 이것만 정리하고."

한겸은 사실대로 말했지만, 다른 사람들은 의심의 눈초리를 보냈다.

"겸쓰, 너 안 했지? 이 자식이! 하루 종일 뭐 했어."
"그래. 열심히 해야지. 혹시 카피 만들었어?"

수정은 말은 하지 않았지만, 둘과 똑같은 눈빛이었다. 어이가
없어진 한겸은 헛웃음을 뱉었다. 그러고선 정리 중이던 생각을
꺼내놓기 시작했다.

"일단 기본은 수정이가 말한 대로 가자. 영상으로 승기가 그리
는 모습을 담는 거야. 대신 한 가지로 하는 게 아니라 손 글씨와
그래픽, 그리고 휴대폰까지 셋 다 사용하는 거야."
"그럼 번잡해 보일 거 같은데."
"같은 그림을 그리게 해서 교차편집으로 마치 하나처럼 보이
게 해야지. 그리고 마지막에는 승기가 나오면서 세 가지 그림을
각각 보여주고 비교할 수 있게 하는 거야. Testimonial 기법하고
Direct Product Comparison 기법 중 일부만 섞은 거야."
"실연 기법은 직접 보여주는 거니까 그렇다고 쳐도 다이렉트
는 다른 기업 비교하는 거잖아."
"응, 다른 제품과 비교하는 대신 자기 스스로를 비교해서 보여
주는 거야."

한겸은 이렇게 영상을 찍으면 어떤 색이든 보일 것 같았다. 영
상보다는 모델이 걱정이었다. 승기는 다른 사람들처럼 회색빛만

보인 상태였다. 그때, 한겸의 의견에 수정이 고개를 끄덕이며 입을 열었다.

"그럼, 촬영이나 편집까지 우리 아빠한테 부탁해야 하겠네."
"응. 방 PD님한테 부탁드려야지. 우리 전에 DH에서 받은 거 있으니까 비용은 될 거 같아."
"아니야. 내가 승기 영상 찍는 거 생각하면서 물어봤어. 그래서 얘기했더니 아빠도 도와준다고 하셨어."
"아니야. 그래도 드릴 건 드려야지. 그럼 시안을 짜서 PD님 만나봐야겠다."

한겸이 말을 끝내자 범찬이 고개를 갸웃거리며 입을 열었다.

"묘하게 우리 의견 합친 거 같으면서도 아닌 거 같단 말이야."
"내 의견이야."
"그러니까. 지금 생각한 건 아니지?"
"하하, 원래 좋은 생각은 문득 드는 거야. 그럼 마지막으로 카피를 좀 생각해 보자."

한겸의 입에서 나온 말에 다들 놀랍다는 얼굴로 한겸을 쳐다봤다.

"카피 귀신이 어쩐 일이야?"
"잘 생각이 안 나서 그래."

"오늘 이상하네. 의견도 우리 의견 합치더니 지 의견이라고 그러고. 카피도 생각 안 하고. 이상해."

한겸은 피식 웃고선 입을 열었다.

"그럴 때도 있는 거지. 생각은 많이 해봤는데 잘 안 어울리는 거 같아서. 계속 승기 씨 이름이 들어가니까 이상하더라고."
"하긴 제품이 승기나 다름없으니까 이름을 넣어야지."
"그런데 이제는 그림에 백승기라고 나오니까, 이름은 빼도 될 거 같아. 승기를 어필하는 단어가 뭐가 있을까? 솔직히 말해서 승기 씨 사정을 아니까 제대로 된 생각이 안 나는 거 같아."

다들 마찬가지였는지 고개를 끄덕였다. 범찬도 이해한다는 듯 한숨을 뱉으며 말했다.

"너 그래서 아까 자꾸 행복, 행복 그랬구나? 하긴 나도 승기가 좀 행복했으면 좋겠다고 생각 들더라."
"그래서 그런가 봐."

한겸은 괜히 멋쩍은 기분에 애꿎은 코 밑만 만져댔다. 그 뒤로도 회의가 이어졌지만, 한참이 지나도 좋은 의견이 나오지 않았다. 이렇게 잡고 있어봤자 좋은 카피가 나올 것 같지 않았다. 아직 할 일도 남아 있었기에 카피에 대한 일은 일단 미뤄두는 편이 좋을 것 같았다.

"일단 좀 더 생각해 보고 정 안 되면 영상부터 제작해서 모르는 사람한테 승기가 어떻게 보이냐고 물어보자."

"그게 좋겠네. 좀 객관적으로 볼 수 있을 거 아니야. 그럼 끝?"

"아니, 남았는데. 한 가지 더 남았는데 이건 진짜 나도 모르겠다."

"뭔데?"

"영상 찍으면 음악이 있어야 하잖아."

"오 마이 갓! 너무 커지는 거 아니냐?"

"저작권 없는 걸 찾아야 해."

범찬은 벌써부터 걱정된다는 듯 이마를 부여잡았고, 한겸 역시 음악만큼은 자신이 없었기에 걱정하는 팀원들에게 평소처럼 자신감을 심어줄 수 없었다.

*　　　　*　　　　*

며칠 뒤, 한겸은 Do It 프로덕션에서 촬영을 준비 중이었다. 전날 미리 세부적인 계획을 들었던 승기는 촬영까지 한다는 말에 걱정스러워하고 있었다. 그리고 장비 확인을 하던 방 PD도 마찬가지였다. 수정에게 이미 듣기는 했지만, 개인 영상을 찍으면서 이렇게까지 공을 들이는 건 처음 봤다.

모든 준비가 끝나자 한겸이 승기에게 말했다.

"그럼 손 그림부터 시작할까요?"

"네. 후우."

"긴장하지 않아도 돼요. 평소 하던 대로 해요. 거울 위치는 괜찮아요?"

"네, 딱 좋아요."

"그럼 잠깐 아무 그림이나 스케치 해볼래요?"

승기가 스케치를 시작하자 한겸은 곧바로 방 PD의 옆으로 이동해 질문을 했다.

"PD님 손 위치 괜찮아요? 그림 가리지 않아요?"

"괜찮아. 약간 눕혀서 그려서 그런지 딱 좋아. 저 정도면 지우기 쉽겠어. 휴대폰하고 포토샵은 화면 녹화하면 되니까."

"다행이네요. 잘 합쳐지겠죠?"

"이 정도면 위화감 없겠는데?"

"그럼 이대로 시작할까요?"

휴대폰과 컴퓨터로 그린 그림과 손 그림을 하나처럼 합치기 위해서 승기의 손을 화면에서 지울 예정이었다. 방 PD가 시작하라는 손짓을 하자 한겸은 곧바로 승기에게 시작하라고 말했다. 그러자 승기가 스케치북에 선을 그리기 시작했다.

"이야, 그리는 방법이 진짜 신기하네. 뭐 그리는지 짐작도 안 가는데?"

"저도 처음 봤을 때 신기하더라고요."

"이러면 확실히 영상 보여주는 게 도움 되겠네."

프로덕션의 직원들까지 나와 승기의 그림을 구경했다. 잠시 후 승기가 그림을 완성한 뒤 자신의 이름을 적기 시작하자 방 PD가 혀를 내두르며 입을 열었다.

"이야, 기가 막히네. 빈 공간까지 계산해서 쓰는 거야?"

"네. 다 써놓고 지우개로 지운 거 같죠?"

"어. 그렇게 한 건 줄 알았는데 아니었네."

방 PD가 감탄하는 사이 승기가 그림을 완성시켰다. 그러자 방 PD는 박수를 보내고선 프로덕션 직원에게 지시했다.

"휴, 중일아, 테이블 위치 옮겨라. 학생은 시놉에서 봤던 대로 그림을 가슴팍에 양손으로 들고 있는 거예요. 그다음 그림을 왼손으로 들고 올리고요. 한번 해봐요."

"이렇게요?"

승기가 포즈를 잡자 한겸이 나섰다.

"팔을 조금 올려볼래요? 양손 다 올려요. 음⋯⋯."

"이렇게요⋯⋯? 조금 이상한 거 같은데⋯⋯."

"좀 그렇죠. 이리저리 조금 움직여 볼게요. 가슴에는 휴대폰 그림, 오른손에는 컴퓨터로 그린 거 들고 있는 것처럼 만드니까."

한겸은 한참이나 승기의 포즈를 잡아주었다. 그 모습을 보던 방 PD는 왜 저러냐는 얼굴로 수정을 봤고, 수정도 모른다는 듯 고개를 저었다. 그때, 한겸이 씨익 웃으며 뒤로 물러났다.

"광고 잘 나올 것 같아요. 오케이, 딱 좋아요. 그렇게만 해요. 팔 더 구부리면 안 돼요."

그 모습을 보던 방 PD가 고개를 갸웃거렸다.

"아까랑 뭐가 달라?"
"많이 달라요. 팔꿈치 각도랑 그림 각도."

방 PD는 이해할 수 없다는 듯 고개를 젓고는 촬영을 시작했다. 그 촬영까지 마친 뒤 다시 포토샵으로 그리는 작업이 시작되었다. 화면을 녹화하는 형식이었기에 따로 카메라는 필요 없었다. 그런데 그림을 그리기 시작한 승기가 약간 버벅거렸다. 한겸은 그런 승기의 어깨를 가볍게 주무르며 입을 열었다.

"비율을 너무 딱 맞추려고 안 해도 돼요. 조금 달라도 PD님이 다 맞춰줄 테니까 편하게 해요. 대신 그림은 최대한 비슷하게 해주고요."
"네, 휴우."

승기는 잘해보겠다는 듯 손을 푼 뒤 그림을 그리기 시작했다. 이번에도 C AD 팀원들과 프로덕션 직원들까지 얼굴을 들이밀며 구경했고, 전부 감탄하기 바빴다.

"마술 같은데?"
"시간 가는 줄 모르겠네."
"PD님, 이거 몇 초예요?"
"15초일걸?"

방 PD는 확인차 한겸을 봤다. 한겸은 고개를 끄덕거리며 입을 열었다.

"마지막이 가장 중요한데 너무 길면 마지막까지 안 볼 수가 있어요. 화면은 속도감이 좀 있어야 되고요. 그렇다고 너무 정신없게 빨라서 혼란스럽거나 번잡해 보이면 안 돼요. 길게 편집한 영상도 따로 주셔야 되고요."

"알아, 너희들 SNS에 올린다고 말했잖아. 그런데 말이야. 너 우리 편집하는 거 지켜볼 거 아니지?"

"봐야죠."

"아니야, 아니야. 오지 마! 내가 잘해서 보낼 테니까. 네가 짠 시놉대로 해서 보내면 되잖아."

"아니에요. 카피도 작업하고 해야 되니까요."

"아니야, 아니야. 카피 정하면 넣어줄 테니까 오지 마."

한겸이 작업하는 걸 본다는 말에 방 PD가 질색했다. 한겸이 얼마나 깐깐하게 구는지 알고 있던 C AD 팀원들은 방 PD를 보며 웃었다. 승기 역시 그 모습을 보며 웃으면서 말했다.

"다들 저 때문에 고생하시는데 제가 해드릴 건 없고 캐리커처라도 그려 드리고 싶은데."
"그럴까? 안 힘들겠어요?"
"괜찮아요. 그럼 좁으니까 한 분씩 그릴게요."

수정은 승기한테 부담을 준다고 생각했는지 인상을 찡그리며 방 PD에게 속삭였다.

"애 힘들게 뭐 하러 그래."
"아빠는 안 힘드냐?"
"한겸이가 다 비용 지불한다고 했잖아."
"그래도 저래야 저 친구 마음도 편한 거야. 한겸이, 안 그래?"

한겸이 맞다는 듯 고개를 끄덕이자 방 PD는 웃으며 입을 열었다.

"그것 봐라. 저런 게 다 추억이 되는 거야. 우리나 저 학생이나."
"그럼 사진을 찍든가."
"낭만이 없잖아!"

"아빠, 갱년기야?"

"쯧쯧, 어떻게 너는 낭만을 몰라. 지 엄마랑 똑같아서는."

옆에서 대화를 듣던 한겸은 갑자기 종이에 무언가를 적기 시작했다. 한참을 지웠다 새로 썼다를 반복하더니 종이를 보며 입을 열었다.

"낭만을 담아 추억을 그리다. 이거 카피로 어때요? 이상해요?"

"어… 두고 가."

"추억을 담아 낭만을 그리다? 추억을 담아 낭만을 남기다. 어? 이게 더 나은 거 같지 않아요?"

"응, 두고 가래도."

한겸은 색이 보일지는 모르겠지만 꽤나 만족스러운 카피가 나온 것 같아 쉴 새 없이 의견을 내놓았다.

*　　　　*　　　　*

그 뒤, 오래 지나지 않아 방 PD로부터 완성된 영상이 도착했다. C AD 팀원들 모두가 그 영상을 보는 중이었다.

"진짜 잘 만들었다. 너희 아버지 실력 장난 아닌데?"

"신경 많이 써주셨어. 한겸이도 수고했고."

"하하하. PD님 완전 좋아하던데. 겸쓰가 어쩐 일로 지적을 별로 안 하더라고. 그런데 잘 만들어서 그런지 진짜 TV 광고 같다. 막 프린터 같고 그렇지 않아? 앱솔루리 컬러! 세상의 모든 색. 꼭 그런 광고 같다. 겸쓰, 안 그래?"

한겸은 고개를 끄덕이고선 화면을 계속 쳐다봤다. 카피가 안 들어가서인지 회색이 아니라 승기가 그리던 그대로 보이고 있었다.

'영상은 정말 좋은데. 왜 색이 안 변해… 추억을 담아 낭만을 남기다. 진짜 좋은 거 같은데.'

작업하는 것을 지켜보며 혹시나 싶어 카피를 넣어달라고 부탁했다. 하지만 카피를 넣어봐도 다른 색으로 변하지 않았다. 카피조차 입력한 색 그대로 보였다. 그러다 보니 광고로 쓸 수 없는가 하는 생각 때문에 머리가 복잡했다

한참을 생각하던 한겸은 마지막 장면만 캡처해서 프린터로 뽑았다. 그러고는 그 위에 아무런 글이나 적어보기 시작했다. 하지만 전혀 변화가 없었다.

"이거 괜찮단 말이야. 추억을 담아 낭만을 남기다. 캬아. 뭔가 시적이야. 이거로 할 거지?"

"휴우. 아니, 이건 안 되겠어."

"왜? 진짜 좋은데? 승기도 좋아하던데?"

"음. 그래도 좀 더 알아보자. 일단 저번에 말한 대로 사람들한테 영상 보여주고, 어떻게 보이는지 조사해서 다시 카피 짜자."

"설문조사… 오랜만이네……."

이미 설문조사가 얼마나 힘든지 알고 있던 범찬과 종훈은 걱정된다는 얼굴이었고, 경험이 없는 수정은 걱정 없는 얼굴로 나갈 준비를 했다. 그때, 누군가가 동아리실을 노크했다.

"어, 센터장님. 안녕하세요."
"그래요."

센터장은 무척이나 불편한 얼굴을 하고선 들어오자마자 입을 열었다.

"그, SNS에 왜 아직도 수정을 안 했나요?"

그 말을 들은 범찬은 미소를 지으며 입을 열었다.

"아, 그거요. 이제 홈페이지 만들면 그때 같이 바꾸려고 했죠. 홈페이지 구성도 거의 다 했거든요. 아주 멋있게 나왔어요. 동인대학교 창업동아리 C AD! 그것 때문에 오신 거예요?"
"크흠. 그랬군요. 그것 때문에 왔다기보다는 그냥 지나가다가 응원차 들른 겁니다."
"센터장님이라면 언제든지 환영입니다!"

센터장은 범찬의 아부에 기분 좋은 미소를 지었다. 그러고는 동아리실을 둘러보며 입을 열었다.

"이제 슬슬 더워질 텐데 에어컨 잘 나오는지 확인하고 안 되면 센터에 말해요."
"네! 알겠습니다."
"그런데 또 어디 제품 광고 맡았습니까?"
"네. 그렇긴 한데. 이건 돈이나 명성을 올린다기보다 저희의 한계를 실험해 보는 광고라고 할까요? 하하."
"그렇군요. 모델은 우리 학교 학생인가요? 그럼 모델 이름을 조그맣게 넣는 건 어떤가요? 동인대 누구누구라고."
"아! 센터장님 말처럼 학교 학생이었으면 그렇게 할 텐데, 아쉽게도 동인대 학생은 아닙니다."

그 말을 들은 센터장은 관심이 없다는 듯 고개를 돌렸다. 그러고는 수고하라는 말과 함께 동아리실을 나섰다. 그러자 범찬이 한숨을 쉬며 말을 했다.

"아니, 무슨 센터장이 순찰 도는 거 같아! 도대체 왜 오는 거야!"
"어, 다시 오셨어요?"
"너무 챙겨주셔서 감사… 아나, 방수정이한테 속았네."

두 사람의 장난에도 한겸은 아무런 반응이 없었다. 센터장 덕분에 부족한 게 뭔지 알 것 같았다. 한겸은 잠시 생각을 하더니 큰 목소리로 입을 열었다.

"설문조사 할 필요 없어."

"응?"

"그림에 대해서만 소개하고 정작 승기 씨를 써달라는 내용은 없었어! 그냥 실력 자랑하고 있었던 거야. 마치 Y튜브에 올라오는 영상들처럼."

"그렇게 말하니까 그런 거 같네."

"다른 거 필요 없을 거 같아. 그냥 승기 씨 SNS 주소, 초콜릿 톡 아이디나 휴대폰 번호를 적어보자."

"번호 노출되면 어떻게 해."

"그건 이벤트 업체 쪽에 보내는 영상에만 적어놓아야지. 안 되겠다. 일단 해봐야지!"

한겸은 말도 끝나기 전에 프린트한 종이에 카피를 적기 시작했다. 다들 그 모습을 지켜볼 때 글자를 모두 적은 한겸이 고개를 들고 씨익 웃었다.

"됐다. 이거로 하면 돼! 나 프로덕션에 다녀올게."

＊　　　＊　　　＊

"글씨체를 조금 바꿔볼까요?"

한겸은 무척이나 밝은 목소리로 말을 했지만, 프로덕션 직원인 중일은 옆에서 들려온 말에 흠칫 몸을 떨었다. 다른 직원들이 하는 모습을 볼 때는 재밌어 보였는데 막상 해보니 끝이 없었다. 별 차이도 느껴지지 않는데 몇 시간째 수정만 반복 중이었다.

"음."

"왜?"

"이것들도 전부 승기 씨한테 그려보라고 해야겠어요."

한겸은 곧바로 전화를 꺼내 들더니 승기에게 전화를 걸었다. 그러고는 혼자 앉아서는 종이에 끄적거리고 있었다. 그 모습을 본 방 PD는 고개를 갸웃거렸다.

"쟤 왜 저래?"

"몰라요. 갑자기 카피가 빨갛다고 그러더니 또 화면이 회색이라고 그러고. 그러더니 계속 실실 웃어요."

"어, 너도? 너도 그랬어?"

"야, 나도."

"이거 미친놈 아니야. 힘들어서 그런 거니까 내가 이해해야지. 후. 그런데 얼마 안 남았나 본데?"

"끝도 없이 수정하는데요? 막 실실 웃으면서 저러니까 더 무서워요."

"아니야. 얼마 안 남았어. 쟤가 실실 웃기 시작하면 끝이 보이는 거 같거든."

그때, 한겸의 휴대폰이 울렸다. 잠시 뒤 통화를 마친 한겸이 웃으며 다가왔다. 그러고는 승기가 보낸 파일을 다운받았다.

"이것 좀 올려봐 주세요."
"여기 밑 부분에?"
"오. 변한다."
"그러게. 이게 훨씬 좋은데. 여기에다 둘까?"

중일은 곧바로 파일을 영상의 마지막 부분에 올려놓고는 한겸의 말을 기다렸다. 그런데 한참이 지나도 말이 없었다. 중일은 이상함에 고개를 돌려 한겸을 쳐다봤다.

"뭐… 뭐야. 왜 그렇게 웃고 있어."
"하하, 됐어요. 감사합니다!"

한겸은 무척이나 기뻐하며 양손의 주먹을 불끈 쥐었다. 영상의 가운데에는 방 PD의 말에서 힌트를 얻어 만든 '추억을 담아 낭만을 남기다'라는 카피가 적혀 있었다. 그리고 그 밑으로 빽 캐리커처란 글자와 승기의 연락처가 그려져 있었다.

자신이 적었을 때는 카피는 빨갛게 보였고, 배경은 회색이었다. 그런데 승기가 그런 글로 대체하자 빨갛게 보이던 카피를 비롯해 배경까지 색이 변했다. 제대로 만든 광고였다. 한겸은 또다시 주먹을 불끈 쥐었다. 그러고는 영상을 처음부터 재생해 달라고 했다. 예전 'Ready'라는 차 광고 때는 마지막 부분에서만 색이 보였기에 앞부분도 확인이 필요했다.

영상이 재생되자 한겸은 모니터를 보며 씨익 웃었다.

"노랗네."

자신의 아이디어로 만든 DH의 광고와 똑같았다. 카피가 들어
간 인쇄는 색이 보였고, 영상은 모두 노랬다.

*   *   *

C AD 팀원들은 한겸이 영상을 가져온 뒤 며칠 동안 같은 일
을 반복했다. 그러던 중 한겸의 입에서 먼저 그만하자는 말이 나
왔다.

"후. 안 되겠다. 이 정도로 마무리해야겠어."
"정말? 네가 어쩐 일이야?"
"다른 거 넣어도 잘 모를 거 같아."

끝날 것 같지 않던 작업을 그만하게 됐지만 팀원들은 처음 겪
는 상황에 오히려 불안했다. 불안해하는 모두의 모습을 본 한겸
은 피식 웃으며 입을 열었다.

"음악은 뭐가 어울리는지 도저히 모르겠어. 뭘 넣어도 변화도
없는 거 같고."

"그렇긴 하지. 그럼 뭐로 할래?"

"방 PD님이 추천해 줬던 거로 하는 게 나을 거 같아. 휴."

한겸도 노랗게 보인 채로 끝을 내야 하는 게 아쉽긴 했지만, 배경음을 넣는 것만큼은 도저히 답이 보이지 않았다.

"나중에는 음악 잘 아는 사람 알아봐야겠다."

"그럼 필요한 사람이 경영해 줄 사람하고 음악 감독이야?"

"일단은 그렇긴 한데. TV 광고도 하려면 미디어 마케터도 있어야 되고. 아니면 미디어랩 회사한테 외주 줘야 하니까. 아무튼 사람은 천천히 구하고 일단 이거부터 마무리하자."

"오케이, 내가 PD님한테 연락할게."

한겸은 고개를 끄덕인 뒤 종훈에게 말을 했다.

"형, 리스트 작성은 다 됐어요?"

"응. 담당자 메일 주소가 있는 곳도 있고 없는 곳도 있어. 전화번호도 대표전화만 있는 곳도 있고."

"괜찮아요. 전화해서 물어보면 알려주겠죠. 리스트 좀 주세요."

종훈은 미리 정리해 둔 자료를 한겸에게 건넸다.

"뭐가 이렇게 많아요? 저번보다 더 늘어난 거 같은데."

"아니야. 업체 수는 똑같은데 맡았던 행사 중에 큼지막한 것만 넣어둬서 많아 보이는 거야."

"훨씬 보기 편하네요. 스마일? 여기는 규모가 커요?"

"그냥 보통인 거 같던데. 기업 행사 전문이야."

"와, 동양 행사도 맡았네. 동양그룹하고 이름만 같은 거 아니죠?"

"응, 그 동양 맞아. 인터넷에 찾아보니까 조그맣게 기사도 나왔더라고. 사내 문화 행사라 매년 하더라고."

"그럼 스마일에서 휴대폰 쇼케이스 이런 것도 맡아요?"

"아니지, 행사는 동양전자에서 하는데 그건 아닐 거야. 동양기획이 있는데 남한테 안 맡기지. 그러기엔 너무 중요하잖아. 스페이스면 세계에서 취재 오는데."

한겸은 곧바로 인터넷으로 행사에 대해 알아봤다. 종훈의 말처럼 기사가 몇 없었기에 스마일의 사이트까지 들어갔다. 한참을 뒤적거리며 찾아보던 한겸은 아쉽다는 얼굴로 말을 이었다.

"와, 아쉽다."

"뭐가 아쉬워?"

"행사 대부분 날짜가 5월 말에서 6월 초면 얼마 안 남았잖아요. 만약에 승기 씨가 동양에 행사 가면 분명히 눈에 띌 텐데. 그럼 휴대폰 쇼케이스에 부를 거고, 그러면 휴대폰 홍보도 되고 승기 씨 불러주는 곳도 더 늘어날 텐데."

"어, 그러네. 그럼 보내보면 되잖아."

"이미 행사 스케줄 다 짜여 있지 않을까요? 여기 행사 내용 나오는 거 보면 매년 달라요. 마술 쇼도 했고, 포크송 콘서트도 했고, 연극도 했네요. 작년에는 팝아트로 초상화 그리기 했고요."

"비슷하니까 제외되겠구나."

종훈도 한겸이 아쉬워하는 이유를 알고 나서 한겸과 같은 표정을 지었다.

"그래도 어차피 다 보내기로 했으니까 영상 오면 보내볼게. 동양이 아니더라도 다른 휴대폰 회사 찾아서 넣어보고 그래보자."

"그래요. 영상부터 완성해야 하니까요."

종훈이 끝나자 다음은 수정이었다. 한겸은 한 명씩 오는 모습을 보며 멋쩍게 웃었다.

"그냥 회의할 때 말하지. 나 혼자 대표 같잖아."

"실질적 대표지, 뭐."

"아니야. 난 AE 할 거야. 경영인 구한다고 말했잖아."

"아무튼. 그 영상 저작권등록 하는 거 알아봤는데 영상은 아마 어려울 거 같아. 여러 가지가 합쳐져서 하나처럼 보이는 게 몇 가지 있더라고. 다르긴 해도 이미 비슷한 게 있어서 힘들 거야. 그래도 카피는 감정을 표현했다고 인정해 준다고 해서 미리 등록했어. 승기한테도 우리한테 저작권 있다고 알려줬고."

"잘했어. 그래도 영상 일단 해보자. 돈도 얼마 안 들잖아."

"알았어. 그럼 영상 오면 바로 등록해 볼게."

수정의 말에 한겸은 기분 좋은 미소를 지었다. 수동적이던 팀원들이 조금씩 능동적인 모습으로 변해가고 있었다.

                    *   *   *

스마일에서 전민수는 회사 내 인사 담당과 함께 계약 중인 프리랜서들을 관리하고 새로운 프리랜서를 발굴하는 일과 섭외까지 책임지고 있었다. 지금도 최근 기획 팀에서 보내온 사람을 섭외하느라 정신이 없었다.

"아… 미치겠네."

회사에서 가장 중요하게 여기는 동양그룹 행사에 문제가 생겼다. 첫 행사를 잘 치른 덕분에 지금까지 매년 행사를 맡아왔다. 동양생명, 동양물산, 동양전자의 직원들을 상대로 하는 행사였고, 스마일에서는 무척이나 공을 들여 만족할 만한 기획을 내놓았다. 올해 역시 준비를 철저히 한 상태였다. 힘들어하는 직장인들에게 힐링을 주는 그런 기획이었다.

스마일에서는 한국의 성모라고 불리던 권영주 수녀 섭외에 성공했고, 동양그룹에서도 상당히 만족해했다. 그런데 한 달 전쯤, 권영주 수녀가 갑자기 사망했다. 뉴스는 물론이고 각 방송사에서는 며칠 동안 권영주 수녀의 생전 기록을 담은 다큐를 내보냈다.

스마일의 직원들은 그 다큐를 보지 못했다. 그 소식을 뉴스로 처음 접했을 때부터 지금까지 스마일은 계속 비상 상태였다.

기획 팀에서 새로운 사람을 뽑아 오면 찾아가서 섭외 요청하는 일의 반복이었지만, 지금까지 섭외된 사람이 없었다. 권영주 수녀와 비슷한 수준이어야 했기 때문에 섭외가 더욱 어려웠다. 지금도 다시 연락을 해 스케줄 변동을 확인하던 중이었다. 그때, 갑자기 휴대폰에 알림이 도착했다.

"어? 새 메일!"

민수는 혹시 섭외에 응하는 메일일 수도 있다는 생각에 곧바로 메일을 클릭했다.

"추억을 담아 낭만을 남기다. 이게 뭔데? 백승기? 프리랜서 캐리커처 화가? 아, 짜증 나네."

메일에는 마치 전단지처럼 보이는 이미지가 있었다. 가뜩이나 골치 아픈데 약 올리는 것처럼 느껴져 메일을 지우려 했는데 광고지가 눈에 들어왔다.

"묘하게 눈길을 잡네."

민수는 기다리던 전화도 안 오던 참에 이거나 보자는 생각으로 첨부파일을 다운받았다. 길지도 않은 딱 15초짜리 영상이었다. 영상을 재생하니 하얀 바탕에 그림을 그리는 영상이 나왔다.

"음? 어? 어……? 이야… 뭔 그림을 이렇게 완성해. 참 나."

영상이 신기하다 보니 자신도 모르는 사이 짜증이 가라앉았
다. 민수는 다시 처음부터 영상을 재생시켰다. 다시 봐도 흥미로
웠다. 어디서 만들었는지 마치 TV 광고처럼 느껴졌다.

"참, 자기 어필하는 법도 여러 가지야. 이렇게 해야 살아남지.
이 대리야, 이거 영상 보고 연락해 봐."

민수는 턱을 괴고 또다시 영상을 재생시켰다. 그때, 또다시 휴
대폰이 울렸다. 이번에는 알림이 아닌 전화였다. 번호를 확인한 민
수는 영상을 멈춘 뒤 무척이나 들뜬 얼굴로 통화 버튼을 눌렀다.

"동진 스님! 안녕하셨습니까!"
—연락하셨다고요?
"아, 네. 다름이 아니라 스님 생각이 조금이라도 변하셨나 해
서 연락드렸습니다."
—중 얘기가 재미있을까요?
"아이고, 스님. 그런 말씀 마세요. 저번에 시청에서 하셨을 때
도 다들 좋아했잖아요."
—그런가요. 다들 자고 있었던 것 같았는데 아니었군요.

종교인들과의 통화는 매번 어려웠다. 상대방은 편하게 하라고

하지만, 오히려 단어 선택부터 어감까지 신경을 쓰느라 무척이나 피곤했다. 지금도 빠르게 답변만 듣고 싶은 상태였다. 그때, 기다리던 답변이 들려왔다.

─제 이야기를 듣고 싶다면 그래야지요.
"그럼 응하시는 걸로 알아도 되겠습니까?"
─네, 그렇게 하겠습니다.

민수는 전화를 끊자마자 환호성을 질렀다. 토크 콘서트에서 가장 중요한 강사가 해결되었다. 다른 부분은 기존과 똑같이 진행하면 된다.

"기획 팀 다녀올게."

기획 팀에 도착한 민수는 곧바로 소리쳤다.

"동진 스님 섭외했습니다!"
"이야! 나이스!"
"수고하셨어요!"
"어휴, 다행이다. 외근 나간 애들 해결됐다고 연락해 줘."

모두가 그동안 했던 마음고생을 씻어내듯 환호를 지르며 기뻐했다. 그러던 중 처음 보는 직원 한 명이 입을 열었다.

"그런데 동진 스님이면 강연 시간 짧은 거로 유명하시지 않아요?"

그 말을 들은 기획 팀장이 민수에게 질문을 했다.

"시간 말씀해 주셨죠?"
"그럼요, 2시간. 점심시간 끝나고 2시부터 4시까지라고 말씀드렸죠."
"그럼 문제없겠네요."

민수는 괜히 마음이 불안해졌다. 그때, 아까 말을 했던 직원이 다시 입을 열었다.

"저 대학 다닐 때 동진 스님 강연 들어봤거든요. 특별 강연 2시간인데 1시간 만에 끝났어요. 얼마 전 시청에서도 1시간 잡힌 거 40분 만에 끝내셨는데."
"어?"
"다른 분들하고 강연하는 시간도 비슷하고 강연 내용도 재밌는데 질문을 잘 안 받아서 그럴 거예요. 그냥 자기 산 얘기나 하면 모를까 자기가 뭐라고 조언을 하냐고 그러더라고요."

축제 같던 분위기가 다시 가라앉아 버렸다.

"두 시간이면 두 시간을 채워야지. 그럼 다른 사람을 섭외해야 하나? 전 팀장님 힘들겠죠?"

"지금 당장 힘들어요. 동진 스님도 정말 어렵게 섭외한 거예요. 그리고 그건 미리 말씀하셔야지 저도 대응을 하죠."

"아, 미치겠네. 넌 왜 그걸 지금 얘기해."

"저 이번 달에 들어왔는데요……."

"하아, 머리야. 다들 하던 일 놓고 혹시라도 시간 남으면 채울 콘텐츠 구상해 봐."

"30분 남으면 어떡해요?"

"30분이든 10분이든 남는 시간 동안 채워야 할 거 아니야! 시간 오버해도 되니까 뭐라도 생각해. 1시간 뒤에 회의할 거니까 그때까지 생각해 둬. 우리 동양 놓치면 난리 나는 거야."

이제부터 남은 건 기획 팀의 몫이었다. 또다시 섭외해 달라는 연락이 오겠지만, 지금 당장은 후련했다. 다시 인사 팀으로 돌아가려 할 때, 문득 아까 봤던 영상이 떠올랐다.

"저기 박 팀장님, 캐리커처 어때요?"

"캐리커처요? 그건 작년에 팝아트 했잖아요. 반응이 좋긴 했어도 또 하는 건 좀 아닌 거 같네요. 저희가 한번 구상해 볼게요. 너무 걱정하지 마세요. 정 안 되면 생각해 볼게요. 캐리커처는 하루면 섭외되잖아요."

"아, 그런 게 아니라요. 아까 프리랜서라고 메일이 왔는데 조금 독특해서요. 한번 보실래요?"

민수는 메일을 열어 첨부파일을 다운받은 뒤 영상을 재생시켰다. 그러자 영상을 본 사람들의 얼굴이 처음 영상을 본 자신처럼 변했다.

"뭘 그리는 거지?"
"귀? 아닌가? 맞네, 귀!"
"헐, 글씨 새기는 거 봐. 프린터로 막 찍는 거 같은데요?"
"이건 휴대폰 아니야? 이건 포토샵 프로그램 같은데……."

다들 신기한지 다시 돌려보기를 반복했다. 그 모습을 보던 민수는 피식 웃었다. 그때, 화면을 보던 기획 팀장이 입을 열었다.

"확실히 괜찮은데요? 그림은 힐링이니까 힐링 콘서트하고 끼워 맞출 수 있겠어요. 포근하게 해주는 연주자들 섭외하고 그동안 뒤에서 그림을 그리면 괜찮겠는데요? '추억을 담아 낭만을 남기다'라는 소개로 하면 되겠네요."
"괜찮죠?"
"네, 일단 세부적인 내용은 다시 짜봐야겠지만, 괜찮아 보여요. 아, 그런데 주는 동진 스님이고 캐리커처는 시간이 남으면 하는 거고, 아니면 안 하는 거로 해야 할 거예요."

영상에 대해 정보를 알림으로써 자신의 역할은 끝이었기에 민수는 가벼운 마음으로 기획 팀을 나섰다.

*   *   *

한겸은 오랜만에 집 소파에 앉아 있었다. 승기의 영상도 전부
보냈고, 새로 만들 홈페이지의 구상도 전부 끝난 상태였기에 마
음이 편해야 하는데 한겸의 얼굴은 고민이 있어 보였다. 아버지
가 고민의 이유였다.

꽤 이른 시간에 집에 도착했음에도 아버지가 집에 계셨다. 분
명히 문제가 있는 것 같은데 괜히 아버지의 치부를 건드리는 건
아닐까 걱정되기도 했고, 어디서부터 질문을 해야 할지 난감했
다. 그때, 갑자기 아버지가 한겸을 힐끔 처다봤다.

"왜 자꾸 힐끔거려. 뭐 도와줘? 아빠 요즘 회사 잘려서 놀고
있으니까 말해. 좀 있으면 또 바쁘니까 지금 말해라."

저렇게 아무렇지도 않은 얼굴로 밝히는 모습을 보자 한겸은
고민하던 스스로가 바보 같아 웃어버렸다.

*   *   *

한겸은 세상 누구보다 당당한 모습의 아버지 덕분에 마음이
편해졌다.

"대표이사도 잘려요?"
"똑같은 월급쟁이인데 돈 못 벌어다 주니까 잘리지."

"오래 하셨잖아요."

"오래돼서 더 이상 나올 게 없는 것처럼 보였나 보지. 아주 잘 못 봤어. 뭐, 그거 때문에 자꾸 쳐다본 거야?"

"그냥 요즘 계속 집에 계신 거 같아서요."

"아들도 TV 나오고 그런데 좀 놀지 뭐."

한겸은 피식 웃고는 말을 이었다.

"할 거 없으시면 저희 회사 오세요. 회사 꾸려줄 분 구해야 하거든요."

"하아. 내 아들이라지만 이렇게 양심이 없어서야."

"TV도 나온다고 좋아하셨잖아요."

"대형마트를 꾸리는 사람이 구멍가게에 가는 게 이상하지 않아? 그리고 월급 감당할 수 있겠어?"

"농담이에요."

한겸은 기대조차 하지 않았다. 그저 아버지의 마음을 가볍게 해주려 던진 말이었다. 그때, 어머니가 과일을 들고 나오셨다.

"아빠 다음 달부터 일 다시 나가서. 걱정 안 해도 돼."

"다음 달이면 다음 주인데요? 다시 F.F 가시는 건 아닐 거고. 어디로 가세요?"

경섭이 피식 웃을 뿐 대답해 주지 않자, 어머니가 웃으면서 대신 대답했다.

"분트라고 알아?"
"네. 대형마트잖아요. 그래서 대형마트 꾸린다고 그러셨어요?"
"이이는 참, 제대로 말 좀 해주지. 여러 군데 만나셨는데 아무래도 외국계 기업이 편하신가 봐. 다른 데도 면접 보셨는데 안 됐더라고."
"면접이라니! 신입 사원도 아니고. 그냥 미팅이라니까. 기업의 비전을 보여주는 그런 만남이었어."

분트라고 하면 미국에서 시작되어 세계로 진출한 창고형 대형마트였다. 하지만 한국에서는 그다지 유명하진 않았다. 한국 기업들의 마트와 다른 형태인 이유도 있었지만, 기존의 창고형 대형마트에 비해 점포 수가 적었다.
그렇지만 대단한 일임은 틀림없었다. 세계적인 회사의 한국 본사를 책임진다는 건 쉬운 일이 아니었다. 한겸은 대단하다는 생각을 하며 경섭을 바라봤다. 그러자 경섭은 피식 웃고는 입을 열었다.

"내가 해외에서 먹히는 스타일이야."

한겸은 가볍게 웃은 뒤 축하의 말을 건넸다. 그런 대화를 나누던 중 한겸은 문득 궁금한 것이 생겼다.

"아버지는 어떤 걸 보고 회사 고르셨어요?"

"안정적인 회사 골랐지. 왜 아직도 아빠 욕심이 나?"

"하하, 아니에요. 그냥요."

"난 일단 안정적인 걸 좋아해. 내 목표가 계획대로 회사가 바뀌는 동안 안 망하는 거거든. 뭐 개중에는 너희처럼 아예 아무것도 없는 회사 들어가서 끌어올리는 사람도 있지. 그건 대부분 처음 시작하는 사람들이지만 전부 커리어 만들려고 하는 건 똑같아. 크게 보면 도전이냐, 안정적이냐 두 가지 선택뿐이니까."

"그럼 우리 회사도 구인 광고 내면 도전하는 분들은 오겠네요."

"나처럼 경험이 있는 사람은 제정신 박혀 있으면 안 가지."

한겸은 순간 울컥했다. 그때, 경섭이 표정이 고민하는 것처럼 변했다.

"왜 그러세요?"

"뭐가?"

"갑자기 표정이 이상해서요."

"국수를 먹을까, 밥을 먹을까 고민한 거다."

한겸은 내심 기대한 스스로가 바보 같다는 생각을 하며 방으로 올라갔다.

*   *   *

경섭은 오랜만에 F.F에 같이 있었던 성 이사와 자리했다. 경섭은 성 이사가 F.F에 입사할 때부터 이사가 될 때까지 모두 지켜봤다. 지켜본 바로는 상당히 괜찮은 친구였다. 회사에서 만난 데다가 나이 차가 있었지만, 일하는 방식이나 일 처리가 마음에 들어 친분을 유지하고 있었다.

"대표님이 어쩐 일로 먼저 만나자는 연락을 다 주셨어요?"

"그냥 얼굴 한번 보고 싶어서 그런 거지. 집에 있으니까 답답해서 술 한잔하자고 부른 거야."

"분트 가신다면서요. 설마 또 같이 가자고 부르신 거 아니죠?"

"안 간다며. 같이 갈래?"

"하하, 아닙니다. 전 아직 젊은데 하고 싶은 거 해야죠."

경섭은 피식 웃고선 입을 열었다.

"너 조만간 뉴스에 나오겠다. 앤더슨 나온 백수라고."

"하하, 무슨 말씀을 그렇게 살벌하게 하세요."

"어디 오라는 데는 없어?"

"몇 군데 만나보긴 했는데, 별로 안 원하더라고요."

"어디?"

"그냥 여러 군데 알아봤는데 반응이 그냥 그랬어요. 이게 처음부터 경영으로 나갔어야 되는데. 첫 단추를 잘못 끼워서 그래요. 대표님이 저 그만둔다고 할 때마다 가지 말라고 해서 그래요. 아시죠?"

"하하. 그래서 정보 좀 주려고 만나자고 한 거다."

경섭은 피식 웃고선 안주머니에서 휴대폰을 꺼냈다.

"이거 내가 알아본 건데 보내줄게, 한번 봐봐. 네 경력에 맞는 거 골라봤거든. 델본은 같은 과일 유통이라 아무래도 문제가 생길 가능성이 높아서 뺐어. 지금 보냈다."

성 이사는 곧바로 경섭이 보낸 자료를 확인했다.

"3개네요? 옆에 숫자는 뭐예요?"
"내가 준 평점. 그중 둘은 중견기업이야. 거기 House 알아?"
"알죠. 인테리어 제품 판매하는 마트잖아요. 대표님이 준 평점 치고 3.5면 꽤 좋네요."
"안정적이야. 약점이 현지화가 부족하다는 점인데 그 부분만 준비 잘하면 충분히 승산 있을 거 같다."

성 이사는 준비한 자료에서 경섭의 마음이 느껴졌다. 직원을 도구가 아닌 사람으로 대해주는 경영인. 자신도 경섭과 같은 사람이 되고 싶었다. 그때, 가장 밑에 점수가 1점인 회사가 보였다.

"C AD? 여긴 뭔데 1점이에요? 가라는 거예요, 가지 말라는 거예요."
"거기 내 아들 회사야."

"한겸이가 회사 차렸어요? 예전에 봤던 그 한겸이가요?"

"어. 광고 회사인데. 지금만 놓고 보면 1점도 좀 과해."

"대표님 아들이라고 한겸이 회사를 저한테 보여주시는 거예요?"

"성장이 꽤 빠르거든. 혹시 Far Free라고 들어봤지?"

"아니요? 그게 뭔데요?"

"야! 그걸 몰라? 어떻게 그걸 몰라."

경섭은 Far Free에 대한 설명부터 최근에 있던 일까지 전부 설명했다.

"그런데 왜 1점이에요. 성장이 이렇게 빠른데 매출이 턱없이 낮네."

"직원 수가 너무 적어. 친구들끼리 네 명이 다야."

"일을 전부 밖으로 돌려서 매출이 이런 거였네. 직원을 늘리고 외주업체부터 늘려야겠네요. 그러려면 기둥이 필요한 거고. 저한테 기둥 하라고 보여주신 거예요?"

"네 선택이지. 내가 하라 마라 할 수 있냐. 네가 내 동생이나 다름없는데."

"대표님하고 저하고 띠동갑인데 뭐가 동생이에요."

성 이사는 피식 웃고선 마저 자료를 봤다. 자료를 준비하느라 신경을 썼다는 게 보였다.

"하이 리스크 하이 리턴이냐. 로우 리스크 로우 리턴이냐 고르는 거네요."

"고른다고 갈 수 있는 건 아니지. 준비를 잘해야지."

"아니, 그냥 자료만 놓고 보면 그렇다는 거예요."

"백수 그만하고 골라서 미팅해 봐."

성 이사는 고개를 끄덕이고는 술잔을 들이켰다.

*   *   *

C AD 팀원들은 홈페이지 제작을 맡길 업체를 찾느라 무척이나 바빴다. 그때, 통화를 마친 범찬이 입을 열었다.

"여기도 메인 페이지 메뉴만 가능하대. 유지 보수까지 하면 더 싸게 해준다는데?"

"내가 알아보니까 그거 이미지 추가라도 하려면 돈 더 내야 해. 지금 당장은 수정할 게 없으니까 제작만 하자."

"오케이. 그럼 가격 제일 싼 곳으로 한다?"

홈페이지에 넣어야 할 메뉴도 적은 데다가 색이 보이는 이미지를 배경에 쓸 계획이었기에 싼 가격이 적당했다. 한겸이 고개를 끄덕거렸다.

"어쩔 땐 깐깐하고 어쩔 때는 두루뭉술하고. 줏대가 없어."

"하하. 이미 배경 다 만들었으니까 그렇지."

"아무튼 어, 전화 왔다. 승기네!"

범찬은 곧바로 통화 버튼을 눌렀다.

"뭐라고? 스마일? 뭐래. 그래서? 잘했어. 잘했어."

이벤트 업체에 보낸 영상을 보고 승기에게 연락이 온 듯했다. 미성년자인 승기를 대신해 메일에 범찬과 종훈의 연락처를 남겼는데, 영상에 적힌 승기 연락처에 연락을 한 모양이었다. 한겸은 범찬의 통화 내용을 가만히 듣고 있었다. 그런데 처음에 좋아하던 목소리가 점점 곤란한 목소리로 변했다. 한겸은 어떤 대화를 하는지 궁금해하며 지켜봤다. 잠시 뒤 통화를 마친 범찬이 입을 열었다.

"스마일이란 곳에서 연락 왔대. 캐리커처 행사 해줄 수 있냐고."
"잘됐다! 완전 잘됐네!"
"그러게. 생각보다 연락이 빨리 왔네."

다들 좋아했지만, 통화하던 범찬의 표정을 처음부터 본 한겸은 말을 아꼈다.

"그런데 그게 좀 내용이 이상하다던데. 캐리커처인데 한 사람씩 해주는 게 아니라 무대에서 하라고 그랬다고 하더라고요. 그래서 승기가 어떻게 해야 될지 몰라서 일단 대답을 미뤘대요."

"그게 무슨 소리야?"

"잘은 모르겠는데 승기가 그랬어요."

그때, 한겸이 급하게 질문을 했다.

"혹시 동양 행사래?"

"어. 어떻게 알았어?"

"종훈이 형하고 얘기한 적 있었어."

"아! 맞다. 한겸이가 그 얘기 한 적 있었는데. 그런데 동양에서 캐리커처를 해? 작년에 팝아트 한 걸로 기억하는데."

"시간이 이상하더라고요 30분이라던데. 페이도 30만 원 준다고 했대요. 그래서 어떡해야 될지 몰라서 다시 연락한다고 하고 저한테 전화한 거래요."

한겸은 미소를 한가득 머금고 입을 열었다.

"하라고 해. 페이 안 받아도 되니까 하라고 해."

"돈 준다는데 왜 안 받아. 미쳤냐?"

"말이 그렇다는 거야. 아마 스마일에서 영상 보고 동양 입맛에 맞게 새로 기획 세웠나 본데? 동양하면 휴대폰이니까. 휴대폰이나 태블릿으로 보여줄 생각인거 같아."

"어! 그럼 승기한테 도움 되는 거 아니야? 당장 하라고 해야겠다. 야, 이럴 게 아니라 선물도 준비해야겠다."

범찬은 물론이고 다른 팀원들 모두가 자신의 일처럼 좋아했
다. 한겸도 역시 기분 좋은 표정이었다.

"그럼 승기 일도 잘될 거 같으니까 우리도 이번에 어떤 광고
맡을지 회의해 보자. 내가 분류 해 놨어. 우리가 끼어들 곳하고
우리한테 의뢰 온 곳하고."
"오케이! 일단 승기한테 연락하고!"
"맞아. 나도 실은 중간고사다 뭐다 해서 일을 못 해서 걱정했어."
"돈 벌어야지."

팀원들의 말처럼 꽤 오랜 기간 아무런 일도 하지 못한 상태였
다. 다들 걱정했는지 모두가 의욕적인 모습을 보였다.

＊　　　　＊　　　　＊

며칠 뒤, 동양전자에 도착한 승기는 스마일 직원에게 전화를
걸었다.

"저 도착했어요."
ー벌써요? 아직 시작하려면 3시간이나 남았는데. 금방 나갈
테니까 잠시만 기다리세요.

승기는 통화를 마치고는 서성거리며 직원을 기다렸다. 잠시
뒤 어떤 사람이 다가왔다.

"영환도사도 아니고……."

"영환도사요……?"

"아, 그런 거 있어요. 등에 그게 뭐예요?

"아! 이거요. 친한 형이 만들어준 거예요."

"입간판 같은데요? 그걸 꼭 들고 가야 해요?"

"네. 꼭 들고 가고 싶어요."

직원은 승기의 뒤로 가 입간판을 쳐다봤다.

"추억을 담아 낭만을 남기다네요? 어차피 행사 순서 이름이
이거니까 괜찮네요. 가죠!"

"네."

"저번에 보여준 대로만 하면 돼요. 아시죠?"

"네! 연습 많이 했어요."

직원을 따라가니 커다란 강당이 보였다. 며칠 전 스마일에서
사진을 보여줬지만 실제로 보니 더 크게 느껴졌다. 승기는 강당
을 둘러보며 감탄했다.

"와, 크다."

"긴장할 필요 없어요. 어차피 그림만 그리면 돼요. 음, 그리고
좀 일찍 오셔서 여기 잠깐 앉아 계세요. 이따가 시간에 맞춰서
우리 스태프가 부르러 올 거예요."

"네!"

승기는 강당 맨 뒤에 서서 다시 강당을 둘러봤다. 사람이 엄청난 길거리에서 자주 그림을 그린 덕분인지 크게 떨리지는 않았다. 떨림보다 이런 곳에 자신이 올 수 있게 해준 사람들이 고마웠다. 승기는 연습을 할 겸 등에 메고 있던 입간판을 내려놓았다. 범찬이 선물로 준 소중한 입간판이었다.

너무 일찍 왔는지 생각보다 오래 기다려야 했다. 게다가 강당에 혼자 앉아 있어서인지 열려 있는 강당 문으로 지나가며 한번씩 쳐다보는 사람들의 시선이 느껴져 약간 불편했다. 지금도 누군가 쳐다보는 느낌이 들었다. 승기가 고개를 살짝 돌려보니 이번에는 지나가는 사람이 아니라, 바로 자신의 뒤에 사람들이 서 있는 게 보였다.

제5장

추억을 담아 낭만을 남기다

　승기는 계속 뒤에서 서성이는 사람들을 힐끔 쳐다봤다. 한 명
도 아니고 세 명이나 있었고, 이 넓은 곳에서 하필이면 왜 자신
의 뒤에 서 있는 건지 이해할 수가 없었다. 그중 한 사람이 입을
열었다.

　"추억을 담아 낭만을 남기다, 이게 뭐지?"
　"행사 진행표에는 캐리커처를 그린다고 합니다. 아마 스마일이
라고 매년 직원들을 위한 행사를 진행하던 곳에서 만든 순서인
가 봅니다."
　"스마일 알지. 매년 보니까. 음, 추억을 담아 낭만을 남기다라.
뭔가 느낌이 오지 않나? 말도 안 되는 것 같으면서도 가슴에 와
닿는단 말이야."

"한번 알아볼까요?"

"스페이스 공개 행사가 다음 달 30일이라고 했나?"

"네, 맞습니다."

"그럼 카피로 쓰기에는 힘들겠군."

처음에는 자신의 뒤에서 저런 얘기를 나누는 게 불편했다. 그런데 얘기를 들어보니 한겸이 만든 문구를 칭찬하는 말이었다. 승기는 조심스럽게 고개를 돌려 뒤에 있던 사람을 쳐다봤다.

그러자 뒤에 눈을 마주친 사람들이 떠들어서 미안하다는 눈빛을 보내며 고개를 숙였다. 그때, 갑자기 저 밑에서 승기를 안내했던 스마일 직원을 비롯해 몇 명이 뛰어 올라왔다. 그러고는 머리가 땅에 닿도록 인사를 했다.

"안녕하십니까. 이번 힐링 콘서트를 책임진 박주일이라고 합니다."

"네, 그래요. 지나가다 들른 건데 방해를 했군요."

"아닙니다. 인사를 드려야죠. 둘러보시죠. 준비 다 끝났습니다."

"항상 준비 잘하시니까 걱정 없습니다."

"힐링 콘서트에 이어 스페이스를 이용한 무대까지 준비했으니 만족하실 겁니다."

"아하, 추억을 담아 낭만을 남기다?"

"맞습니다! 저희가 준비한 순서입니다."

"이게 스마일에서 만든 카피였군요, 오호."

스마일 직원은 활짝 웃으며 고개를 끄덕거렸고, 그 모습을 본 승기는 대화에 끼어들어야 할 것 같았다. 분위기를 보니 높은 사람 같았기에 망설여졌지만, 떠들어서 미안하다고 인사한 걸 보면 나쁜 사람처럼 느껴지진 않았다. 승기는 용기를 내 입간판을 가리키며 조심스럽게 입을 열었다.

"저, 말씀 중에 죄송한데요. 이 카피랑 광고 영상이랑 전부 저작권등록 했는데 거짓말하시면 큰일 나요."

스마일 직원의 얼굴은 딱 봐도 망했다는 표정이었다. 잘 보여야 된다는 생각에 앞뒤 재지 않고 말을 뱉어버렸다. 직원은 최대한 수습하기 위해 머리부터 숙였다.

"제가 잠시 착각했나 봅니다. 죄송합니다."

이사라는 사람은 어깨를 으쓱거리더니 승기를 보며 물었다.

"학생이 저작권등록 한 건가요?"
"아니요. 그건 아니고요. C AD라는 광고 회사 형들이 만들어 준 거예요."
"그렇군요."

그 말을 끝으로 이사는 별다른 말 없이 가버렸다. 그러자 스마일 직원들이 곧바로 다가왔다.

"그냥 가만히 있으면 되는 걸 그렇게 나서야 했어요?"

"제가 말 안 했으면 나중에 더 큰일 났을 건데."

"그냥 카피가 예뻐서 그런 걸 뭘 큰일이 나요."

"제 뒤에서 하는 말 들어보니까 광고로 쓰려고 하는 거 같더라고요. 그러다 나중에 문제 생기면 더 큰일 날 거 같아서."

스마일 직원들은 흠칫 놀라더니 다행이라는 듯 안도의 한숨을 뱉었다. 그것도 잠시, 박주일이라는 사람은 이사에게 한 말이 신경 쓰였는지 불안한 얼굴로 돌아갔다.

*   *   *

승기는 졸지 않기 위해 눈을 억지로 크게 뜨고 있었다. 동진 스님이라는 분의 강연을 들어보려 했지만, 나근나근한 말투에 잠이 몰려왔다. 잠시 뒤 다행히도 강연이 끝났고, 스마일 직원이 준비를 알렸다. 그러자 함께 무대에 서는 사람들이 먼저 준비를 하고 무대로 올라갔다. 자신이 그림을 그리는 동안 사회자의 요구대로 연주를 해주는 사람들이었다.

승기는 소개와 함께 무대에 올라가기에 잠시 기다리고 있었다. 그때, 스마일 직원이 음료수를 건넸다. 아까의 일 때문인지 처음에 비해 무척이나 친절했다. 그때, 무대에서 사회를 본 사람의 목소리가 들려왔다.

"제가 여러분과 게임을 하는 동안 뒤에서 그림을 그려주실 분을 소개합니다. 추억을 담아 낭만을 남기는 작가, 백승기 작가님이십니다."

작가라는 말이 뿌듯하기도 하면서 민망하게도 들렸다. 승기는 머리를 긁적거리며 무대에 올라갔다. 무대에 있는 테이블에는 휴대폰이 놓여 있었고, 그 뒤로 휴대폰 화면이 나오는 스크린이 있었다. 자신이 그림을 그리면 화면에 보이는 형식이었다.
승기가 테이블에 자리하자 사회자가 입을 열었다.

"지금부터 들려 드릴 곡은 뉴에이지의 대표 주자 조지 윈스턴의 'Remembrance'입니다. 기타 연주를 하는 동안 백승기 작가님이 여러분 중 한 분을 그리게 될 겁니다. 그럼 들어보도록 하죠."

처음 그릴 사람은 스마일 측에서 정가운데, 가장 앞에 있는 사람을 그리라고 정해줬다. 그 자리에 있는 사람이 가장 직책이 높다는 말을 들었다. 이런 게 처음이다 보니 승기는 시키는 대로 그 사람을 그리기 시작했다. 시간이 지나자 화면을 보던 직원들의 입에서 조금씩 말이 나오기 시작했다.

"뭘 그리나 했는데 사람이네. 전자 대표님이잖아."
"와, 스페이스로 저렇게 빠르게 그려져? 태블릿도 아니고 휴대폰으로?"
"난 좀 정신없다. 확대하고 막 줄이고 이래서."

그림이 완성되어 갈수록 감탄사는 더 크게 들려왔다. 잠시 뒤 그림을 완성한 승기는 환호를 들으며 머리를 긁적였다. 그러고는 테이블을 벗어나 가장 앞에 있는 사람을 향해 갔다. 스마일 직원은 갑작스러운 상황에 당황했다. 그때, 단상 끝으로 간 승기가 조용하게 물었다.

"저, 성함이⋯⋯. 이름을 그려야 돼서요."
"하하하, 이기철이라고 합니다. 하하."

동양그룹의 직원들은 무슨 일인지 몰라 고개를 빼가며 상황을 지켜봤고, 이름을 알아낸 승기는 고개를 끄덕이며 무대로 돌아왔다. 스마일 직원들은 온몸이 땀으로 젖고 있었다. 그때, 승기가 그림에 글자를 새기기 시작했다. 그러자 많은 사람들이 또다시 감탄하기 시작했다.

"어? 나 저거 알아! '영재를 찾아라'에서 봤다!"
"인간 프린터냐? 막 뭐 찍는 거처럼 새기네."

그사이 음악이 끝나고 잠시 시간이 비었다. 웅성거림을 들은 MC는 이때다 싶었는지 마이크에 대고 입을 열었다.

"'영재를 찾아라'에서 나왔던 백승기 씨입니다."
"봐, 맞네. 그때도 기가 막혔는데. 이야. 그림으로 나가는구나."

"휴대폰으로 저게 돼?"

스마일 직원들은 롤러코스터를 타는 기분이었다. 마침 승기의 그림이 완성되었다. 그러자 사회자가 빠르게 승기에게 다가갔다.

"대단하네요. 이야. 영재를 찾아라 출신은 다릅니다!"
"더 작게 새길 수 있는데 휴대폰으로는 이게 한계거든요."
"아… 아! 스페이스라서 이 정도도 가능하다는 말씀이시죠."

사회자는 급하게 수습했고, 승기는 그제야 자신의 실수를 깨닫고 상황을 수습하기 위해 스페이스 광고에서 본 장면을 얘기했다.

"네. 스페이스라서 가능해요. 스페이스는 끝이 없는 우주이니까요. 끝이 없는 우주. 그 광대함을 느끼다. 스페이스."

말을 뱉은 승기는 조그맣게 숨을 뱉었다. 길거리에서 그림 그릴 때도 느꼈지만, 역시 돈을 벌기는 어려웠다.

*　　　　　*　　　　　*

C AD 팀원들은 서로 말은 하고 있진 않지만, 승기의 소식이 궁금한지 모두가 동아리실을 서성거리고 있었다.

"7시인데 아직도 안 끝났나? 궁금해서 일이 손에 안 잡히네."

"연락 오겠지. 아까 연락했을 때 조금 이따가 전화한다고 했잖아."

"겸쓰 넌 왜 말하는 거하고 행동하고 다른데?"

"하하, 그래도 걱정은 되니까."

"아, 승기 이 자식은 뭐 하고 있는 거야."

그때, 수정의 휴대폰에 알림 소리가 울렸다. 수정은 책상에 놓아둔 휴대폰을 가지러 가며 입을 열었다.

"제대로 된 문의였으면 좋겠다."

"그러게."

서성거리던 팀원들이 움직임을 멈추고 수정의 말에 동의했다. 새로운 광고를 맡으려 했지만, 들어온 의뢰가 전부 마땅치 않았다. 적당한 곳이 있어도 광고의 모든 부분을 맡아달라는 통에 그럴 수가 없었다. 마케팅, 컨설팅을 비롯해 SNS 관리까지 네 명이 모든 걸 다 할 순 없었다. 외주업체에 맡기려고 했지만 상대기업에서 거절했다. 그러다 보니 DH 때처럼 자신들이 할 수 있는 광고를 찾고 있던 중이었다.

그래서 모두가 수정의 행동을 지켜보았다. 그때, 수정이 고개를 들어 하늘을 바라봤다. 그러고는 고개를 갸웃거리더니 다시 휴대폰을 봤고, 몇 번이나 그런 행동을 반복했다.

"방수정, 뭔데 그래?"

"어? 이거 한번 봐봐."

"뭔데 그래. 또 장난치는 거기만 해봐. 싸다구 삼만 대."

수정의 휴대폰을 건네받은 범찬이 휴대폰 화면을 쳐다봤다. 그러고는 입을 크게 벌리고 눈을 끔벅거렸다.

"동양에서 왜? 왜 우리한테 연락을 했어? 설마, 승기 사고 쳤나?"

"모지리야, 모지리. 승기가 사고 치면 걔네 외삼촌한테 전화하지 우리한테 하겠냐?"

"수정이 말이 맞아. 왜 연락했지? 승기 광고 보고 연락한 건가?"

셋이 이야기를 나누는 동안 한겸은 잠시 생각을 정리했다. 하지만 한겸도 연락 온 이유가 딱히 떠오르지 않았다.

"동양기획이 있으니까 우리한테 광고 맡길 리는 없어. 그리고 승기 광고에는 C AD 이름도 안 적혀 있으니까 모르지."

"그럼 왜? 어떻게 연락했어?"

"전화해 보면 되잖아. 수정아, 전화번호 남겼지?"

"그러네……? 천잰데? 어? 생각해 보니 웃긴 놈들이네. 지네가 전화하면 되잖아."

"우리 6시 이후에 연락처 내려놓잖아."

한겸은 피식 웃고선 수정이 불러주는 전화번호로 전화를 걸었다.

　—네, 동양기획 양종학입니다.

"안녕하세요. C AD입니다. 연락 남기신 거 보고 연락드렸습니다."

　—아, 네! 반갑습니다. 업무 시간이 지난 거 같아서 메시지를 보냈는데 다행히 빨리 보셨네요. 다름이 아니라 카피 때문에 연락을 드렸습니다. '추억을 담아 낭만을 남기다' 이 카피 C AD에서 만든 카피 맞죠?

"네. 저희가 만든 카피 맞아요."

　—휴, 혹시 만나서 얘기하고 싶은데 시간 되시나요?

"어떤 내용인지 먼저 알 수 있을까요?"

　—저희가 그 카피를 사고 싶어서요. 자세한 얘기는 만나서 얘기하죠. 내일 오후 어떠세요? 계신 곳으로 제가 찾아가겠습니다.

　학교의 주소를 말한 뒤 한겸은 통화를 마쳤다. 승기가 잘되길 바라는 마음에 만든 카피가 이런 식으로 돌아올 줄은 상상도 못 했다.

"뭐래? 뭐라는데 너까지 놀라. 우리더러 광고 맡아달래?"

"아니. 우리 카피 사고 싶대."

"어떤 카피? 추억을 담아 낭만을 남기다 그거?"

"어. 그거. 우리가 만든 줄 어떻게 알았지?"

"와우! 미쳤다, 미쳤어! 봐, 내가 좋다고 했잖아! 팔 거야? 승기한테 말하고 팔자!"

종훈과 수정도 못 믿겠다는 얼굴로 입을 열었다.

"정말이야?"
"아… 한겸이랑 같이한 거 정말 인생 최고의 선택이다."
"오빠는 좀 조용해요. 한겸, 정말이야?"
"응. 어디에 우리 카피를 쓸지는 모르는데 아무튼 쓰고 싶대."
"대단하네. 우리 얼마에 팔아야 해? 동양그룹이 작년에 순수 광고 선전비로만 12조 가까이 썼는데. 팔 거지?"

한겸은 고민스러운 얼굴을 하고선 입을 열었다.

"일단 판다고 하더라도 승기가 계속 그 카피를 사용해도 된다는 조건을 약속받을 거야."
"겸쓰, 의리남이네. 어? 이제 승기라고 부르네?"
"일 끝났으니까. 그 카피는 순전히 승기 때문에 만든 거니까. 그리고 우리 그 카피 안 팔아도 먹고살 수 있어."
"물론 살 순 있지. 땅을 파서 개미를 주워 먹느냐, 우아하게 칼질하면서 소고기를 먹느냐 차이지."
"하하, 비유가 그게 뭐야. 아무튼 동양에서 어디에 쓸진 모르겠는데 만약에 구매한다고 하면 저작권까지 다 가져가고 싶어 할 거야."

한겹의 말이 끝나자마자 모두가 일확천금을 꿈꾸는 것처럼 보였다. 한겹은 고개를 저으며 입을 열었다.

"얼마들을 생각하고 있는지 모르겠는데 그 정도는 안 돼."

"왜 안 돼! 동양 무시하는 거야?"

"하하. 아마 광고용은 아닐 거라서 그래. 물론 어디에 쓸지는 모르지만, 내가 봤을 땐 휴대폰 같거든. 그런데 조금 있으면 11 나오는데 광고는 이미 전부 제작했을 거란 말이야. 아마 다음 주부터는 사전 판매하면서 광고 나오지 않을까? 다음 시리즈에 우리 카피를 쓰려고 사는 것도 아닐 거야. 그럼 11 준비 중에 갑자기 연락이 올 리가 없지."

한겹의 말을 들은 세 명은 고개를 끄덕거렸다.

"네 말 들으니까 또 그런 거 같고."

"우리가 비싸게 판다고 그러면 동양에서 안 줄 거야. 동양기획하면 우리나라에서 가장 큰 기획이고, 그럼 날고 기는 사람들이 잔뜩 있을 텐데 새로 카피 뽑으라고 하지. 지금도 상당히 파격적이라고 봐."

"그래서 얼마 받으려고?"

"그런 경우도 없고 그럴 확률도 거의 없지만 혹시라도 제품 카피로 쓴다면 저작권까지 넘기는 비용으로는 우리가 부르는 게 값이 될 거야. 그런데 캠페인이나 이벤트용으로 쓴다면 한 번 쓰면 그걸로 끝이거든. 그래서 1,000만 원이 적당해 보이는데. 싼 거 같아도 동양이 안 쓰면 그대로 묻히는 카피라서 이 정도가 맞는 거 같아. 카피를 산다는 건 들어본 적도 없잖아. 다들 안 그래?"

"헐. 넌 대단하다. 내가 생각한 거 열 배네! 보통 카피라이터들은 50만 원에 팔더만! 스페이스 12에 썼으면 좋겠다!"

한겸은 어이가 없다는 듯 고개를 저었다.

"고작 100만 원 생각하면서 그렇게 행복해했어?"
"과일 가게 아들은 모르지, 몰라."
"우리 집 이제 과일 가게 아니다. 마트 해. 그리고 이벤트용일 확률이 높다니까."

＊　　　　＊　　　　＊

C AD 팀원들은 승기의 의견을 묻기 위해 동아리실에서 기다렸다. 기다리는 중에도 동양기획에서 어떤 제품에 카피를 사용할지 궁금해하며 각자 의견을 내놓았다.

"아무리 생각해도 동양에서 카메라 사업은 접었으니까 가장 적당한 건 휴대폰이네. 카피를 어떤 식으로 사용할까."
"TV가 될 수도 있잖아."
"TV는 수동적이잖아. 보는 용이지 쓰는 용이 아닌 거 같은데. 추억을 담아 낭만을 남기다, 는 직접 하는 느낌이잖아. 그래서 휴대폰이 가장 어울리는 거 같아."

"이미 유명한 카피 있는데 우리 걸 쓸까? 끝이 없는 우주. 그 광대함을 느끼다. 그거로 엄청 유명하잖아."

"아마도 그걸 계속 사용할 거야. 그 카피로 계속 밀고 나가고 있으니까 쉽게 바꿀 수가 없지. 해외에서도 그걸로 유명하니까."

얘기를 듣고 있던 수정이 말을 보탰다.

"스페이스 10만 해도 그 카피로 내놓은 광고가 우리나라에만 두 가지 종류가 있었어. 그 두 가지 종류를 또 15초, 20초, 30초로 만들었고. 해외는 아예 다른 콘셉트로 제작했어. TV하고 온라인하고 다르고, 나라마다 다르고, 시간대마다 적절한 광고를 내놓고. 그런데 그 많은 광고에서 바뀌지 않은 게 그 카피야. 그 카피로 12조 넘게 쓴 거지."

그러자 범찬은 고개를 갸웃거리며 한겸을 봤다.

"그런데 왜 우리 카피를 사?"

"아까 말했잖아. 다음 시리즈나 캠페인, 혹은 이벤트용으로 사용하기 위해서라고."

"확실해?"

"맞을걸? 당장 쓰려면 이벤트 정도고."

다들 한겸의 말에 동의하며 의견을 내놓던 중 종훈이 머쓱한 표정으로 입을 열었다.

"그런데 순전히 네가 다 만든 건데 조금 미안하다."

"제가 다 만든 거 아니에요. 지금까지 카피들 대부분 우리 팀원들하고 주변에서 영감받아서 만든 거니까 그런 생각 하지 마세요. 그리고 우리 팀이잖아요. 다 따로 할 거예요?"

"맞아! 형은 형이 만든 거 중에 누가 산다고 하면 혼자 다 먹으려고 그랬어요? 이야… 사람 그렇게 안 봤는데."

"그건 아니지."

한겸은 피식 웃고는 앞에 놓아둔 메모지를 쳐다봤다. '추억을 담아 낭만을 남기다'가 잔뜩 적혀 있었다. 자신의 카피를 동양기획에서 마음에 들어 한다는 게 기분 좋기도 했지만, 약간 아쉬운 부분도 있었다. 그때, 범찬의 전화가 울렸다.

"어! 승기다. 이 자식이 이제야 전화하네."

"스피커폰으로 해봐."

"오케이. 야, 빽승기! 왜 이제 전화해."

―아, 형. 어떤 아저씨가 얘기 좀 하자고 해서요.

"어떤 아저씨?"

―무슨 기획 팀장이라고 했는데.

"어? 그 사람이 너하고 무슨 얘기를 해?"

―아… 오늘 저 그림 그린 거 보고 30일에 와줄 수 있냐고 그래서요.

얘기를 듣던 종훈은 흠칫 놀라는 얼굴로 한겸을 쳐다봤다. 한
겸은 피식 웃고선 조용히 박수를 보냈다. 그러고는 휴대폰에 대
고 말을 했다.

"승기야, 한겸이 형인데, 30일에 스페이스 11 공개 행사에 초대
됐어?"
—네, 그거 때문에 행사 끝나고 2시간이나 기다렸어요. 만나
서 그림 그려보라고 그래서 그림 그렸고요. 그랬더니 자기들끼리
막 얘기하더라고요.
"너처럼 휴대폰으로 그림 잘 그리는 사람들 모아놓고 부스 하
나 차리자고?"
—어? 어……? 어떻게 알았어요? 내일 다시 연락 준다고 하긴
했는데."
"하하, 그냥 그럴 거 같아서. 잘됐다. 아마 행사장 밖에 부스
차려서 하게 될 거 같네."

전화 너머의 승기는 물론이고 옆에 있던 팀원들까지 신기한
얼굴로 한겸을 쳐다봤다. 그럼에도 한겸은 별다른 표정 변화 없
이 말을 이었다.

"그리고 혹시 오늘 네 광고 누구한테 보여준 적 있어?"
—아! 그거 때문에 전화했는데. 아까 스마일에서 형들이 만
든 카피 자기들 거라고 하길래 제가 C AD에서 만든 거라고 했

거든요.

"아, 그랬구나. 알았어. 축하한다."

—감사합니다!

그 뒤로 팀원들은 돌아가며 축하 인사를 건넸다. 잠시 뒤 통화를 마친 범찬은 고개를 갸웃거리고 한겸을 쳐다봤다.

"너 어떻게 알았냐?"

"뭘?"

"승기 행사에 초대된 거."

"그냥 종훈이 형이랑 얘기하다 나왔지."

"행사장 부스는 어떻게 알았어? 너 첩자냐?"

"첩자는 무슨. 우리 볼 게 뭐 있어서 첩자를 해. 큰 행사 보면 대부분 행사장 밖에서 부스처럼 체험관 만들고 하니까 한 말이지."

"마치 가본 사람처럼 얘기하네."

범찬은 이해할 수 없다는 듯 고개를 젓더니 말을 이었다.

"그런데 표정은 왜 그래? 승기 잘된 게 배 아플 리는 없고. 뭐냐?"

"내 표정이 뭐? 괜찮은데?"

"에이, 말해봐. 나한테만 말해봐."

"그냥 조금 아쉬워서 그러지."

"뭐가?"

"동양에서 우리 카피 무단으로 썼으면 단번에 C AD가 수면

위로 떠오를 수 있었을 거 같아서. 좀 시끄럽긴 해도 우리가 만든 카피라는 건 법적으로도 확실하니까. 그럼 돈도 몇억은 받았을 거야."

"몇억? 머엇억? 헛! 승기 이 자식은 은혜를 원수로 갚았어!"

"아니야. 승기가 말 안 했어도 알아봤을 거야. 아직 오딧세이하고 카피 분쟁도 안 끝나서 조심스러울 거고. 알고 있었는데도 약간 아쉬운 정도지."

"아오! 동양은 왜 그렇게 신중해! 그냥 막 써야 되는 거 아니야? 아오, 아까비!"

"하하. 그러니까 우리 특허랑 저작권등록 잘해야 돼. 우리처럼 작은 회사는 더욱더."

여전히 아쉬워하는 범찬의 모습을 보면서 한겸은 피식 웃었다. 수정은 그 모습을 보며 고개를 젓고는 입을 열었다.

"만약에 카피 저작권까지 다 넘기면 우리가 만들었다고 광고 못 해?"

"직접적으로 우리가 만들었다는 광고는 힘들 거야. 그래도 만약에 카피가 유명해지면 누가 만든 건지 찾아보겠지? 그때 되면 저절로 알려질 거야. 조금 오래 걸리겠지만. 후후."

"오래 걸리긴 해도 그 정도면 괜찮네. 유명해져서 일 막 들어올 걸 대비해 회사 탄탄해져야겠다."

"하하, 그래야지."

한겸은 피식 웃고는 생각에 잠겼다. 자신의 카피로 만든 광고가 어떤 광고에 들어가고 어떤 색을 보여줄지 궁금했다.

*   *   *

다음 날. 동양기획의 정광영은 피곤한 얼굴로 동인대 캠퍼스를 걸었다. 스페이스 11 공개 행사 때문에 기획 본부 전체가 정신이 없을 정도로 바쁘다 보니 무척이나 피곤했다. 게다가 어떤 계약을 하던 간에 몹시 피곤한데, 카피를 사는 일은 들도 보도 못해서 어떻게 해야 할지 난감했다.

"선배님, 돈 더 달라고 하지 않을까요?"
"아, 벌써부터 기 싸움 할 거 생각하니까 피곤해지네."
"대학생들인데 뭐 별거 있겠어요?"
"그렇겠지? 빨리 끝내고 가자. 늦게 가면 바쁜데 늦었다고 욕먹는다."

두 사람은 빠르게 걸음을 옮겨 C AD가 있는 동아리실을 찾아갔다. 문에 문패처럼 조그맣게 붙어 있는 C AD라는 적힌 표지판을 보고선 노크를 했다. 그러자 문이 열리며 한 사람이 나왔다.

"안녕하십니까, 오늘 약속한 동양기획 정광영입니다."
"네, 들어오세요."

안으로 들어간 광영은 약간 놀랐다. 동아리라는 말을 듣고 열악한 환경일 거라고 생각은 했는데 생각보다 더 열악해 보였다. 도대체 이런 곳에서 어떻게 그동안 일을 해왔는지 이해가 가지 않았다.

자리에 앉은 광영은 자신의 명함부터 건넸다.

「기획 3팀 AE 정광영 Maestro」

"명함에 적힌 대로 정 마에라고 부르시면 됩니다. 저희 회사에 직급이 따로 없고 전부 마에로 통일했습니다. 아, 임직원분들은 제외고요. 하하."
"전 김한겸입니다."

정 마에는 묻지도 않을 걸 알려주며 넌지시 회사 자랑을 했다. 광고계에 있는 사람치고 동양기획을 부러워하지 않는 사람이 없었다. 그런데 앞에 있는 학생은 별 관심이 없어 보였다. 보통 친분이라도 쌓고 싶어 하는 사람들과 달리 곧바로 일 얘기부터 꺼냈다.

"저희 카피를 어디에 사용하실 건가요?"
"아직 정해진 곳은 없죠. 카피 좋더라고요."
"음, 그런데 저희 카피를 사신다고요?"

"좋으니까요. 좋은 물건이 있으면 일단 사놓고 보는 거 아니겠습니까. 하하."

같은 계열사라고 하더라도 동양전자가 광고주임은 틀림없었다. 그런 동양전자의 기획 팀 이사라는 사람이 카피를 알려주며 반응을 물어왔다. 바쁜 와중에도 팀장급들이 급히 모여 카피에 대한 회의를 열었고, 세부적이진 않더라도 그 카피를 어떻게 사용하자는 얘기까지 나왔다는 말을 전해 들었다.

카피에 맞춰 마케팅을 하는 일이 신기한 일은 아니었다. 다만 다른 회사의 카피를 바탕으로 마케팅을 하는 건 처음이었다. 회의에서 생각보다 괜찮은 아이디어가 나왔고, 소비자들의 마음을 건드릴 수 있는 괜찮은 기획이 나왔다고 했다. 오늘 카피 계약을 성공하면 회의한 대로 기획이 진행될 것이었다. 하지만, 한겸에게 어디에 쓸지 알려줄 의무는 없었고, 알려져도 안 됐다.

"저희는 저희 카피로 휴대폰 광고 할 줄 알았거든요."
"아하, 그것도 좋겠네요. 듣고 보니 잘 어울리는군요."

정 마에는 미소를 짓고 있었지만, 속으로는 약간 놀랐다. 대학생들이라는 생각 때문에 돈 얘기부터 할 줄 알았는데 그렇지 않았다. 자신들이 만든 카피를 소중하게 여기는 것처럼 느껴졌다. 게다가 앞에 있는 한겸이라는 사람은 자신이 한 말에 대해 확신이 서 있는 것처럼 보였다. 지금도 마치 '휴대폰 광고 말고 할 거 없을 건데'라는 얼굴로 고개를 갸웃거리고 있었다.

"하하, 이제부터 어울리는 걸 찾아봐야죠. 일단 저희가 구매하게 된다면 드릴 조건부터 말씀드릴까요?"

"아니요. 저희가 먼저 판매 조건을 말할게요."

"그러시죠."

"사실 그 카피가 저희 고객 때문에 만든 카피예요. 그래서 저희 조건은 그 고객이 계속 카피를 사용할 수 있게 해달라는 겁니다."

"네?"

"동양기획분들도 나쁜 제안은 아닐 거라고 생각해요."

정 마에는 한겸이 말하는 고객이 누구인지 알 것 같았다. 그 사람을 보진 못했지만, 회사 동료가 찍어 온 입간판 사진을 바탕으로 회의가 이뤄졌기에 당연히 알고 있었다. 게다가 그림 그리는 걸 영상까지 찍어왔기에 모를 수가 없었다. 하지만, 저런 조건은 생각지도 못했기에 약간 당황스러웠다.

"나쁜 제안이 아니라고요?"

"네. 어떤 휴대폰 광고에 저희 카피를 사용하시게 될지 모르겠지만, 광고를 맡은 휴대폰을 저희 고객에게 제공한다면 마케팅 효과가 있을 겁니다. 이번 스페이스 11 행사에도 초대될 정도로 실력을 인정받은 고객입니다. 아마 이번 행사를 하시니까 아실 거 같은데요."

"네. 알죠. 회사 다른 마에가 직접 만났다고 들었습니다."

"그 고객이 들고 다니는 입간판에 휴대폰이 있습니다. 그 휴대폰이 동양전자에서 나온 휴대폰이라면 조금이라도 도움이 될 것 같거든요. 비록 큰 역할은 아닐지라도 나쁘진 않은 것 같습니다."

"네, 뭐. 괜찮은 거 같… 아, 휴대폰 아니라니까요?"

정 마에는 헛웃음이 나왔다. 우습게 본 대학생한테 자신이 말리고 있었다.

"어디에 쓰시더라도 이 조건만 지켜주시면 됩니다."

"후, 다른 조건은요?"

"다른 건 없어요. 금액만 맞으면 괜찮습니다."

"네, 그럼 제가 말할 차례군요. 사실 딱히 조건이라는 게 없어요. 저작권 이전에 동의해 주시면 되는 거죠. 권리소진의원칙에 따라 모든 권한은 동양기획이 갖게 되는 거고요."

정 마에는 조심스럽게 금액이 적힌 부분을 내밀었다. 동양이라는 이름이 자랑스럽지만, 이때만큼은 피곤했다. 대기업은 돈이 많을 거라는 생각에 어떤 계약을 하던 간에 말도 안 되는 금액을 지르고 보는 사람이 태반이었다. 또 설명을 하고 설득을 해야 할 시간이었기에 마음을 다지고 있을 때 한겸의 입이 열렸다.

"금액은 괜찮네요. 아까 말한 조건만 수락하면 계약할게요. 가능한가요?"

"네? 아, 네. 그럼요."

정 마에는 무척이나 기쁜 얼굴로 대답했다. 전혀 예상 밖이었다. 그때, 한겸이라는 학생 뒤에 있던 사람이 활짝 웃으며 하는 말이 들렸다.

"우리 카피로 이벤트 하나 보네."

정 마에는 자신도 모르게 함께 온 동료를 쳐다봤다. 그러자 동료도 무척이나 놀란 얼굴로 자신을 쳐다봤다.

"어떻게 알았어요?"

＊　　　　＊　　　　＊

정 마에는 회사에 보고한 뒤 다시 계약서를 작성하여 계약을 완료했다. 그 후 회사로 돌아온 정 마에와 후배는 넋이 나간 표정이었다.

"통찰력이 좋다고 해야 되는 거야? 분석력이 좋다고 해야 되는 거야?"
"진짜 놀랐어요. 이벤트 한다는 거 팀장 회의에서 나온 거잖아요."
"그러니까. 그걸 상황만 보고 어떻게 아냐고. 참나. 대학생들 맞지? 어디 TX기획 이런 애들 아니지?"

한겸이 여러 가지를 종합해 유추를 했다고 했는데 자신의 상식 안에서는 가능할 것처럼 보이지 않았다. 자신도 팀장급은 아니더라도 꽤 오랜 기간 광고계에 있었는데 한겸처럼은 안 될 것 같았다. 그때, 옆자리에 있던 후배가 모니터를 보며 입을 열었다.

"걔네 광고 보다가 이상해서 분석 돌려봤는데 얘네 미쳤는데요?"

"왜?"

"맡은 회사 성공률이 100%인데요. 얘네 광고하고 매출이 완전 극과 극이에요. 다 망해가는 회사들인데 지금은 장난 아닌데요?"

"파우스트 거기?"

"거기 말고도 항아리라는 반찬 가게도 걔네가 맡고 나서 폭발적이에요. 브랜드 지수부터 판매까지. 신기한 건 타깃 광고 했는지 한 곳에서 폭발적이에요. 하루 GYM? 여긴 체육관이라 수집이 안 되는데 다른 곳들은 말도 안 돼요. CPCM(Cost Per Consumer's Mind)이 얼마 될 거 같아요?"

"천 원?"

"대략 광고비를 넣어봤는데 대충 넣어봐도 200원도 안 돼요. DH은행은 좀 높은데 나머진 수치가 기적이에요. 기적."

시청자 한 명에게 호감을 유발하는 데 드는 비용이 말도 안 되게 적었다. 그 정도 수치는 광고계에서 첫 번째로 손꼽히는 동양기획에서도 볼 수 없었다.

"미쳤네."

회의를 마친 팀장이 사무실로 들어오며 입을 열었다.

"뭘 미쳐."
"회의 끝나셨어요?"
"어, 쯧. 뭐 일이 계속 생겨. 네 카피로 나온 이벤트 진행하기로 했어."
"벌써요?"
"뭐 카피대로 아이디어 짜는데 금방 나오지. 스페이스 사용자에 한해서 낭만적인 사진을 등록하면 스페이스 11 주는 이벤트다. 우리 팀에서 맡기로 했어."

이미 어느 정도 얼개가 나온 기획이었기에 정 마에도 알고 있었다. 그런데 다시 듣게 되니 한겸의 얼굴이 떠올라 자신도 모르게 한숨을 뱉었다.

"정 마에, 왜 그래?"
"팀장님, 우리 대학생 사원 없었죠?"
"없었지. 돈만 많이 들어가고 효과는 적었으니까."
"부활시키면 안 돼요?"
"어디 좋은 애들이라도 있어?"

정 마에는 한껏을 봤던 얘기들과 C AD에 대한 얘기를 쉴 새 없이 뱉었다. 신뢰할 만한 자료까지 있다 보니 팀장도 믿을 수밖에 없었다.

"C AD? 애들이 괜찮네. 좀 더 조사해 봐. 그리고 괜찮다 싶으면 하청으로 돌리고 조그만 거 맡겨봐. 그거 보고 성과 좀 괜찮으면 데리고 오게."

정 마에는 자신이 팀장이 됐을 때, 자신의 팀원으로 C AD가 있다는 상상을 했다. 상상만으로도 든든해 미소가 절로 지어졌다.

*　　　　　*　　　　　*

성 이사는 경섭에게 받은 자료에 있던 회사들을 전부 조사했다. 자료에 있던 회사 중에는 확실히 경섭이 준 별점이 가장 높은 House가 가장 안정적이었다. House와의 미팅을 잡기 위해 현지화에 대한 논문을 작성해 보냈고, 덕분에 다음 주 월요일 House와의 미팅까지 잡아났다. 그런데도 마지막에 있는 C AD가 계속해서 눈에 밟혔다.

대표의 아들이라서가 아니었다. 성과가 눈에 보이는 통에 고민이 되었다. 비교 가능한 실적이 적어서 그럴 수 있지만, 성장률이 어마어마했다. 이 정도라면 일개 동아리로 불릴 만한 수준이 아니었다. 비록 지금은 수입이 적지만 언제든지 늘릴 수 있는 그런 회사였다.

"괜찮은 회사의 단발성 광고만 맡아도 순식간에 크는 건 확실해 보이는군. 후, 된다는 보장은 없지만 안정적인 곳, 가면 될 것 같지만 도박을 해야 하는 곳. 어떤 곳을 선택하느냐 그것이 문제로다."

House와의 미팅이 자신이 없는 건 아니었다. 준비도 철저히 했고, 노력도 많이 했다. 다만 경쟁자들이 너무 화려했고, 자격에 약간 미달한다는 점이 걱정이었다. 그만큼 열심히 준비했는데 과연 알아줄지 의문이었다. 그때, 미팅 약속을 잡았던 House의 상무라는 사람에게 전화가 왔다. 전화를 받기도 전부터 한숨이 나왔다.

"네, 성우범입니다."
—안녕하십니까, House 이인택입니다. 잠시 댁 근처에서 뵐 수 있겠습니까?

생각했던 전화에 우범은 피로가 몰려와 눈을 비비며 입을 열었다.

"미팅 취소입니까?"
—죄송합니다. 제품과 촉진 전략을 사용한 현지화 자료는 잘 봤습니다. 하지만 House와는 조금 맞지 않는다는 의견입니다.
"후, 알겠습니다."

─그럼 좋은 기회에 다시 뵙겠습니다.

통화를 마친 우범은 휴대폰을 내려놓고 마른세수를 했다.

"좋은 기회는 무슨. 영감탱이들 데리고 잘해봐라."

House에서는 직원들을 고려해 50세 이상을 원했는데 자신은 이제 41살이었다. 외국계 기업인데도 F.F와는 다르게 기업 문화만 한국화가 됐는지 경력과 나이를 원했다. 경력이라고는 F.F에서 임원직인 이사로 지낸 5년이 전부였다. 그곳에서 계속 있었다면 경력은 문제가 없었을 텐데, 불매운동으로 인한 판매 하락 책임을 임원들에게 돌렸다. 불가항력이었음에도 경섭과 함께 회사에 나오게 되었다.

"아, 경력을 쌓아야 된다고. 후. 갈 곳이 저기뿐이네."

*　　　　*　　　　*

C AD 동아리실은 정신이 하나도 없었다. 컴퓨터로 광고를 보던 한겸은 한숨을 쉬며 동아리실을 둘러봤다. 완성된 홈페이지 주소를 SNS에 올려두었지만, 아직까지 아무런 연락이나 문의가 없었다. 지금 오는 전화들은 모두 다른 전화였다.
승기의 광고를 본 업체들에게서 전화가 물밀듯이 걸려왔다. 범찬과 종훈이 담당하고 있었지만, 수시로 울리는 통에 집중을 할 수가 없었다. 그때, 수정이 웃으며 다가왔다.

"다음 주 스케줄까지 채우고 외숙모분한테 넘기기로 했어."
"후… 고생했어."
"종훈이 오빠랑 범찬이가 고생이지."

수정은 통화를 하느라 바쁜 두 사람을 보며 피식 웃고선 한겸에게 종이 한 장을 건넸다.

"광고 공모전들 정리해 봤거든? 겨울 준비하려는 곳도 있고, 지금 여름 준비하는 곳도 있어."
"이거 알아본 거야?"
"자꾸 찔러보기만 하고 딱히 마땅한 곳이 없잖아. 너도 고민하는 거 같아서 찾아본 거야."
"혼자 찾지 말고 같이 찾지."
"다 나오는 거 적어 온 건데 뭐. 거기 보니까 대기업에서도 공모전 하더라고. 분트라고 알아?"
"분트? 아는데. 거기서도 해?"
"응. 조금 알아보니까 한국계 경영인으로 교체되면서 2년 만에 미디어 광고도 기획하나 봐. 여기는 기존의 광고 회사도 다 참여할 수 있더라고. 아예 참가 제한이 없는 대신 미디어로 제작해야 돼. 주제는 따로 없이 그냥 분트에 대한 광고야. 그런데 상금 보면 TV 광고는 아닌 거 같고 온라인 광고 같아. 그런데 기간이 7월 초까지라서 힘들 거 같기도 하고."

"한국계가 아니라 그냥 한국인 아니야?"

"기사에 그렇게 나와서 잘 모르겠네."

한겸은 피식 웃었다. 분트라면 아버지가 전문경영인으로 가는 곳이었다. 아무래도 분트는 아버지가 곤란할 수도 있었기에 접어두는 게 나을 것 같았다. 그때, 갑자기 누군가가 노크를 했다. 그러고는 익숙한 얼굴이 안으로 들어왔다.

"삼촌? 어? 여기까지 어쩐 일이세요?"

"오랜만이네……."

통화를 하던 종훈과 범찬은 무척이나 날카로워 보이는 사람을 보며 흠칫 놀랐다. 그러고는 통화를 마치고 한겸의 옆으로 다가갔다.

"삼촌이셔……?"

"아, 우리 아버지랑 같이 일하시는 분이야. 인사드려."

"아! 과일 가게에서 같이 일하시는 분이시구나. 안녕하세요. 전 C AD 대표 최범찬이라고 합니다!"

우범은 이게 무슨 말이냐는 듯 어깨를 들어 올렸다. 한겸은 멋쩍게 웃고선 우범의 옆으로 급하게 다가갔다.

"삼촌, 나가서 얘기해요."

"아니다, 여기서 얘기하자."

"여기가 좀 좁고 다들 바빠서요. 저 보러 오신 거 아니세요?"

"너 보러 왔지. 내가 왜 왔는지 모르… 음, 혹시 대표님이 아무런 말씀도 없으셨어?"

"네?"

"아, 진짜."

구석에 있던 범찬은 종훈에게 조용하게 속삭였다.

"한겸이 아버님이 과일 가게 그만두고 마트로 바꿨다고 했는데 과일 가게 직원이셨나 봐요."

"아, 그런 거야?"

속닥거리더니 범찬은 들린다는 듯 손가락을 들어 올려 종훈에게 조용하라는 시늉을 했다. 하지만 한겸이 우범의 얼굴을 보니 이미 다 들은 듯한 표정이었다. 우범이 범찬과 종훈을 보며 입을 열었다.

"두 분도 잠시 앉으시죠. 거기 서계신 분도."

한겸을 제외한 세 사람이 모두 자리에 앉자 우범은 들고 온 가방에서 서류를 꺼내 한겸에게 건넸다.

"C AD의 기업 분석 보고서, 외부 자원을 통한 성장 전략. 이게 다 뭐예요?"

"잠깐 너도 앉아봐."

한결마저 자리에 앉자 우범이 가볍게 고개를 숙여 인사를 했다.

"성우범입니다. 준비한 자료는 C AD가 성장할 수 있는 방향 중 현재 가장 필요한 부분이며 차후에도 가장 중요한 부분이라고 생각한 외부 자원에 관한 자료입니다."

한결은 상당히 자세히 조사한 내용을 보며 우범이 왜 이런 조사를 해 온 건지 궁금했다. 하지만, 너무나도 진지한 우범의 모습에 입을 다물고 있었다. 우범의 설명은 한참이나 계속되었고, 서서히 끝을 보이고 있었다.

"5년 이내의 목표는 총본부가 가장 위에 있고, 그 밑으로 여러 분야의 전문가들로 6명씩 팀을 나누는 게 될 것입니다. 6명의 전문가가 있는 팀이 총 6개가 될 것이며, 고정된 팀이 아닌 서로가 필요한 팀으로 이동하는 형식을 생각합니다. 전문가는 외부 인원이 될 수도 있고, 내부 인원이 될 수도 있지만, 현재로서는 대부분 외부 인원이 될 것입니다. 그리고 전문가는 개인이 될 수도, 팀이 될 수도 있습니다. 이상 설명을 마치죠."

범찬은 넋이 나간 표정으로 눈만 껌뻑이고 있었고, 종훈은 조그맣게 박수를 보냈다. 그때, 수정이 손을 들고는 조심히 입을 열었다.

"이걸 왜 저희한테… 설명하시는 거예요?"
"제 소개를 간단하게 하죠. UCLA 앤더슨 스쿨 오브 매니지먼트를 나왔습니다. 미국 델로라는 건설 자재 유통 회사에 2년 근무 후 과일 유통 업체인 F.F에 입사해 이사까지 역임 후 퇴직했습니다. 소개는 여기까지고요. 전 C AD의 전문경영인이 되고자 희망합니다."

우범의 말이 끝나자마자 세 사람의 고개가 뼈가 부러지는 소리가 들릴 정도로 돌아갔다.

"과일 가게가 F.F야? 프레쉬 프룻?"
"그 일본 기업?"
"F.F가 한겸이 너희 집이었어? 와… 그래서 그렇게 자신감이 넘쳤구나."

한겸은 머쓱하게 웃었다. 범찬 때문에 얼버무린 것이었지만, 다들 속았다고 느낄 수도 있었다. 한겸은 사과를 하려 할 때, 범찬이 갑자기 다가왔다.

"어쩐지 네가 남 같지 않더라고. 형이라고 불러도 돼?"
"어……?"
"이제부터 그냥 형 해."

수정은 범찬의 행동이 부끄럽다는 듯 고개를 돌렸다. 그러다 문득 예전에 한겸이 했던 말이 떠올랐는지 급하게 질문을 했다.

"그럼 마트는 뭐야?"
"음, 분트."
"아까 내가 말했던 분트? 그래서 한국인 아니냐고 그랬어?"
"다들 미안해. 속이려고 한 건 아닌데 뭐 과일 가게랑 비슷해서 그냥 지냈던 거야."

한겸은 어색한 표정으로 사과를 했다. 그러자 범찬이 노래를 부르며 다가왔다.

"야나나 야나나 막 이런 노래 하는 곳?"
"비슷한 마트긴 한데. 그건 캐리 올이고."
"아무튼. 어휴, 괜찮아, 괜찮아. 난 한겸이 형이 하는 거 다 이해해."
"최범찬 미친 거 같아. 나도 뭐 상관없지. 종훈이 오빠도 상관없을걸?"
"응, 나도 상관없어."

옆에 있던 우범이 이제 다 해결됐으면 자신을 보라는 듯 가볍게 박수를 쳤다. 그런데 그때, 갑자기 한겸의 휴대폰이 울렸다.

"네, C AD 김한겸입니다."

―안녕하세요! 저 며칠 전에 뵀던 정광영입니다.

"아, 정 마에님. 안녕하세요."

―제가 드릴 말씀이 있는데 시간 괜찮으신가요? C AD 측에 도움이 될 만한 일입니다.

"무슨 일이신데요?"

―하하. 저희 동양기획에서 C AD를 외주업체로 선정하려 합니다. 좋은 기회이니 이쪽으로 오셔서 얘기하시죠.

"잠시 팀원들하고 얘기하고 다시 연락드릴게요."

통화를 마친 한겸은 곧바로 통화에 대한 설명을 했다.

"동양기획에서 외주 맡기려고 그러는 거 같아."

"정말? 와! 그럼 엄청 안정적이잖아."

"갑자기? 갑자기 왜?"

"난 한겸이 의견대로 할게."

옆에 있던 우범은 그 말을 듣고 깜짝 놀랐다. 동양기획이라면 제1의 광고대행사였다. 우범은 대화를 나누는 모습을 가만히 쳐다보며 생각에 잠겼다.

제6장

분트 I

　모두의 의견을 들은 한겸도 쉽게 판단이 서지 않았다. 갑작스러운 탓도 있었지만, 현재 아무 일도 안 하고 있다는 이유도 있었다. 동양기획의 외주를 받는다면 안정적으로 클 수는 있겠지만, 동양기획의 입김이 강하게 작용할 것은 확실했다. 하고 싶은 대로 할 수는 없을 것 같다는 생각에 고민되었다. 하지만 세 사람의 의견도 중요했기에 쉽게 결정을 내리지 못했다. 그때, 옆에 있던 우범이 입을 열었다.

　"내가 잠시 말을 해도 되나?"

　모두의 시선이 우범에게 향하자 우범은 어깨를 으쓱거리며 말했다.

"나를 경영인으로 채용할 건지 아닌지는 자료를 보고 결정하고, 지금 당장 얘기를 해주고 싶어서 그러는데."

"네, 말씀하세요."

"C AD가 종합 광고대행사를 생각하는 게 맞다면 외주는 잘못된 판단이야. 지금 C AD의 위치를 보면 내부 자원이 상당히 열악한 편이지. 단 네 명뿐이니까. 그렇다면 동양기획에서 어떤 것들을 맡길까? 아웃소싱? 절대 그렇지 않지. 외주라고 하더라도 결국에는 동양기획이란 이름으로 진행될 텐데 제대로 된 것들을 맡길까? 말이 좋아 외주지 결국은 동양기획의 하청, 업무 대행이 되는 거야. 현재 한국 기업들의 형태이고. 중소기업들이 그것들로 만족하고 있다고 너희들도 그런 걸로 만족하지 않았으면 한다."

한겸은 우범의 말에 동의했다. 자신도 걱정한 부분을 제대로 얘기해 주었다. 우범은 모두의 반응을 살펴보더니 다시 말을 이었다.

"너희를 차로 따지면 현재 최고급 성능을 가진 엔진이야. 아직 다른 부품들이 없다 뿐이지 하나씩 부품이 생겨 완성이 되면 최고급 세단이 되는 거지. 주관적인 평가가 아닌 성장을 보고 내린 객관적인 평가다. 동양기획에서는 엔진만 가져다 쓰겠다는 거고."

역시나 칭찬에 약한 범찬은 이미 고개를 끄덕거리고 있었다. 그러자 우범이 가볍게 웃으며 말을 이었다.

"기존에 없으면서 혁신적인 사업 아이템이라면 안정적이면서 빠르게 성장할 수 있겠지만, 광고계는 안정적일수도 없고, 쉽게 성장할 수도 없습니다. 대신 도전을 한다면 그 확률이 올라가죠. 저도 지금 도전을 하러 온 것이고요."

"도전이라면 어떤 식을 말씀하시는 거예요? 한겸이가 했던 것처럼 대기업 광고에 끼어들기 그런 거 말씀하시는 건가요?"

우범은 처음 듣는 소리에 의아해하는 얼굴로 한겸을 쳐다봤다. 시치미 떼는 한겸의 얼굴을 보니 그런 일이 있었다는 게 사실처럼 느껴졌다.

"조사한 바로는 C AD가 대기업의 광고를 맡은 게, 음. DH 공모전? 그게 끼어든 거였나요?"

"아닌데요?"

"맞는 거 같은데요?"

말을 하지 않겠다는 듯 입을 꾹 다문 범찬의 모습만 봐도 그런 일이 있었다는 걸 알아챌 수 있었다. 우범은 약간 놀랍다는 얼굴로 한겸을 쳐다봤다.

"생각보다 더 대단하네. 그런데 어떻게 살아 있네? 대학생들이라고 봐준 건가?"

"전화는 왔었는데 앞으로 그러지 마라는 게 다였어요."

"하하, 대표님처럼 그냥 밀고 나가는구나."

아버지에게 들었던 거나 자신이 봐온 우범은 애초부터 속을 사람이 아니었기에 한겸은 있는 그대로 말해주었다.

"그럼 더 좋네. 내가 생각한 계획을 진행해도 걱정 없겠네."

이번엔 한겸도 큰 관심이 생겼다. 우범은 그런 한겸을 보며 가볍게 웃고는 말을 이었다.

"물론 경쟁은 하겠지만 다른 곳하고 마찰이 생길 일은 적지. 잘못해서 마찰이 생기면 C AD는 휘청거릴 테니까."

"그게 뭔데요?"

"매우 안정적이어서 현상을 유지하고 싶어 하는 기업들."

그 말을 들은 한겸은 잠시 생각에 빠졌다. 우범은 그런 한겸을 가만히 기다려 주었다. 잠시 뒤 한겸이 고개를 들고 우범을 쳐다봤다.

"따로 광고를 안 해도 매출이 이뤄지고 있는 기업들."

"그렇지."

"그럼 그런 곳에서 필요한 건 매출 향상을 위한 광고가 아니라 현상 유지를 더 오래할 수 있는 그런 게 필요하겠네요. F.F도 처음에는 광고를 했지만, 성장 후에는 광고로 큰 지출을 하지 않았고요. 대부분 큰 유통들이 그런 식이네요. 내부에서 마케팅을 해결하는 회사들. 그럼 그런 회사들은 브랜드 평판을 올리는 그런 이미지가 필요하겠고요."

한겸의 말을 듣던 우범은 혀를 살짝 내밀었다.

"역시 똑똑해. 정확히 그런 곳을 노리는 거지. 성공해도 마찰은 생기지 않고 이득은 볼 수 있지. 물론 혹하게 만드는 게 힘들겠지만 성공만 한다면 같이 일할 사람 찾는 건 식은 죽 먹기지."
"외국 계열 회사들이 많으니까 해외로 진출하기도 쉽고요."
"정답."

범찬과 종훈은 가만히 입을 다물고 있었다. 그때, 수정이 갑자기 손을 들어 올리며 입을 열었다.

"분트가 좋지 않겠어? 공모전까지 진행하고 있어서 특별히 뚫을 필요도 없어 보이는데."

한겸도 우범의 얘기를 듣자 분트가 먼저 생각나긴 했다. 하지만, 대표가 가족에게 일을 주었다는 오해가 생길 수도 있기에 조심스러웠다. 그때, 우범이 입을 열었다.

"분트에서 공모전을 하고 있나요?"

"네, 보여 드릴까요?"

우범은 수정에게 건네받은 공모전 자료를 가만히 쳐다봤다.
그러고는 입맛을 다시며 입을 열었다.

"분트에 당선되면 C AD로서는 최선인데, 문제는 어떤 기업들
보다도 어렵다는 거네."

"미디어로 작품으로 진행하는 공모전인데 오히려 쉽지 않을까
요? 당선되면 그 뒤에 우리의 생각을 말할 수 있는 기회가 늘어
날 것 같은데. 게다가 상금도 있어요. 1등 상금이 5,000만 원이
에요. 1,000만 원은 상금. 4,000은 창작지원금. 상금만 놓고 보
면 톱급이에요."

"5,000만 원이면 잘해봤자 본전입니다. 참가 제한이 없으면 기
존 회사들도 뛰어들어서 제대로 된 광고를 제작할 텐데, 경쟁을
하려면 제작비만 대략 2,000은 넘겠죠. 그리고 제작하느라 들어
가는 인건비까지 제하면 정작 손에 들어오는 건 크지 않죠."

"그래서 말한 건데요. 이익이 크지 않으면 큰 광고 기획들이
참여하지 않을 거잖아요."

"그만큼 작은 회사들이나 개인이 목숨 걸고 뛰어들겠죠. 분트
라는 곳을 자신의 경력에 넣기 위해. 휴, 이걸 보니까 참 대표님
답네. 적은 투자로 높은 효율."

"한겸이 아버지요?"

"네. 분트가 어렵다고 한 건 그 이유가 가장 큽니다. 사람 좋은 것처럼 매일 농담하고 웃고 있는데 세상 누구보다 깐깐해서 공모전에 당선되더라도 다음 일을 맡기가 쉽지 않을 겁니다."

누구보다 오랜 시간 함께 일했다 보니 제대로 알고 있었다. 대화를 듣고 있던 한겸은 자신도 모르게 피식 웃었다.

"삼촌, 만약에 우리가 공모전에 응모했는데 당선되면 문제 생기지 않을까요?"

그 말을 들은 우범은 어이없다는 표정으로 한겸을 쳐다봤다.

"아? 가족이라서? 대표님이 뽑는 것도 아닌데 문제가 생길 리가 없지. 대표님 자체가 문제지. 공모전 심사하는 사람들도 엄청 피곤할 거야. 어떻게 일 시킬지 안 봐도 눈에 선하다."
"어떻게 하시는데요?"
"여러 가지 방법이 있지. 뭐, 당선되기도 어려울 텐데?"

한겸은 다시 가만히 생각하더니 입을 열었다.

"만약에 완성도가 뛰어난 광고를 만든다면, 그러니까 분트에서 시리즈로 진행하자고 할 정도로 완벽한 광고를 만든다면 어떨까요?"
"대표님한테 피해가 갈지를 묻는 거야, 아니면 C AD의 미래를 생각해서 묻는 거야?"

"둘 다요."

"아까 말했듯이 대표님은 알아서 잘 해결할 거고. 완벽한 광고를 만든다면 앞날은 보장되어 있지. 그런데 그런 광고를 만드는 게 쉬울까?"

잠시 고민하던 한겸은 고개를 끄덕거렸다. 그러고는 옆에 있던 범찬과 종훈, 그리고 수정까지 한 명씩 눈을 맞춘 뒤 입을 열었다.

"할 수 있을 거 같아요."

*   *   *

우범이 돌아간 뒤 C AD 팀원들은 각자 의견을 내놓기 시작했다. 다들 의욕적인 모습이었다.

"한겸아, 한 달밖에 안 남았는데 방향부터 잡아야 하는 거 아니야?"

"무섭게 생긴 너네 삼촌 말 들어보니까 안 된다고 해도 우리한테 나쁜 건 아닌 거 같아. 당선되면 이력도 쌓이는 거고 무엇보다 상금도 받을 수 있고!"

"너는 휴우, 그래도 다행이다. 승기 광고 안 만들어봤으면 미디어 광고 생각도 못 했을 텐데."

승기의 광고가 TV 광고는 아니었지만, 그래도 경험이 쌓인 덕분인지 모두가 두려워하진 않았다. 한겸은 모두의 의견을 듣고선 입을 열었다.

"그럼 분트 공모전에 참여하는 거로 하자."
"오케이. 그리고 너네 삼촌은?"
"다들 어떻게 했으면 좋겠어?"

그 부분에 대해서는 다들 쉽게 대답하지 못했다.

"그런데 경력이 그렇게 빵빵한데 돈 엄청 줘야 되는 거 아니야?"
"아마 알고 오셨을 거야. 사전조사가 철저하니까."
"그럼 괜찮지 않나? 그리고 네가 잘 아는 사람이라며."
"그런 건 빼고 봐. 아는 사람이라고 무작정 찬성하지 말고."
"그거 말고도 괜찮지. 좀 무섭게 생긴 거 말고는 말도 잘하고 경력도 엄청나고 무엇보다 준비한 자료도 엄청나잖아. 우리가 생각하던 방향이랑도 비슷하고."

한겸은 고개를 끄덕이고는 종훈과 수정의 의견까지 들은 뒤 고개를 끄덕거렸다. 그러자 범찬이 갑자기 이유 없이 웃더니 입을 열었다.

"센터장 난리 나겠는데?"

"정말 그러네. 외부인 참여 가능이라고 해도 경영인이 오는 순간 얘기가 달라지니까."

"지원 안 받는다고 하면 되지 않을까? 자기도 할 말 없지."

"오, 최범찬."

"뭐 언제까지 학교에 있을 것도 아니고. 내가 센터장한테 얘기함."

범찬이 자신만 믿으라는 듯 자신 있는 얼굴로 가슴을 두드렸다. 다들 웃으며 범찬을 응원했다.

"오, 최 대표! 멋있네."

"네가 어쩐 일이야."

한겸도 피식 웃고선 고개를 끄덕거렸다. 범찬이라면 센터장도 잘 구슬릴 수 있을 것 같았다.

*　　　*　　　*

한겸은 우범에게 회의 내용을 알려줬다. 하지만 우범은 지금 당장 동아리실에서 자신이 할 일은 없다는 말과 함께 조만간 출근하겠다고 알려왔다. 그래도 일에 대한 얘기는 빼놓지 말고 보고해 달라는 말도 전했다. 하지만 우범 대신 다른 사람이 수시로 동아리실을 드나들었다. 한겸은 그 사람이 나간 것을 보며 한숨을 뱉었다.

"너 도대체 뭘 어떻게 했길래 센터장님이 계속 오는 거야."

"응? 말했잖아. 아무 문제 없이 잘 해결됐다고."

"아니, 왜 계속 불편한 거 없냐고 그러고 아이스크림도 사다주고 그러냐고."

범찬은 씨익 웃으며 입을 열었다.

"전문경영인 데려오면 규칙 위반이라고 팔짝 뛰더라고. 왜 그걸 남한테 맡기냐고 난리치면서 반대했어. 막 아무리 사바사바해도 안 될 것 같아서 최후의 수단으로 자퇴한다고 그랬지."

"너? 네가 자퇴한다고?"

"아니, 우리. 우리 전부 자퇴한다고 그랬어."

"후, 내 자퇴를 네가 왜 결정해."

"그런데도 확답은 안 주고 조금 고민하더라고. 그래서 이거 보여줬지."

범찬은 승기의 광고 중 마지막 부분이 인쇄된 종이를 팔랑거렸다.

"이거 동양기획에서 사 갔다고 그랬거든."

"그래서 오늘 저렇게 계속 찾아오는 거였네."

"어. 크크. 생각해 본다고 하더니 오늘 스페이스에서 이벤트

뜨자마자 저러는 거지 뭐. 교수님도 바빴는데 전문경영인이 오니까 오히려 잘됐다고 그러시더라고."

범찬의 말대로 스페이스는 '추억을 담아 낭만을 남기다'란 카피로 이벤트를 시작했다. 한 달간 진행되는 이벤트였고, 시작과 동시에 엄청난 반응을 보이고 있었다. 상품 역시 추억을 만들 수 있는 상품들이 대부분이었다. 1등은 물론 새로 나오는 스페이스 11이었고, 그 밑으로는 3박 4일 보라카이 여행권, 참가상 100명은 어느 기획사의 가수들이 하는 9월 콘서트 티켓이었다. 유명한 가수들을 대거 보유하고 있는 기획사다 보니 사람들의 반응이 상당히 뜨거웠다. 하지만 한겸은 만족스럽지 않았다. 이벤트를 위해 만든 홍보물이었지만, 스페이스를 광고해서인지 색이 보였다.

카피를 살리려는 느낌이 물씬 풍겼다. 추억이란 단어를 살리기 위해 캠핑을 선택했고, 낭만이란 단어를 살리기 위해 모닥불을 선택했다.

별빛이 가득한 하늘 아래 텐트를 세워놓고 모닥불 앞에 앉아 있는 모습. 거기까지는 한겸도 만족했다. 하지만 모델만큼은 만족스럽지 못했다. 스페이스의 전속 모델인 아이돌이 빨갛게 보였다. 그렇지만 동양의 힘 때문인지 홍보는 상당히 성공적이었다. 센터장이 다시 들어올 정도로.

*   *   *

C AD 팀원들은 그동안 해왔던 경험이 쌓여 각자 자료를 준비했다. 그 자료를 바탕으로 회의가 시작되었다. 각자 준비한 자료를 돌아가며 설명하던 중 범찬이 입을 열었다.

"진짜 신기하다. 같은 창고형 마트 중에 분트가 매출이 최고였어? 난 캐리 올이 1등인 줄 알았는데? 죄다 야나나처럼 막 놀이동산에 나올 거 같은 노래 부르고 다녀서 캐리 올이 1등인 줄 알았네."

한겸을 포함한 모두가 마찬가지였다. 하지만 조사를 해보니 완전 달랐다. 매출은 물론이고 고객 만족도부터 고객 충성도까지 모두 부분에서 분트가 거의 1등이었다. 그때, 범찬이 입을 열었다.

"한겸이 아빠가 이런 곳에서 일하시는 거야? 최곤데?"

한겸은 못 말린다는 듯 고개를 젓고는 입을 열었다.

"광고를 안 하는데도 창고형 마트 중에서는 독보적인 1위야. 그런데도 사람들은 캐리 올이 더 친근하게 느끼거든. 똑같은 창고형 마트에 회원만 사용할 수 있는데."
"그럼 친근함을 올릴 수 있는 쪽으로 짜야 하나?"
"그것도 좋지만 제대로 된 정보를 주는 게 필요할 거 같은데. 전에 삼촌이 말할 때 브랜드 평판 올리는 걸 노린다고 했잖아.

분트도 마찬가지 같거든. 이미 1위인데 평판을 어떻게 올릴지를 생각해 봐야지."

그러자 종훈이 아쉬워하는 얼굴로 말을 했다.

"캐리 올하고 직접 비교하는 건 힘들지?"
"두 곳 모두 외국계 회사라고 해도 그건 안 돼요. 공정거래 위원회에서 비교 광고 제재가 엄격하잖아요. 그리고 저번 수업에서 화장품도 비교 광고 내고 소송당한 거 들은 적도 있고요. 브랜드 이미지를 올리려는데 자칫하면 독이 될 수도 있거든요."
"그렇지."
"그래도 캐리 올 말고도 비교할 순 있으니 괜찮은 거 같아요."

만족해하는 종훈의 모습에 한겸은 가볍게 미소를 지었다. 그 때, 수정이 자신도 의견이 있다며 입을 열었다.

"미디어 광고니까 캐리 올처럼 음악을 만드는 건 어때?"
"음……."
"화려하게 말고 동요처럼 귀에 잘 익히는 그런 거면 될 거 같은데."

한겸도 그 부분에 대해서 생각했지만 여전히 음악에 대해선 자신이 없었다. 입맛에 맞는 음악이 단번에 나올 수가 없을 테니 더욱 난감했다. 하지만 미디어 광고에서는 음악도 중요한 부분이었기에 포기할 순 없었다. 시간도 없었기에 한겸은 일단 작업을 나누기로 결정했다.

"일단 우리 셋이 광고 방향부터 잡을 테니 범찬이 너는 음악을 알아봐."

"방향도 안 잡혔는데?"

"음악에 맞춰 방향을 잡을 수도 있잖아. 지금 어디서든 힌트를 얻어야 돼."

"그럼 아무 음악이나? 저작권 상관없이?"

"상관없어. 잘되면 분트에서 내라고 하면 돼. 일단은 막 찾아."

"아오, 똥귀들이랑 일하려니까 피곤하네. 어쩔 수 없지."

범찬은 곧바로 음악을 찾기 시작했고, 한겸과 나머지 두 명은 방향을 잡기 위한 회의를 이어나갔다. 하지만 좀처럼 마땅한 의견은 나오지 않았다. 그럼에도 두 사람은 쉴 새 없이 의견을 내놓았다.

"창고형 마트 중 실제로는 1위 브랜드이지만 사람들이 1위라고 모르는 곳이니까 이 부분을 노리는 게 맞지 않을까?"

"응, 그러니까. 그냥 1위라고 하면 좀 없어 보일 거 같은데. 한겸이 넌 어때?"

한결 역시 고민 해봤지만 결국은 그 부분을 강조하는 게 가장 적절하다고 느꼈다.

"너무 1위를 강조하면 부정적일 수가 있거든요. 자연스러우면서 거부감이 없고 친숙하게 다가가야 해요. 창고형 마트이지만 회원들을 보면 반 이상이 개인이거든요."

"와, 어렵다."

주제라도 정해져 있었다면 조금 쉽게 진행이 될 텐데 공모전 주제가 분트의 모든 것이다 보니 주제를 정하는 것도 쉽지 않았다.

각자 생각을 하느라 잠시 침묵이 흘렀다. 그때, 범찬이 듣는 노래가 들려왔다. 그러자 수정이 범찬을 쳐다보며 입을 열었다.

"노래 찾으랬더니 이상한 노래 듣고 있어."

수정의 말을 들은 범찬이 의자에 팔을 걸친 채 고개만 살짝 돌렸다.

"이거 1위부터 차례대로 듣는 건데?"

"뭔 1위야. 발라드로 마트 광고할 일 있어?"

그러자 범찬이 혀를 차며 동시에 손가락을 좌우로 저었다.

"여름하면 발라드지! 지금도 음원사이트마다 1위 발라드인데?"

"개 풀 뜯어 먹는 소리 하고 있네."

"진짜라니까. 보고 말해! 박재진, 50살의 반란!"

수정은 확인하려 범찬에게 다가갔다. 그러고는 모니터를 보며 고개를 갸웃거렸다.

"진짜네. 이제 여름이 다 와가는데 축축 처지게 무슨 발라드를 들어."

"음악을 몰라. 쯧쯧."

두 사람의 다툼에 한겸도 일어나 범찬의 컴퓨터를 확인했다. 그러자 정말 음원사이트 1위가 발라드였다. 어떤 노래인지 기억나진 않지만, 제목부터 이별 노래였다.

이별, 만남 또다시 이별 — 박재진.

"봐, 내 말이 맞지? 여름엔 발라드라니까. 박재진이 50년 묵은 내공을 폭발시킨 거지. 똥귀들이 어디서 우길라고."

그 말을 들은 한겸은 잠시 생각에 잠겼다. 그 자리에서 한참이나 생각하더니 갑자기 웃음을 터뜨렸다. 그러자 범찬이 어깨를 으쓱거리며 입을 열었다.

"뭐야, 또 내 덕분이야?"

"어! 네 덕분이야. 여름하면 발라드지!"

"올, 좀 아네?"

"하하, 다들 모여봐."

한겸은 모두를 불러 모은 뒤 자신이 생각한 것을 설명했다.

"사실이면서 사람들이 잘 인식하지 못하고 있는 걸로 광고하면 어떨까?"

"여름하면 발라드지, 이런 거로?"

"응. 그리고 마지막에는 마트하면 분트지. 이거 시리즈로도 제작할 수 있을 거야. 더울 때 삼계탕이지. 이런 느낌으로."

"더울 때 삼계탕은 좀……."

"이런 느낌이라는 거예요. 일단 '여름하면 발라드지'가 호응을 얻으면 그 뒤는 사실 큰 의미가 없어요. '고등어는 생선이지'를 해도 자연스럽게 받아들이게 될 거거든요. 그것도 사실이고 마트 1위도 분트인 게 사실이니까."

"난 괜찮은데? 하하. 아무튼 저거 내 아이디어로 나온 거다. 알지? 종훈이 형 알죠? 저거 범차니꼬야."

한겸은 환하게 웃으며 범찬에게 엄지를 내밀었다. 그러고는 말을 이었다.

"너무 많으면 번잡해 보일 수 있으니까 '발라드지'가 나오고 바로 분트 나오는 게 좋겠어."

"그럼 발라드가 메인이라는 거야?"

"메인은 분트가 메인이지. 그건 조미료야."

"그럼 박재진 섭외할래? 옛날 사람이라 모델료 싸지 않을까? 어? 뭐야! 또 내 의견으로 뭔가 떠올랐어? 아니야?"

범찬의 말이 사실이었기에 한겸은 고개를 끄덕거렸다. 범찬의 말처럼 박재진을 섭외해 모델로 쓰면 어떨까 생각했다. 하지만 여러 가지 문제가 있었다.

"박재진이 나오면 괜찮을 거 같긴 한데. 아직도 크레파스인가 그 프로그램 해?"

"매주 할걸? 오래됐잖아."

"그럼 친숙한 이미지도 있고 더 좋네. 각종 음원 1위에 있는 거 보여주면서 박재진이 등장하고, 그런 박재진이 만족도나 매출 자료 같은 거 보여주면서 '마트 하면 분트지'를 하는 거야."

"괜찮은데? 그럼 우리 연예인 섭외하는 거냐?"

"그런데 박재진이 우리 섭외에 응할까?"

범찬은 연예인 섭외를 기대했는지 한겸의 말을 듣고는 움찔거렸다. 그리고 잠시 생각하던 범찬은 고개를 크게 저으며 입을 열었다.

"아… 실망이다. 너 변했네, 변했어. 유비 정신은 어디에 갔어."

"찾아가려면 찾아갈 순 있지. 문제는 박재진에게 걸맞은 조건을 내밀 수 있냐는 거지."

기존 기업의 광고도 아니고 공모전에 낼 작품이다 보니 섭외를 응할지도 문제였고, 자금도 문제였다. 아무리 단발성 계약이라 하더라도 대부분 6개월 계약이었다. 지면 광고나 미디어 광고를 몇 편 찍는다는 조건은 전부 다르더라도, 모델 섭외를 한다면 대부분이 그 정도 기간이었다.

그리고 무엇보다 한겸이 고민하는 이유는 박재진을 모델로 써서 색이 보인다는 확신이 없다는 것이었다. 그때, 범찬이 실망한 표정을 지으며 고개를 저었다.

"처음에는 아주 그냥 죽어라 일 시키면서 자기만 믿으라고 하더니 이래서 믿을 수 있겠어?"

그 말을 들은 한겸은 피식 웃다 말고 그때 당시가 떠올랐다. 모델을 확인할 방법이 있었다.

"야! 우리 시나리오부터 완성 보자. 미디어 광고라도 온라인에서 할 거 같으니까 시간 신경 쓰지 말고 제대로 짜보자. 6초 아니면 12초로 어때?"

"왜 6초, 12초야?"

"여름하면 발라드지, 마트하면 분트지. 이거 두 개만 하면 6초 될 거 같거든. 미디어 광고라면 좀 길게 하겠지만, 온라인 광고에서 소비자들이 브랜드를 인지하고 기억하는데 가장 효과가 좋은 시간이 6초 광고였잖아. 그런데 음악이 들어가면 6초가 너무 짧아. 그래서 6초씩 끊는 것처럼 만드는 거야."

"소비자들이 집중할 수 있는 시간을 나누는 거야?"

"어. 나누기도 쉬울 거 같고 우리 아이디어하고도 딱 맞을 거 같아. 그럼 시나리오 짜고, 딱 한 가지만 더 찾으면 될 거 같아!"

"뭐?"

"시나리오에 나오는 부분을 촬영해서 박재진 사진으로 합성해 봐야지. 빨리 정리하고 시나리오부터 시작하자."

범찬은 DH 광고를 만들기 위해 밤낮으로 합성하던 기억이 떠올랐는지 몸까지 부르르 떨었다.

"와! 하마터면 좋은 생각이라고 할 뻔했네. 너 그거 포즈도 찾을 거 아니야!"

"당연하지. 빠르게 해보자. 자자, 빨리빨리 책상부터 치워."

"내가 '여름하면 발라드지'도 냈는데 나도 해야 되겠지? 합성은 좀……."

진저리를 치는 범찬의 모습을 보던 종훈은 미소를 지으며 범찬의 어깨에 손을 올렸다.

"모델도 없었으면 어쩔 뻔했어. 모델은 정해졌으니까 포즈만
하면 되잖아."
"오? 그러네요."

그때, 정신없이 책상을 정리하던 한겸이 마저 입을 열었다.

"박재진 이상하면 다른 사람 찾게 후보도 생각하고!"

*   *   *

다음 날. C AD 팀원들 모두가 아이디어를 적어놓은 노트나
노트북을 들고 회의를 하고 있었다. 한겸은 모두의 의견을 종합
하며 의견을 덧붙이거나 빼고 있었다.

"그러니까 모두 동의하는 부분은 박재진이 처음부터 끝까지
나오는 거야. 맞지?"
"그래, 그런데 배경은 마트가 맞지. 마트 광고인데 당연히 마트
가 나와야지."
"방수정이가 잘 모르네. 분트 가보면 천장 엄청 높이 뚫려 있
고 막 파레트에다 물건 쌓아놓고 파는데 그럼 그림이 이상하지.
그리고 거기 바닥도 시멘트 바닥이야."
"그럼 그냥 야외에서 하자고? 그럼 그게 분트 광고야? 박재진
뮤비지?"

의욕적으로 의견을 내놓아도 문제였다. 한겸은 두 사람을 진정시키고 자신이 준비해 온 아이디어 중 두 사람의 의견이 들어간 것을 얘기했다.

"분트 내부에서 촬영하기 어려울 것 같은데? 그리고 야외에서만 촬영하면 수정이 말대로 박재진만 너무 도드라져. 6초 광고로 하면 박재진 광고가 될 수도 있잖아."

"그럼?"

"6초로 하면, 박재진이 땀 뻘뻘 흘리며 걷는 도중에 여름하면 발라드지가 나오는 거야. 그런데 박재진이 걷는 곳에 분트가 보이는 거지. 박재진이 포커스 아웃되면서 분트가 잡히며 마트하면 분트. 이러는 거지."

"올, 생각 좀 하고 왔나 보다?"

"이거 말고도 또 있어. 한 20가지 생각해 왔어."

한겸은 준비한 모든 의견을 꺼내놓았다.

"내가 생각해 봤는데 12초로 하면 비어 있는 시간이 너무 많아. 그래서 우리가 처음에 범찬이 의견을 들었던 것처럼 하는 거야. 단역 배우들이 나와서 '어떤 노래를 듣지?' 이러면 박재진이 나와서 여름하면 발라드지, 를 뱉는 거야."

"그리고 화면에도 같이 카피가 나오고?"

"어. 맞아. 그리고 화면이 바뀌면서 아까 그 사람들이 나오면서 어떤 마트를 갈지 고민하는 거야. 그럼 또 박재진이 나오면서 '마트하면 분트지'를 하는 거야. 그렇게 옴니버스 형식으로 5초씩 나오고 마지막엔 마트 외관이 나오면서, '마트하면 분트'가 2초. 마지막 '마트하면 분트'에는 음이 붙었으면 좋겠는데."

"일단 영상 제작부터 하고 음악 맡기면서 그것도 맡기면 되겠네."

"그래야겠지?"

"당연하지. 그럼, 실내 세트장도 알아봐야겠네. 그래도 난 이 게 좋다. 겸쓰, 저번에는 우리 의견 조합하더니 이번에는 좀 해 왔는데?"

"난 적극 찬성!"

"그럼 다 찬성하는 거지?"

그때, 수정이 걱정되는 얼굴로 입을 열었다.

"나도 좋긴 한데, 그렇게 되면 Budget이 늘어나겠네. 지금 현재로는 우리 인건비 빼고, 박재진 모델료 빼고 들어가는 건 Do It에 들어가는 비용뿐이야. 물어보니까 시간에 따라 다른 데 촬영비만 200에 편집 비용은 우리 하는 거에 따라 다르고, 거기에 단역배우에 세트장까지 추가네. 일단 동양에서 받은 돈 은 전부 나갈 건 확실해 보여. 그래도 1등만 한다면 곧 파우스 트에서도 들어올 테니까 남긴 할 거 같아."

"1등 하면 모델료는 얼마까지 줄 수 있어?"

"2,000만 원. 이게 최대치야. 연예인치고는 최대치야. 1등 못

하면 500이고."

한겸은 고개를 끄덕거리고 입을 열었다.

"일단 박재진부터 해결해야 되네. 휴, 뭐 찾아가 봐야겠다."
"찾아가서 뭐라고 하게?"
"솔직하게 말해야지. 돈 없는데 모델 좀 해달라고. 잘하면 분트 메인모델 될 수 있다고."
"그럼 해준대?"
"해봐야지."

범찬은 한겸의 모습을 보며 박수를 보냈다.

"내가 장비 정도 되는 건가? 피를 나눈 형제!"

가만히 내버려 두면 또 형이라고 부를 것 같았기에 한겸은 서둘러 입을 열었다.

"박재진 찾아가기 전에 방 PD님한테 연락해 봐. 원주부터 가야지."
"원주는 왜?"
"원주 분트 외관이 가장 멋있대. 외관 촬영만 좀 하고 오자."
"내일?"
"아니? 내 의견에 다 찬성했으니까 할 일 없잖아. 거리도 가까

우니까 방 PD님만 되면 지금 바로 가야지."

한겹은 기대된다는 얼굴을 하고선 나갈 준비를 했다.

『눈으로 보는 광고 천재』 3권에 계속…